सफलता के गुरुमंत्र

"वास्तव में ग्रेग, आप टी.वी. के माध्यम से लॉरेन को जानते हैं।"

"वास्तव में।"

"आप इस तरह की मुसकराहट कैसे नहीं पहचान सके? वे वर्ष 2007 में मिस अमेरिका थीं।"

"अच्छा!" ग्रेग ने अजीब तरह से प्रतिक्रिया दी, "यह सब कितना मजेदार है!"

एक ऐसी मुसकान के साथ, जो सूरज को मिटा सकती थी, लॉरेन ने जवाब दिया, "यह एक सम्मान की बात है।"

एरिन लॉरेन के बारे में कहती रही, "एक सौंदर्य सम्राज्ञी होने के अलावा वे कुछ विशेष कार्य का हिस्सा भी रही हैं। वे ऑनलाइन शिकारियों से बच्चों की रक्षा करने में मदद कर रही हैं।"

ग्रेग ने कहा, "अब मैं आपको जानता हूँ। आप उन सभी बुरे लोगों को पकड़ने के लिए एक नमूने के रूप में कपड़े पहने हुए हैं।"

नेपोलियन हिल की ऐतिहासिक रचना 'थिंक एंड ग्रो रिच' से प्रेरित यह पुस्तक उन लोगों की ताजा और प्रेरणादायी कहानियों का संग्रह है, जो कठिन समय में डटकर खड़े रहे, और भविष्य की पीढ़ी के प्रेरक नायक बने।

नेपोलियन हिल का जन्म सन् 1883 में वर्जीनिया के वाइज कंट्री में हुआ था। उन्होंने 13 वर्ष की आयु में अपने लेखन कॅरियर की शुरुआत छोटे शहर के अखबारों के माउंटेन रिपोर्टर के रूप में की और देखते-ही-देखते अमेरिका के सबसे पसंदीदा प्रेरणादायी लेखक बन गए। उनकी सबसे लोकप्रिय पुस्तक 'थिंक एंड ग्रो रिच' अब तक की सबसे अधिक बिकनेवाली पुस्तक है। हिल ने अपने फाउंडेशन की स्थापना गैर-लाभकारी शिक्षण संस्थान के रूप में की।

शेरोन लेचर एक वित्तीय शैक्षणिक संगठन पे योर फैमिली फर्स्ट और YOUTHpreneur.com की संस्थापिका हैं। 2008 में उन्हें वित्तीय साक्षरता पर राष्ट्रपति की सलाहकार परिषद् के लिए चुना गया था। लेचर सर्वाधिक बिकनेवाली अंतरराष्ट्रीय पुस्तक 'रिच डैड, पुअर डैड' की सह-लेखिका हैं। नेपोलियन हिल के सिद्धांतों का विस्तार पूरे विश्व में करने के उद्देश्य से वे नेपोलियन हिल फाउंडेशन के साथ जुड़ गईं।

ग्रेग एस. रीड एक फिल्म निर्माता, प्रेरणादायी वक्ता, लोकप्रिय लेखक, उद्यमी और अनेक सफल कंपनियों के सी.ई.ओ. हैं, जिन्होंने अपना जीवन दूसरों की मदद के लिए समर्पित कर दिया है। पैंतीस से भी अधिक पुस्तकों में योगदान करने के साथ वे ख्यातिप्राप्त फिल्मों 'पास इट ऑन' और 'थ्री फीट फ्रॉम गोल्ड' के निर्माता हैं। अपनी अनोखी, जोशीली शैली के कारण कंपनियों, विश्वविद्यालयों और विविध संगठनों में प्रमुख वक्ता के रूप में उनकी बड़ी माँग है।

सफलता के गुरुमंत्र

समस्याओं को अवसर में बदलना सीखें

नेपालियन हिल

प्र
प्रभात
प्रकाशन

प्रकाशक

प्रभात प्रकाशन प्रा. लि.

4/19 आसफ अली रोड, नई दिल्ली–110002

फोन : 23289777 • हेल्पलाइन नं. : 7827007777

इ–मेल : prabhatbooks@gmail.com ❖ वेब ठिकाना : www.prabhatbooks.com

संस्करण

2026

अनुवाद

स्वेता परमार

पेपरबैक मूल्य

तीन सौ पचास रुपए

मुद्रक

नरुला प्रिंटर्स, दिल्ली

★

SAFALTA KE GURUMANTRA

by Napoleon Hill

(Hindi translation of 'THREE FEET FROM GOLD')

Published by **PRABHAT PRAKASHAN PVT. LTD.**

4/19 Asaf Ali Road, New Delhi-110002

ISBN 978-93-5322-537-7

₹ 350.00 (PB)

अभिमत

"नेपोलियन हिल को इस परियोजना द्वारा सम्मानित किया जाएगा।"

—स्टीफेन एम.आर. कोवे

'द न्यूयॉर्क टाइम्स' की बेस्ट सेलर 'द स्पीड ऑफ ट्रस्ट' के लेखक

"सफलता के गुरुमंत्र—दुनिया भर में लाखों लोगों के जीवन को बदलने के लिए नियत है। नेपोलियन हिल को गर्व होगा, जो कि शैरोन लेक्टर और ग्रेग रीड अपने महान् कार्य को कायम रखने के लिए कर रहे हैं।"

—बॉब प्रॉक्टर,

'लाइफ सक्सेस' के संस्थापक

"महान् संदेश, महान् नेता, सही प्रेरणा, आत्म-संतुष्टि के लिए भोजन। सफलता के गुरुमंत्र—सफलता के लिए आपका मानचित्र है।"

—डॉ. डेनिस वेटली

वैश्विक सर्वश्रेष्ठ विक्रेताओं : 'सीड्स ऑफ ग्रेटनेस' और 'बीइंग द बेस्ट'
न्यूयॉर्क टाइम्स के सर्वश्रेष्ठ विक्रेता 'द सीक्रेट' के योगदानकर्ता

"लेक्टर और रीड ने उन प्रेरणाओं की क्लासिक अवधारणाओं पर दोबारा गौर करके उनका पुनरीक्षण ताजा किया है, जो सच और सफलता के लिए आवश्यक है। दिलकश कहानियाँ, जो आत्मकथात्मक हैं और साझेदारी में रचित हैं। आपके शक्तिशाली सिद्धांत और कालातीत सच्चाइयाँ आपको अपने जीवन में सफलता प्राप्त करने में मदद करेंगे।"

—मार्क सैनबोर्न,

बेस्ट सेलर 'द फ्रेड फैक्टर' के लेखक

“इस पुस्तक के भीतर लिखित सफलता का समीकरण आपके जीवन को गहराई से और सकारात्मक तरीके से बदल देगा। इसे पढ़ें। तब इसे फिर से पढ़ें!”

—हैरी पॉल, *सह-लेखक*
‘फिश’ तथा ‘इंस्टेंट टर्नअराउंड’

“इसे रखने का मुख्य रहस्य चुनौतीपूर्ण समय के माध्यम से दृढ़ता से चल रहा है। यह पुस्तक आपको दिखाती है कि इस तरह की ताकत कैसे प्राप्त करें।”

—जॉन असरफ
द न्यूयॉर्क टाइम्स के सर्वाधिक बिकाऊ
‘हैविंग इट ऑल’ और ‘द आंसर’ के लेखक

“यह पुस्तक एक नया उद्योग मानक निर्धारित करती है।”

—टिम लियोन,
प्रकाशक, पर्सनल डेवलपमेंट मैगजीन

“सफलता के गुरुमंत्र—मेरे दादाजी की शिक्षाओं को एक असाधारण तरीके से जारी रखती है।”

—डॉ. जेम्स बी. हिल

“मैं इसके (सफलता के गुरुमंत्र) बारे में उत्साहित हूँ, जो कि प्रोजेक्ट के रूप में एक कहानी और एक संदेश है, जो आज हमारी दुनिया में महत्त्वपूर्ण है। यह कहानी याद दिलाती है कि कभी-कभी हमारी सबसे बड़ी उपलब्धियाँ हमारे विश्वास से ज्यादा करीब होती हैं। आखिरी विश्लेषण में, हम तब तक हार नहीं जाते, जब तक कि हम बाहर नहीं जाते और तब तक जीत नहीं पाएँगे, जब तक हम दृढ़ रहते हैं।”

—जिम स्टोवाल,
लेखक ‘द अल्टीमेट गिफ्ट’

“इस पुस्तक में लाखों लोगों को बदलने की क्षमता है।”

—लेस ब्राउन, द मोटिवेटर!

ये भी पढ़िए

यदि आप मानते हैं कि आप कर सकते हैं तो आप इसे कर सकते हैं।
आप अपने भाग्य को नियंत्रित करते हैं।

ऐसी कई चीजें हैं, जिन्हें आप नियंत्रित नहीं कर सकते हैं; लेकिन आप केवल उन्हीं चीजों को नियंत्रित करते हैं, जो वास्तव में मायने रखती हैं। वे हैं—आपका दिमाग और आपका दृष्टिकोण। बाहरी बलों के लिए सफलता के साथ काम करना मुश्किल है। जो लोग सफलता के लिए खुद को व्यवस्थित करते हैं, वे सबसे कठिन परिस्थितियों में भी सफल होने का एक तरीका खोज लेते हैं।

ज्यादातर समस्याओं का समाधान एक स्रोत से आता है और वह अकेला एक स्रोत है—वह स्वयं।

जिंदगी को भरपूर जीना ऐसा है, जैसे कि रबर राफ्ट में शूटिंग करना। एक बार प्रतिबद्धता करने के बाद अपने दिमाग को बदलना मुश्किल है। चारों ओर घूमें और पानी में ऊपर की ओर चप्पू चलाएँ। लेकिन यह उत्साह और रोमांच है, जो इसे सार्थक बनाता है। यदि आप कभी प्रयास नहीं करते हैं तो आप कभी निराशा की गहराई को नहीं जान सकते और न ही आप सफलता की प्रसन्नता का अनुभव कर पाएँगे।

भरपूर जिंदगी जीने का फैसला करें।
हो सकता है, आप सफलता के गुरुमंत्र हों।

—नेपोलियन हिल

लेखकों की बात

यह कहानी हमारे वास्तविक जीवन के अनुभव से विकसित हुई है कि कैसे नेपोलियन हिल ने अपने दार्शनिक भाव के बारे में पता लगाने के लिए उद्यमियों की अविश्वसनीय सफलता को, मानवतावादी, एथलीट और व्यापारियों को समान रूप से प्रेरित किया।

कथानक को आकर्षक बनाने के लिए संपादन करने की अनुमति ली गई है; मिया, डेविड और जोनाथन बकलैंड के पात्रों को छोड़कर इस पुस्तक के सभी लोग असली हैं और उनके बारे में बोलने का हमारा विशेषाधिकार सबसे पहला था। उनके साहस की कहानियाँ और उपलब्धियाँ सच हैं। उन्होंने जो जीवन सबक प्रस्तावित किया, वह वास्तविक है। हम शब्दों के साथ हमारी कहानी तैयार करते हैं, बिल्कुल वैसे ही जैसे नेपोलियन हिल ने खुद बीसवीं सदी की शुरुआत में लिखा था। ये शब्द आज भी उतने ही शक्तिशाली हैं, जितने वे तब थे, जब वे पहली बार लिखे गए थे।

जैसे-जैसे आप 'सफलता के गुरुमंत्र' पढ़ते हैं तो आप खुद ही सफल होने के तरीके खोज लेंगे।

—शैरोन एल. लेक्टर और ग्रेग एस. रीड

प्रस्तावना

सन् 1908 में एक अज्ञात अमेरिकी लेखक, फिर नेपोलियन हिल नामक एक संवाददाता को अमेरिका के सबसे अमीर आदमी एंड्रयू कार्नेगी का साक्षात्कार करने के लिए जीवन भर का मौका मिला। कार्नेगी ने पच्चीस वर्ष की उम्र में हिल को सिफारिश का एक पत्र प्रस्तुत किया, जो उन्हें सफलता के लिए आम संप्रदायों को खोजने के लिए व्यापार, राजनीति, विज्ञान और धर्म में उस युग के शीर्ष प्राप्तकर्ताओं तक पहुँच प्रदान करे।

इन साक्षात्कारों से पुस्तक 'थिंक एंड ग्रो रिच' बनाई और लिखी गई थी। इसमें तेरह सिद्धांत और व्यक्तिगत उपलब्धियों एवं सफलता की भौतिकता शामिल थी। हिल ने व्यक्तिगत विकास आंदोलन को जीवन दिया, जो बाद में पूरी दुनिया को प्रभावित करता है।

इस अंतरराष्ट्रीय क्लासिक के पहले अध्याय में हिल आर.यू. डार्बी नामक एक व्यक्ति की कहानी बताते हैं। डार्बी ने सोना की संभावना से समृद्ध होने के अपने सपनों को छोड़ दिया, जो कि अब मात्र तीन कदम दूर था।

डार्बी की कहानी हमें याद दिलाती है कि कभी-कभी हमारी सबसे बड़ी उपलब्धियाँ और सफलताएँ, जो हम मानते और सोचते हैं, उससे कहीं ज्यादा नजदीक होती हैं। 'सोचो और अमीर बनो' ने आशा प्रदान की। महामंदी के समय के दौरान इसे जारी किया गया। यह दुनिया भर के लाखों लोगों के लिए एक बेहतर जीवन तथा बहुतायत के जीवन की तलाश करने के लिए जीवन-रेखा है।

एक सौ साल फास्ट फॉरवर्ड और नेपोलियन हिल फाउंडेशन वर्तमान वैश्विक आर्थिक संकट के दौरान सभी के लिए नवीनीकृत आशा एवं साहस प्रदान करना चाहती है।

फाउंडेशन ने अपनी पीढ़ी के नेताओं से मुलाकात करने के लिए अमेरिका के बाहर एक नई टीम भेजी। बहुत कुछ समय पर पता लगाने के लिए उन्होंने अपने चुनौतीपूर्ण समय को क्यों नहीं छोड़ा?

इन साक्षात्कारों से कई बातें सीखी गई थीं, जिन्हें इस पुस्तक 'सफलता के गुरुमंत्र' में साझा किया गया है। इन नेताओं की कहानियों को पढ़ने से आप सीखेंगे कि ऐसा क्या है, जो उन्हें चला रहा है। उन्हें कहाँ से इतनी दृढ़ता से साहस दिया गया है और वे अपनी सफलता की कहानियों को आपके साथ क्यों साझा करना चाहते हैं। शायद इसलिए, ताकि आपको बड़ी सफलता के लिए अपना निजी मार्ग मिल सके।

फाउंडेशन यह जानकर प्रसन्न थी कि आज के इन सभी महान् प्रतीकों ने हिल के मूल कार्य को उनकी उपलब्धियों के पीछे चालक बल के रूप में श्रेय दिया।

मैं भी ईमानदारी से कह सकता हूँ कि यह हिल की शिक्षा थी, जिसने मुझे प्रेरित किया और मुझे सफलता के लिए आवश्यक राह दिखाई। सबसे महत्त्वपूर्ण बात यह है कि हिल ने मुझे आगे बढ़ने की शक्ति दी, जब दूसरों ने मेरा जुनून और मेरी दृष्टि साझा नहीं की।

आज के वैश्विक परिदृश्य में हमें स्वयं को याद दिलाना होगा कि एक बार जब हम अपना निश्चित मुख्य उद्देश्य पाते हैं और अपना विचार बनाते हैं तो यह चुनौती जारी रखना हमारी जिम्मेदारी है कि इससे कोई फर्क नहीं पड़ता कि चुनौती कितनी मुश्किल है। हम में से प्रत्येक के पास एक उपहार है, जो दुनिया के साथ साझा किया जाना है।

निश्चित रूप से, झटके होंगे और हाँ, संघर्ष भी होंगे। फिर भी, ये वे लोग हैं, जो अपने डर के बावजूद आगे बढ़ते रहते हैं, जो कल के नेता बनेंगे।

इंतजार मत करो, जब तक कि सब ठीक नहीं हो जाता। यह कभी भी सही नहीं होगा। हमेशा चुनौतियों, बाधाओं और सही परिस्थितियों से ही सब काम होगा, तो क्या? अभी शुरू हो जाओ। स्वयं के द्वारा उठाए गए प्रत्येक चरण के साथ आप मजबूत, और मजबूत, अधिक-से-अधिक कुशल, अधिक-से-अधिक आत्मविश्वासी और अधिक-से-अधिक सफल हो जाएँगे।

इन पृष्ठों के भीतर मैं आपको यह जानने के लिए आमंत्रित करता हूँ कि आपका विशेष उपहार क्या है और एक बार जब आप इसके लिए आगे बढ़ें तो बढ़ते रहें, कभी हार न मानें या छोड़ न दें; क्योंकि आप 'सफलता के गुरुमंत्र' हैं।

—मार्क विक्टर हैनसन

मार्क विक्टर हैनसन #1 न्यूयॉर्क टाइम्स की बेस्ट सेलर शृंखला 'चिकेन सूप फॉर द सॉल' के सह-निर्माता हैं और 'क्रेकिंग द मिलियनेयर कोड', 'द वन मिनिट मिलियनेयर' और 'कैश इन ए फ्लैश' के सह-लेखक हैं। वे 'द रिचेस्ट किड्स इन अमेरिका' के लेखक हैं।

अनुक्रम

प्रत्येक विविधता, हर विफलता
हर दिल का दर्द
अपने साथ बराबर या अधिक लाभ का बीज
लेकर चलता है।

—नेपोलियन हिल

1

खाली दौड़ना

टैक्सी कैब का दरवाजा खोलने के बाद ग्रेग ने अंदर कदम रखा, फिर बैक सीट पर पसर गया। आज उसे फिर से देर हो गई थी। एक हाथ में उसका सेलफोन और दूसरे में गोल किया हुआ एक अखबार था, जो उसे रूढ़िवादी गलियों के किसी कबाड़ी का रूप दे रहा था। उसने कैब के चालक को एक पता बताया। चालक ने अपने नए यात्री के रवैए के जवाब में अपनी आँखों को घुमाया।

उस समय न्यूयॉर्क से दोपहर के भोजन के लिए वापस लौटने के बाद ग्रेग अभी भी अपने पूर्वी तटीय मोड में था और अपने अपार्टमेंट में अपनी प्रेमिका से मिलने के लिए उसे बहुत देर हो चुकी थी।

ब्लॉक के बाद ब्लॉक, सैन डिएगो नेटाल ने उसके फोन पर अंततः खूब बात की; पर केवल एक नया नंबर डायल करने या आनेवाली कॉल पर स्विच करने के लिए काफी देर तक रुकना पड़ गया। कैसा रहेगा, कुछ बदलाव के लिए अच्छी खबर के बारे में? उसने खुद को लेकर सोचा। उसके लिए छोड़े गए संदेशों से वह काफी निराश था।

अचानक और अप्रत्याशित रूप से वहाँ एक विराम था।

"अरे, एक सेकंड प्रतीक्षा करें!" ग्रेग ने रिसीवर के माध्यम से अपनी तरफ से कहा। "यह मेरी जैकेट नहीं है। रेस्तराँ में उस मूर्ख ने मुझे गलत पकड़ा दी।"

इस टिप्पणी को अनसुना करते हुए चालक ने पीछे देखनेवाले शीशे में देखा और पूछा, "क्या आप चाहते हैं कि मैं आपको वापस ले जाऊँ, जहाँ मैंने आपको बैठाया था?"

लैपेल पर अपना हाथ चलाते हुए ग्रेग ने अंदरूनी डिजाइनर के लेबल को देखा और मुसकराया। विशिष्टता का स्वर उसकी आवाज पर लौट आया, क्योंकि उसने कहा,

"बिल्कुल नहीं! यह मेरी वाली जैकेट से बहुत बेहतर है। कुछ खटमल मेरी पुरानी जैकेट में घुसे होंगे।" फिर उन्होंने दूसरे आदमी के द्वारा सोचे गए विचारों का आनंद लिया, जब उसे एक कम स्टार व कीमत के परिधान के साथ बदलना पड़ा था।

चालक ने खुद को पकड़ने से पहले निराशा में अपने सिर को हिलाया। अफसोस की बात है, उसने अपने यात्री के चरित्र का सही मूल्यांकन किया था।

'मी सोसाइटी' के लिए वास्तविक विज्ञापन, बच्चे के रूप में ग्रेग ने दूसरों के और उनकी भावनाओं के प्रति थोड़ा सम्मान व्यक्त किया। वह सब 'अच्छे दिखने' और 'सफल दिखने' के बारे में था, हालाँकि उसके साथ हमेशा से ऐसा नहीं था।

वास्तव में, वह एक छोटी मार्केटिंग कंपनी चलाता था और अपने व्यापार कार्ड पर अपने लिए बनाए गए प्रभावी शीर्षक से बहुत कम प्रभावशाली था। अपनी अनुमानित सफल छवि से बहुत दूर वह गंभीरता से कर्ज में डूबा था और स्वयं को निर्विवाद एवं अनुपलब्ध पा रहा था। इससे भी बदतर, उसकी प्रेमिका मिया के साथ उनका रिश्ता तेजी से बिखर रहा था।

इस पल में, उसका जीवन गंदगी से भरी एक सड़क के नीचे फ्लैट टायर पर एक बाइक की सवारी की याद दिला रहा था। एक चीज, जिसे उसने निश्चित रूप से सीख लिया था, वह यह थी कि 'जीवन में कुछ भी निश्चित नहीं होता है।'

एक समय था, जब उसके लिए एक भोज की तरह सबकुछ उसके सामने रखा गया था—ऐसे, जैसे वह एक महान् नायक हो। उसके पास एक योजना थी, एक रणनीति थी और वह परमाणु विस्फोट की ऊर्जा से सशस्त्र था; उसका पूरा जीवन सही पथ पर था, जब तक उसने सामान्य साधारण रुकावट लिये गड्ढों पर विचार नहीं किया था।

यह उसकी सर्द एड़ी थी। वह जानता था कि भव्य अनुपात में सपने कैसे देखने हैं और वह 'फॉलो-थ्रू' के बारे में एक या दो चीजों को भी जानता था। वह सिर्फ विपत्ति को सँभालने के लिए ही वहाँ नहीं था और इस गहरी परेशान अर्थव्यवस्था में उसके सामने खुद के पास भी अन्य लोगों की तरह ही थोड़ा-बहुत कुछ था।

दूसरे शब्दों में, ग्रेग अपेक्षाओं से भरे हुए थे, लेकिन उनके लिए कोई परिणाम नहीं था। टेक्सास में वे इसे 'सभी के पास टोपी है, पर किसी के पास कोई मवेशी नहीं है' के रूप में संदर्भित करते हैं।

"हम यहाँ हैं।" कैब चालक ने घोषणा की। एक लग्जरी अपार्टमेंट के सामने घुमाव को खींचकर बहुत कम लोग बरदाश्त कर सकते थे, खासकर ग्रेग खुद इसे सहन नहीं कर पा रहे थे।

कैब के अंदर से झुककर बाहर निकलते हुए वे बोले, "बाकी बचे पैसे रख लें।" उन्होंने खिड़की के माध्यम से बिल देने के लिए तुड़ा-मुड़ा हुआ 20 डॉलर का एक नोट

चालक को दिया। मीटर और तुड़ी-मुड़ी-सी नकदी को देखते हुए ड्राइवर को एहसास हुआ कि उसे टिप में सिर्फ दस सेंट दिए गए हैं। एक और बड़ा कंजूस, उसने खुद के मन में सोचा और कुछ नाराजगी में कैब दौड़ा दी।

"गुड ईवनिंग।" दरबान फ्रैंक ने ग्रेग के अंदर आने से पहले कहा था। अपने किराएदार को मेल और एक भूतपूर्व किराए पर नोटिस को सौंपकर फ्रैंक उसकी ओर को थोड़ा झुक गया और फुसफुसाया, "महोदय, मुझे आपको कुछ बताने की जरूरत है।"

ग्रेग ने अभी भी अपने कान पर फोन लगा रखा था। वह चलते-चलते लगातार बात कर रहा था। फ्रैंक, जो शुरू से ही उस इमारत में काम कर रहा था, ने अपने कंधों को उचकाया और अपनी ड्यूटी पर वापस चला गया। दुर्भाग्यवश, यह दोनों के बीच असामान्य बातचीत नहीं थी।

टेलीफोनिक बातचीत में एकमात्र विराम तब आया, जब लिफ्ट का दरवाजा खुला और वह भी इसलिए रुकावट आई, क्योंकि ग्रेग जानते थे कि अंदर बात नहीं हो पाएगी। उन्होंने फोन काट दिया। पर उन्हें राहत मिली कि कोई भी उनके साथ लिफ्ट के अंदर शामिल नहीं हुआ। उन्होंने बटन को अपनी मंजिल तक पहुँचाने के लिए दबा दिया और चमकदार दरवाजों में अपने स्वयं के प्रतिबिंब से मंत्रमुग्ध हो गए।

खुद को देखकर उन्होंने सोचा, 'मैं अपने नए जैकेट में बहुत अच्छा दिखता हूँ।'

यह उनके गंतव्य के लिए एक शांत सवारी थी; लेकिन उनका दिमाग अभी भी स्थिर नहीं था। किसी से बात करने के लिए उसकी वर्तमान परेशानियों के बारे में उनकी आंतरिक वार्त्ता ने उन्हें तब तक व्यस्त रखा, जब तक कि लिफ्ट के 'डिंग' ने उनकी सोच को बाधित नहीं कर दिया।

घर लौटने के बाद उन्होंने जैसा सौ बार पहले भी किया था, वही किया। वे लिफ्ट से निकले, अपने अपार्टमेंट की तरफ गए, दरवाजा खोला और अंदर गए। फिर उन्होंने अपनी प्रेमिका को नाम लेकर पुकारा, "मिया!"

दोनों पाँच साल से एक साथ रह रहे थे। फिर भी, पिछले बारह महीने काफी कठिन थे। वह जिस ग्रेग को चाहती थी, वह यह ग्रेग नहीं था, बल्कि ग्रेग ने अपनी छवि स्वयं बनाई थी, जैसा वे चाहते थे—वे चाहते थे कि वे किसी भी कीमत पर प्रतिबद्धता से बचें।

उन्होंने थोड़ी सी सफलता के साथ परामर्श करने का भी प्रयास किया था, क्योंकि ग्रेग को हमेशा कुछ संकट आया था, जो उनकी निर्धारित नियुक्तियों को पूर्व खाली कर चुके थे। मिया जानती थी कि वे एक बुरे व्यक्ति नहीं थे। फिर भी वह सोचती थी कि क्या वे उसके लिए सही व्यक्ति थे?

हॉलवे के माध्यम से घूमते हुए उन्होंने कुछ याद किया। असल में, बस, कुछ खो गया था। लगभग सबकुछ गायब था।

ग्रेग कुछ संशय में खड़े थे। यह उनका अपार्टमेंट था, है न? वे हॉल में वापस चले गए और दरवाजे पर नंबर देखा। संख्या सही थी। शहर का दृश्य भी सही था (वास्तव में शानदार; वास्तव में एक विवरण, जिसने अपार्टमेंट की कीमत को काफी हद तक बढ़ा दिया था)। एकमात्र समस्या जो थी, वह यह थी कि रहने का कमरा बेकार था, जैसे किसी ने सबकुछ छीन लिया हो। वहाँ केवल रिक्त स्थान थे; जहाँ पर सामानों का इस्तेमाल होता था, वहाँ भी रिक्तता थी।

उन्होंने टेलीफोन पकड़ लिया और उस बटन को दबाया, जो सीधे उसे मुख्य डेस्क से जोड़ता था।

फ्रैंक ने तुरंत जवाब दिया, "हाँ, जैसा कि मैं आपको बताना चाहता था कि जब आप अंदर आए, उससे दो दिन पहले ही उन्होंने घर छोड़ा था और उन्होंने आपको बताने के लिए कहा था कि···। अच्छा, मुझे नहीं कहना चाहिए।"

"रहने भी दो। मुझे समझ आ रहा है।" ग्रेग चिल्लाए। फिर रिसीवर गिरा दिया और चारों ओर देखा। उन्हें अपनी अच्छी तरह से निष्पादित योजना की प्रशंसा करनी पड़ी। यह लगभग वैसे ही लग रहा था, जैसे ग्रिंच ने एक घर का दौरा किया और पूरी जगह को मंजूरी दे दी। जो चीजें वह पीछे छोड़कर गई थी, वह एकमात्र चीज उनकी पसंदीदा थी, जैसे कि उनकी आरामकुरसी और एक कोने में रखनेवाली मेज, जिसमें एक ही फ्रेमवाली तसवीर थी।

तसवीर पर टेप किया गया एक नोट था। उन्होंने उसे फ्रेम से हटा दिया और जोर से पढ़ा।

> **ग्रेग,**
> **आपकी यह तसवीर बहामास में ली गई थी। ध्यान दें कि आप अकेले समुद्र-तट पर हैं। यह हमारे रिश्ते में जिस तरह से महसूस किया गया है, उसका प्रतिनिधित्व करता है। मुझे उम्मीद है कि आप किसी ऐसे व्यक्ति को ढूँढ़ें, जो आपको उतना प्यार कर सके, जितना आप खुद से करते हैं।**
>
> **मिया**

नोट को एक तरफ फेंकते हुए वे परित्याग की भावना महसूस कर रहे थे। जब वे कमरे में घूम रहे थे, उन्होंने अजनबी की जैकेट को खुद पर से हटा दिया था और उसे फर्श पर गिरने दिया था। जब वे अपनी टाई खोलने के लिए ढीली कर रहे थे तो उन्होंने देखा कि एक बिजनेस कार्ड जैकेट से निकलकर फर्श पर गिर गया था।

उन्हें ऐसा नहीं लगा। यह देखने के लिए कि उस जैकेट का मालिक कौन है, उन्हें जेबों की जाँच करनी चाहिए। उन्होंने कार्ड उठाया। उस बिजनेस कार्ड पर मुद्रित नाम प्रसिद्ध व्यक्ति जोनाथन बकलैंड का था, जो शहर में सबसे प्रसिद्ध और राजनीतिक रूप से अच्छी तरह से जुड़े बिजनेस टाइकून के रूप में मशहूर थे। ग्रेग ने पीछे देखने के लिए कार्ड को उलटा दिया। कुछ भी नहीं था, वह खाली था। उन्होंने फिर से सामने देखा। क्या यह मि. बकलैंड की जैकेट हो सकती है ? उन्हें बेहद आश्चर्य हुआ। वे असमंजस में थे।

ग्रेग मुसकराए, क्योंकि उन्होंने अवसर की सुगंध को महसूस कर लिया था। तत्काल उनका दृष्टिकोण नुकसान से आशा में बदल गया।

अब उनके पास इस महान् व्यक्तित्व से बात करने के लिए एक बहाना था। बकलैंड के उच्च कद के एक व्यक्ति के साथ संक्षेप में मुलाकात करने का मौका जैकेट के मूल्य से कहीं अधिक मूल्यवान् होगा, जो अब ग्रेग के कदमों में पड़ी हुई थी।

खाली अपार्टमेंट और अपनी प्रेमिका के बारे में सबकुछ भूलकर, जो वह छोड़ गई थी, वह उस बिजनेस लीडर के कार्यालय में फोन करने के लिए टेलीफोन तक गए। शायद उनकी किस्मत बदल गई थी।

□

पुरुषों के विचारों से अधिक सोने का खनन
कभी भी पृथ्वी द्वारा ज्यादा नहीं निकाला गया।

—नेपोलियन हिल

2

जागना

जोनाथन बकलैंड की मुख्यालय इमारत की लॉबी अद्‌भुत व प्रेरणादायक थी। आयातित लकड़ी के फर्श और फर्श से छत तक वाली खिड़कियों के साथ, जिसने ग्रेग को छोटा और नगण्य आगंतुक के रूप में स्वयं के लिए महसूस किया, एक ऐसी दुर्लभ भावना, जो उन जैसे आगंतुक को महसूस होती।

उस एक पल में ग्रेग ने उन इमारतों को याद किया, जिन्हें उन्होंने एक युवा लड़के के रूप में देखा था। कभी-कभी उनके पिता उन्हें शहर में बिजनेस टूर में साथ ले लिया करते थे। उनके पिता के साथ उन रोमांचों ने ग्रेग के सफलता के सपने को प्रेरित किया था। वे खुद के अपने बचपन के सपनों की तुलना अपने वर्तमान अपूर्ण जीवन के साथ नहीं कर सकते थे। चीजें निश्चित रूप से उस तरह काम नहीं कर पाई थीं, जैसी कि उन्होंने योजना बनाई थी।

अब उन्हें लगा कि वे कुछ हफ्तों से अपने परिवार के संपर्क में नहीं थे, शायद वे कुछ महीने से नहीं थे। वे बाद में फोन करेंगे, उन्होंने खुद से वादा किया था···जब उनके पास बताने के लिए कुछ अच्छी खबर थी। वे नहीं चाहते थे कि उनका परिवार सोचे कि उनके पास ज्यादा धन नहीं था।

एक मुसकराती हुई रिसेप्शनिस्ट ने उनका स्वागत किया, "विश्व पूँजी निर्माण में आपका स्वागत है। कृपया लिफ्ट से चौवनवीं मंजिल पर जाएँ और अपनी यात्रा का आनंद लें।"

कुछ ही क्षणों में ग्रेग अपने गंतव्य तक पहुँच गए। उन्होंने खुद को एक साथ खींच लिया। उन्होंने अपना सर्वश्रेष्ठ तेजस्वी चेहरा लगाया और खुद को एक त्वरित आश्वासन दिया—यह उनके चमकने का क्षण था! वे पूरी तरह से आत्मनिर्भर, आत्मविश्वास और

करिश्मा लिये लिफ्ट से बाहर निकलने के लिए तैयार थे, जो वे कर सकते थे।

जब दरवाजे अलग हो गए तो उत्सुक अतिथि द्वार से बाहर निकलनेवाली रोडियो बुल के बल से बाहर निकल आए। "वहाँ देखें, पोप्स।" उन्होंने कहा कि वे एक लंबे पुराने जीनमैन के पीछे धकेल दिए गए थे, जो उनके सामने खड़े थे, शायद लिफ्ट में प्रवेश करने की प्रतीक्षा कर रहे थे।

रिसेप्शन डेस्क की ओर कदम-ताल करते हुए उन्होंने नीमैन मार्कस बैग को 'उधार' की जैकेट के अंदर रखा और घोषणा की, "अरे, सुनो! मैं मि. बी. से मिलने के लिए यहाँ आया हूँ। मेरे पास उनके लिए कुछ जरूरी चीज है।"

"हाँ, वे आपके आने की उम्मीद कर रहे थे।" रिसेप्शनिस्ट ने कहना शुरू किया।

ग्रेग ने बहुत जोर से जवाब देकर उसे काट दिया, "मुझे उम्मीद थी, तुम्हारी किस बारे में बोलने की इच्छा थी! मुझे इस समय, इस जगह पर उन्हें कोट देने के लिए कहा गया था और अब वह यहाँ नहीं है? शायद मुझे यह धूमिल चीज रख लेनी चाहिए थी।"

रिसेप्शनिस्ट ने जवाब दिया, "महोदय, मुझे लगता है कि आप गलत समझ रहे हैं। मैंने कहा 'था', क्योंकि आप उनसे पहले ही मिल चुके हो।" वह फुसफुसाकर बोला। उसने फिर से लिफ्ट के दरवाजे की तरफ इशारा किया—एक बूढ़े आदमी की तरफ, जिसे ग्रेग ने एक तरफ धक्का दिया था।

शर्मिंदगी से ग्रेग जम गए। उनकी आँखें थोड़ी परेशान हुईं और उन्होंने रिसेप्शनिस्ट को 'अब क्या करूँ' वाली अभिव्यक्ति दी थी।

जोनाथन बकलैंड ने उन्हें इस अविश्वसनीय रूप से असहज हुए पल से बचाया, "मैंने सोचा था कि आप आग बुझाने के रास्ते में थे, यंग मैन। मैं उस आदमी को बधाई देने के लिए अभी आ ही रहा था, जिसके पास मेरी पसंदीदा जैकेट को वापस करने के लिए पर्याप्त ईमानदारी थी।"

मि. बकलैंड के 'ईमानदारी' शब्द के उपयोग में ग्रेग अपने गलत इरादे को महसूस करते हुए और एक अपराध-भावना महसूस कर रहे थे। उनका आचरण तुरंत बदल गया। पिछले कुछ वर्षों में पत्रिकाओं में उनकी तसवीर देखने के बाद ग्रेग विश्वास नहीं कर पा रहे थे कि वे सुप्रसिद्ध व्यक्तित्व मि. बकलैंड को पहचानने में नाकाम रहे हैं। छह फीट चार इंच लंबा व्यक्ति सामने खड़ा था। वे एक विशालकाय व्यक्ति थे, जो एक बड़े व्यक्तित्व के साथ थे। किसी के लिए इस तरह के प्रतिष्ठित आँकड़े फिर से दोहराना मुश्किल होगा।

ग्रेग मि. बकलैंड का अभिवादन करने के लिए पीछे मुड़े, जिनकी मुसकान अब उनकी घनी मूँछों के नीचे से दिख रही थी, जो वालरस के टस्क जैसी दिख रही थी। उनकी स्पष्ट नीली आँखों ने इस तरह के एक आदमी से अपेक्षित शाही छवि का खंडन

किया। जब बकलैंड ने अपना हाथ बढ़ाया तो ग्रेग ने उसे बैग सौंप दिया।

सामान को स्वीकार करते हुए बकलैंड ने कहा, "मैं इसकी सराहना करता हूँ; लेकिन मैं आपसे हाथ मिलाने का प्रयास कर रहा था।"

"ओह!" ग्रेग ने जवाब दिया। उनका चेहरा शर्म से लाल हो गया था। "मैं क्षमा चाहता हूँ, मि. बकलैंड। ऐसा लगता है कि मैं आज कुछ भी नहीं कर सकता। मुझे वास्तव में एक ब्रेक की जरूरत है। मुझे शायद छोड़ देना चाहिए और पूरी तरह से शुरू करना चाहिए।"

"बकवास!···अच्छा, इसे समझें। हम सभी अपना खुद का एक 'विराम' बनाते हैं और दिन के अंत में हम वही होते हैं, जहाँ हम होना चुनते हैं।" वह रुक गए और अपने कार्यालय के खुले दरवाजे की ओर इशारा किया—"एक सेकंड!"

यह समझते हुए कि उन्हें इस महान् व्यवसायी के कार्यालय में आमंत्रित किया गया था, ग्रेग ने अपनी असहजता को मिटाने के लिए थोड़ा परिहास करने की कोशिश की, "हाँ, मुझे लगता है कि मैं आपके साथ जुड़ सकता हूँ।"

जैसे ही ग्रेग अंदर गए, उन्होंने अपनी जिंदगी के सबसे खूबसूरत ढंग से सजाए गए व्यापारिक कार्यालय को देखा। वह खुद को रोक नहीं सके, खिड़कियों के माध्यम से बंदरगाह के अविश्वसनीय दृश्य को देखने से। जैसे ही वे बकलैंड की निजी दुनिया में शामिल हुए, उन्हें यह एहसास नहीं हुआ कि वे सीमा के पार अपने जीवन के एक नए अध्याय में भी कदम रख रहे थे।

मेजबान ने पेशकश की, "कृपया स्थान ग्रहण करें। आप थोड़ा परेशान लग रहे हैं। मुझे बताएँ कि आपके दिमाग में क्या चल रहा है?"

ग्रेग ने उस बड़ी सी मेज के पास सबसे करीबी कुरसी ली और सही शुरुआत की, "फिर से शुरुआत करने के लिए खेद है। मैं बहुत शर्मिंदा हूँ।" उन्होंने एक विनम्र स्वर में कहा, "मैं यहाँ आने के लिए बहुत उत्साहित था और कुछ ज्यादा ही हवा में उड़ने लगा। मैं हाल ही में थोड़ा अभिभूत हूँ, क्योंकि मैंने सोचा था कि यदि मुझे आपके साथ मिलने का अवसर मिला तो इसका मतलब है कि शायद मेरी किस्मत बदल गई थी। असल में, मुझे स्वीकार करना है कि मैं एक बड़ा अवसर मिलने की उम्मीद कर रहा था और फिर मैंने इसे अपने ही व्यवहार से गँवा दिया। मैं इन सबके लिए माफी चाहता हूँ। मेरी प्रेमिका ने मुझे पाँच साल बाद चेतावनी के साथ छोड़ दिया और मैं गंभीरता से अपने व्यवसाय को छोड़ने के बारे में सोच रहा हूँ। मैं अपनी बुद्धि व सोच के अंत में हूँ और निकले जाने के लिए तैयार हूँ।"

फिर, कुछ हद तक झेंपते हुए, ग्रेग बोले, "मुझे विश्वास नहीं हो रहा है कि मैंने इस तरह आप पर भार डाल दिया। एक बार फिर, मैं क्षमा चाहता हूँ।" फिर उन्होंने अपने मन

में सोचा, 'तुम कितने बेवकूफ हो और बकवास-सी बात कर रहे हो! जैसे वह वास्तव में आपकी समस्याओं की परवाह करते हैं।'

"किसी माफी की आवश्यकता नहीं है और आपने कुछ भी ऐसा नहीं किया है। मैं एक अच्छा श्रोता हूँ और ऐसा लगता है, जैसे हमें मिलना था। क्या आपने वह कहावत सुनी है—'संयोग कुछ नहीं होता है।' मुझे आपके जैसे युवा लोगों की मदद करने में खुशी होती है, जो वे वास्तव में होते हैं और जो वे वास्तव में चाहते हैं। तथ्य यह है कि आपने मेरी जैकेट वापस कर दी है। यह बहुत अच्छा संकेत है, भले ही आपका कारण सिर्फ मुझसे मिलना था।" मि. बकलैंड ने ग्रेग को सूक्ष्मता से एक आँख मारी।

"मेरे पास ऐसा कुछ है, जो आपकी मदद कर सकता है।" बकलैंड उनके पीछे शेल्फ पर एक पुस्तक लेने के लिए पहुँचे और उसे अपने आगंतुक को सौंप दिया।

"यह सफलता के बारे में है। यह आपको सोने से तीन फीट पहले आस छोड़ने के लिए कभी नहीं कहती है!"

ग्रेग ने पुस्तक को स्वीकार करते हुए पूछा, "तीन फीट किस से?"

तत्काल उन्होंने शीर्षक 'थिंक एंड ग्रो रिच' को मान्यता दी, भले ही उन्होंने उसे कभी नहीं पढ़ा था। राजनीतिक रूप से वे अपने मेजबान को वापस सौंपने का प्रयास करने से पहले पृष्ठों के माध्यम से देखने लगे। बकलैंड उसे पुनः प्राप्त किए बिना आगे मुसकराए। ग्रेग ने मेज पर पुस्तक को सेट करने से पहले अपनी बाँह को एक अजीब गतिरोधक की तरह बढ़ा दिया।

अपनी अतिरंजित चमड़े की कुरसी पर वापस बैठकर बकलैंड ने कहा, "मैं आपके साथ एक और कहावत साझा करने जा रहा हूँ, जो कि मेरे साथ वर्षों से हो रहा है। वह यह है—'कभी भी अपनी समस्याओं के बारे में शिकायत न करें, क्योंकि 50 प्रतिशत लोगों को उसकी परवाह नहीं है और अन्य 5 प्रतिशत खुश हैं कि आपके साथ ऐसा हुआ'।"

ग्रेग ने एक अभिव्यक्ति के साथ बकलैंड को देखा, जो दिखाता है कि उन्होंने न केवल पूरी तरह से समझ लिया कि बकलैंड क्या कह रहे थे, बल्कि अपने जीवन में भी इसकी वास्तविकता का एहसास हुआ। अब वह बुजुर्ग व्यक्ति पर अपनी समस्याओं को थोपने के बारे में और भी बुरा महसूस कर रहे थे।

मि. बकलैंड ने कहा, "मुझे यह साबित करना पसंद है कि कहावत गलत कह रही है। मुझे उन लोगों के बारे में परवाह है, जो चाहते हैं और अपनी मदद खुद करने के लिए तैयार हैं। मुझे आपसे कुछ पूछना है। सामान्य रूप से आपकी राय में प्याला आधा भरा है या यह आधा खाली है?"

एक पल के लिए पूछताछ के बारे में सोचते हुए ग्रेग के सीधे जवाब ने बकलैंड को आश्चर्यचकित कर दिया—"निर्भर करता है।"

"क्या मैं पूछ सकता हूँ, कैसे?"

"जहाँ प्याला शुरू हुआ।" ग्रेग ने जवाब दिया।

"जारी रखें।"

ग्रेग ने आगे कहना शुरू किया, "जिस तरह से मैं इसे देखता हूँ, अगर प्याला पूरी तरह से खाली से शुरू किया और आपने इसमें पानी डाला तो प्याला आधा भरा हो जाएगा। अगर प्याला पहले से ही भरा हुआ था और आपने एक हिस्सा निकाला तो यह आधा खाली कहा जाएगा।"

अपनी प्रभावशाली और हाथ से नक्काशीदार महोगनी डेस्क पर पहुँचने के बाद बकलैंड ने एक छोटा सा नोटपैड निकाला और उस पर कुछ लिखा। उनके चेहरे पर उभरी चिंतनशील अभिव्यक्ति से पता चला कि वे उम्र के पुराने प्रश्न के लिए इस अनूठी प्रतिक्रिया से प्रभावित थे। बकलैंड ने अपनी कलम रखी और एक विचारशील मनन करते हुए अपनी मूँछ को एक तरफ से ताव दिया।

"मुझे नहीं पता कि आपके बारे में सबकी राय क्या है, लेकिन मुझे आप पसंद हैं। हो सकता है, इसलिए, क्योंकि आप मुझे आपकी इस उम्र में मेरी खुद की याद दिला रहे हैं।" बकलैंड ने एक पल के लिए सोचा, फिर युवा ग्रेग की आँखों में देखा। "मुझे लगता है कि आपके पास क्षमता हो सकती है। क्या आप स्वयं की मदद करने के लिए काम करने के इच्छुक हैं? यदि हाँ, तो मेरे पास एक दोस्त है, जिससे मैं चाहता हूँ कि आप मिलें।"

ग्रेग ने जवाब दिया, "अगर वह आपका दोस्त है तो मुझे अच्छा लगेगा।" उन्हें अपने शरीर में खुद को उत्तेजित करने की भावना महसूस हुई।

"और ऐसा क्यों है?" बकलैंड ने एक और अनूठी प्रतिक्रिया की उम्मीद करते हुए पूछा।

"शायद इसलिए, जैसा कि वे कहते हैं, 'चोर-चोर मौसेरे भाई' और विचार करते हुए कि आप कितने सफल हैं, मुझे लगता है कि आपके दोस्त भी एक समृद्ध व सम्माननीय व्यक्ति होंगे।"

"आप इस बारे में सही हैं। मेरे बहुत अच्छे दोस्त चार्ली 'जबरदस्त' जोन्स हमेशा कहते हैं कि आप आज भी वही हैं, जैसे आप पाँच साल बाद होंगे—सिर्फ दो चीजों को छोड़कर।" बकलैंड कुछ रुके और हमेशा की तरह अपने अतिथि की ओर देखा।

चुप्पी को समाप्त करने के लिए उस नए छात्र ने पूछा, "वे दो चीजें क्या हैं?"

मुसकराहट के साथ बकलैंड ने मेज पर रखी पुस्तक की ओर इशारा किया और कहा, "जिन लोगों से आप मिलते हैं और जिन पुस्तकों को आप पढ़ते हैं, उनके बारे में सोचो। हमारे पास जो ज्ञान है और जिनके साथ हम सहयोग करते हैं, हम उनके कुल योग हैं। यदि आप एक छोटी इ-पत्रिका के अलावा कुछ भी नहीं पढ़ते हैं तो यही वह वस्तु है, जिसे आप जानते हैं और अवशोषित करेंगे। यदि आप महान् लोगों की जीवनियाँ और प्रेरणादायक पुस्तकों को पढ़ते हैं तो वह भी सस्थ हैं, जो आप जानते हैं और अवशोषित करेंगे।"

"ठीक है, मुझे वह मिल गया और 'जिन लोगों को हम मिलते हैं' वाला भाग भी सच है, ऐसा मुझे लगता है।" ग्रेग ने कहा।

"आप यह ठीक समझे। चार्ली हमेशा कहते हैं, 'विचारकों के चारों ओर मँडराते रहो और एक दिन आप एक बेहतर विचारक बनेंगे। विजेताओं की संगति में रहो और आप एक बेहतर विजेता बनेंगे। शिकायत करने वाले लोगों को चारों ओर फैलाओ, खोपड़ी को पकड़ना सीखो और आप खोपड़ी को जकड़ते हुए बेहतर शिकायत कर लेंगे'।" बकलैंड ने जारी रखा। किंतु ग्रेग हँसते-हँसते लोट-पोट हो गए।

"मैंने आपको सबसे बड़ी पुस्तकों में से एक सौंप दी है, जिसे आप कभी पढ़ें। यह पहला भाग है। दूसरा भाग उन लोगों से मिलने का अवसर है, जो इसके पृष्ठों के भीतर पाए जानेवाले खजाने पर कुछ अंतर्दृष्टि प्रकाशित करेंगे।"

ग्रेग ने कहा, "धन्यवाद, मि. बकलैंड।" उन्होंने उस पुस्तक पर थोड़ी अधिक बारीकी से नजर डाली, जो उन्होंने पहले किनारे पर रखी थी। "बस, आपसे मिलना मेरे लिए एक बड़ा उपहार रहा है। आपने जिससे मिलने के बारे में सुझाव दिया, उस मुलाकात का मैं इंतजार कर रहा हूँ और मैंने देखा था कि जब मैं बात कर रहा था तो आप नीचे झुककर कुछ लिख रहे थे। क्या मैंने फिर से कुछ गलत कहा?"

"बिल्कुल भी नहीं। असल में, आपने मुझे कुछ ऐसा सिखाया, जिसे मैं याद रखना चाहता हूँ।" मि. बकलैंड ने कुत्ते के कान के आकार की अपनी नोटपैड को ग्रेग की ओर मोड़ दिया, ताकि जो कुछ भी लिखा था, ग्रेग उसे पढ़ सकें।

चाहे प्याला आधा भरा या आधा खाली हो,
इस पर निर्भर करता है कि यह कहाँ से शुरू हुआ।

"पिछले कुछ वर्षों में मैंने सीखा है कि सभी महान् नेता गंभीर नोट्स रखते हैं। मेरे मामले में, मैं अपने लिए एक छोटा अनुस्मारक लिखता हूँ, ताकि मैं बाद में उनके माध्यम से अँगूठे लगा सकूँ और तुरंत पूरे संदेश को याद कर सकूँ; और आपने अभी मेरी पुस्तक बनाने में योगदान दिया है।"

टिप्पणी से प्रेरित होकर ग्रेग ने आत्मविश्वास की एक नई भावना महसूस की, क्योंकि उन्होंने मि. बकलैंड से हाथ मिलाया था। चीजें आखिरकार ठीक हो सकती हैं, उसने सोचा।

इससे पहले कि वह खुद से बहुत दूर हो सके, जॉन बकलैंड ने 'साहसिकता' को अपने नए दोस्त के पास लौटकर आते देखा, जो उन्हें एक प्रश्न के साथ पृथ्वी पर वापस लाई।

"मुझे आपसे कुछ कहना है। मैं आपके दोस्तों से मिलना चाहूँगा।"

ग्रेग मुसकराए और जवाब दिया, "शायद नहीं, मि. बकलैंड, शायद नहीं।"

□

कई सफल लोगों को विफलता और विपत्ति
में ऐसे अवसर मिल गए, जिन्हें वे अधिक अनुकूल
परिस्थितियों में नहीं पहचान पाए।

—नेपोलियन हिल

3
बीजारोपण

सुबह के समय लगातार दरवाजे पर खटखटाने की आवाज ने ग्रेग को गहरी नींद से जगा दिया। वह सपने में मिया को देख रहे थे, उसकी कल्पना कर रहे थे कि उसने उन्हें नहीं छोड़ा था और वह सुबह उनके बगल में ही सो रही थी; पर वह नहीं थी।

अपने कपड़े पहनने के बाद वह लगभग लड़खड़ाता-सा, अपने खाली घर में से गुजरता हुआ मुख्य दरवाजे तक पहुँचा।

मुसकराते हुए उनके दरबान फ्रैंक ने उनका अभिवादन किया।

"आपके लिए यह आया था।" उसने उन्हें एक पैकेट पकड़ाते हुए कहा।

जब ग्रेग उसे लेकर पहुँचे तो दरबान उनके खाली घर में झाँककर देखने की कोशिश कर रहा था। उसने बगीचे में रखनेवाली कुछ कुरसियाँ देखीं, जो ग्रेग ने उनकी इमारत के मनोरंजन केंद्र से उधार ली थीं और एक छोटी सी कार्ड टेबल के चारों ओर व्यवस्थित किया हुआ था। जगह बहुत ही शांत, ठंडी, अनाकर्षक, अरुचिकर एवं अवसादग्रस्त और यहाँ तक कि काफी निराशाजनक सजावट लिये दिख रही थी। कुछ सामान काफी महँगा था और बस, एक हफ्ते पहले ही अतिरंजित सामान की सजावट हुई थी।

"धन्यवाद।" उन्होंने पैकेट को पकड़ लिया और अंदर की तरफ मुड़ गए।

दरबान ने अपने सिर को सहजता से वापस पीछे खींच लिया, ताकि उसकी नाक बंद होते दरवाजे से दूर हो जाए। कोई टिप मिलने की उम्मीद नहीं थी।

दरवाजे के दूसरी तरफ ग्रेग ने खुद को रोक दिया। आमतौर पर वह कभी अपने मन में दूसरा विचार नहीं लाता था, लेकिन आज कुछ अलग था। उसने फिर से दरवाजा खोला और कॉरिडोर से आवाज दी, "फ्रैंक, इस बरताव के बारे में क्षमा करें। मेरे दिमाग

में बहुत कुछ चल रहा है, लेकिन यह कोई बहाना नहीं है।"

फ्रैंक आश्चर्य से पलटा।

ग्रेग ने कहा, "मैं इसे उस तक पहुँचाने के लिए आपकी सराहना करता हूँ।"

"आपका स्वागत है।" फ्रैंक ने अपनी मुसकराहट के साथ कहा था।

उसने अपनी टोपी पर थपकी दी और दृष्टि से गायब हो गया किसी कोने में।

ग्रेग ने पैकेट के पेपर को फाड़कर देखा तो चौंक गए। मि. बकलैंड की तरह एक छोटा सा नोटपैड था, जो उनके अनुस्मारक के लिए होगा और नेपोलियन हिल की पुस्तक 'थिंक एंड ग्रो रिच' की एक प्रति थी, जो पुस्तक बकलैंड ने उन्हें पहले दिन दिखाई थी। सामने के कवर के अंदर एक एयरलाइन यात्रा कार्यक्रम और एक छोटा सा नोट था—

चुनौती : इस टिकट का प्रयोग करें, मेरे अच्छे दोस्त 'डॉन' से मिलें, और जो भी वह आपके साथ साझा करता है, उसे लागू करें। अनेक लोग अच्छी सलाह प्राप्त करते हैं, फिर भी कुछ ही उससे लाभ उठा पाते हैं। क्या आप करेंगे?

ग्रेग ने इसके बारे में सोचा। इससे क्या कुछ लाभ हो सकते थे? संभवतः नकारात्मक भी क्या होता हो? उन्होंने खुद से पूछा।

आगे पढ़ने के बाद उन्होंने मि. बकलैंड के दोस्त डॉन ग्रीन के बारे में जानकारी प्रदान की। तुरंत ही वह समझ गए थे कि एक अविश्वसनीय अवसर उनके दरवाजे पर दस्तक दे चुका था। उन्होंने तुरंत उसे अपने कार्यालय फोन मिलाया, अपनी अनुसूची समझाई (जिसने ज्यादा लंबा समय नहीं लिया) और एक बैग पैक किया। उन्हें विश्वास नहीं हो रहा था कि जोनाथन बकलैंड ने वास्तव में उन्हें सिर्फ एक सहयोगी के साथ बैठक के लिए एक एयरलाइन की टिकट भेजी थी। यह एक ऐसा उपहार था, जिसे वह सराहना के लिए सुनिश्चित करना चाहते थे।

जैसे ही वे हवाई अड्डे के लिए जाने के लिए अपने दरवाजे पर पहुँचे, उनका टेलीफोन बज उठा, जिसे शायद ही कभी इस्तेमाल किया गया हो। उनका सेलफोन नहीं बल्कि लैंडलाइन। एक लंबी साँस लेकर वे जवाब देने के लिए वापस पलटे।

"हैलो।" वे बोले।

"ग्रेग, मैं डेविड बोल रहा हूँ।"

उन तीन शब्दों ने ग्रेग के दिमाग में जीवन भर में यादों की तरह एकत्र हुई छवियाँ ताजा हो गईं। उनमें से कई अद्भुत छवियाँ परिवार, युवावस्था की दोस्ती की भी थीं। लेकिन दूसरी ओर कुछ छवियाँ एवं यादें दर्द, निराशा, दिल का दर्द और यहाँ तक कि

घृणा भी साथ ले चलती हैं। वह फोन रखना व छोड़ना चाहते थे और बिना जवाब दिए चले जाना चाहते थे; लेकिन वह जानते थे कि वह ऐसा नहीं कर सकते।

रिसीवर को अपने कान पर रखकर पहले उन्होंने कोई जवाब नहीं दिया।

"मैं डेविड बोल रहा हूँ।" कॉलर ने कुछ आक्रामक रूप से दोहराया।

"हाय, डेव! तुम मुझे गलत समय पर कॉल कर रहे हो। मैं हवाई अड्डे के लिए निकल रहा हूँ।"

"क्या एक बड़ा सौदा होने जा रहा है, भाई?"

"एक प्रकार का अनुसंधान और विकास से संबंधित। अभी के लिए बस, इतना जान लो।"

डेविड एंजेल ग्रेग के सगे भाई नहीं थे, लेकिन वे उनके सबसे करीबी थे। डेविड तीन वर्षीय बालक थे, जब वे अनाथ हुए। ग्रेग के पिता और माँ उनके दोस्त के माता-पिता के बहुत खास व प्रिय थे। वे एक भयानक ऑटो दुर्घटना में चल बसे थे। उनका परिवार डेविड को अपने घर ले गया और अंततः उन्हें गोद ले लिया।

ग्रेग और डेविड एंजेल एक साल से भी कम समय से, किंतु एक-दूसरे से दूर थे और अपने पूरे जीवन के लिए दोस्ताना प्रतिद्वंद्वियों की तरह रह रहे थे। दोस्ताना—तब तक, जब तक कुछ साल पहले से उनके बीच दूरियाँ और खिंचाव होने लगा, जिसके कारण वे दूर हुए···डेविड के पीने पर।

"ठीक है, पर क्या हम अत्याधुनिक नहीं हैं? खुलकर नहीं सोच सकते। मेरे दोस्त, सब सफल होने की संभावना रखते हैं और यह बकवास सोच भी!"

डेविड ने कथित तौर पर 'सफल' शब्द पर जोर दिया।

"क्या तुम अब भी पी (शराब) रहे हो?" ग्रेग यह सवाल कभी पूछना नहीं चाहते थे और ऐसा पूछने के लिए उन्हें खुद से नफरत हो रही थी, लेकिन उन्हें पूछना जरूरी था। वे बिल्कुल उनके चेहरे के ठीक सामने खड़े थे और वे गुस्से में थे। हिम्मत कैसे हुई इस आदमी की ग्रेग के जीवन में अपनी समस्याओं और असफलताओं को सम्मिलित करने की! भाई है या नहीं···और इस सबके बाद कुछ नहीं था।

"तो क्या हुआ, अगर मैंने पी है? मैं इसे वहन कर सकता हूँ। मैं आपकी तरह अमीर नहीं हो सकता, लेकिन अगर मैं ड्रिंक करना चाहता हूँ तो आप मुझे क्यों रोकते हैं?"

"मुझे पता है, मैं तुम्हें रोक नहीं सकता, डेव। शायद मैं अब चाहता भी नहीं कुछ कहना। लेकिन मैं इस बातचीत को समाप्त कर सकता हूँ। यह अब मेरे वश की बात नहीं है। खुश रहो, अलविदा।"

"रुको, मैं चाहता था···"

ग्रेग ने फोन रख दिया और दरवाजे से बाहर निकल गए। उन्होंने अपनी आँखों के पीछे उग्र क्रोध के कारण भर आए आँसुओं को वापस पीछे जाने के लिए मजबूर कर दिया। वे नहीं चाहते थे कि एक नशेबाज व्यक्ति के कारण उनका दिन या उनके जीवन का कोई भी समय बरबाद हो।

पाँच घंटे की उड़ान के बाद ग्रेग ने खुद को सबसे आलीशान परिदृश्य को देखते पाया। थोड़ी सी असुरक्षा और आश्चर्य-मिश्रित भावना को मन में लिये ग्रेग नेपोलियन हिल फाउंडेशन के मुख्यालय की ओर बढ़ रहे थे। एक संगठन, जो नेपोलियन हिल की रक्षा करता है और उनके लेखन 'थिंक एंड ग्रो रिच' के ज्ञान को फैलाने में बढ़ावा देता है। वे उड़ान भरते समय ही पुस्तक के लेखन से रू-ब-रू हो चुके थे और अब ज्यादा जानने के लिए उत्सुक थे।

थोड़ा परेशान हो रहे थे और उम्मीद कर रहे थे कि वे अपने पहले व्यवहार की नकल न करें, जो एक महान् नेता के साथ मुठभेड़ के वक्त किया था। वे बहुत जल्द ही डॉन ग्रीन की दोस्ताना मुसकराहट और शालीन आचरण से आश्वस्त हो गए थे।

"हैलो, ग्रेग! मेरा नाम डॉन है और मुझे यकीन है कि आप सोच रहे हैं कि आपने इतनी दूर, इस तरह से वाइज, वर्जीनिया के लिए क्यों यात्रा की, वह भी एक पूर्ण अजनबी से मिलने के लिए।"

ग्रेग ने कहा, "नहीं, वास्तव में आप पूरी तरह से एक अजनबी नहीं हैं।" मि. बकलैंड के परिचय देने और मेरे खुद के शोध के बाद मुझे स्वीकार करना पड़ा (मुसकराते हुए)कि मैं आपसे मिलने को लेकर बहुत उत्सुक था। उन्होंने मुझे चार्ली 'जबरदस्त' जोन्स और जो पुस्तकें आप पढ़ते हैं और जिन लोगों से आप मिलते हैं, उनका महत्त्व भी बताया।"

अपने नए सलाहकार की टिप्पणी और बाद में इंटरनेट से खोज करने के बाद ग्रेग ने सीखा था कि डॉन ग्रीन अपेक्षाकृत कम उम्र में ही एक बैंक के अध्यक्ष बन गए थे। वे लगातार सफलता के पायदान पर चढ़ते रहे और आगे बढ़ते हुए एक सफल बिजनेस एक्जीक्यूटिव बन गए, जिनके पास अपनी खुद की कंपनियाँ थीं। वे ऐसे व्यक्ति थे, जिन्होंने अपने समुदाय को बहुत कुछ उदारता से वापस दिया था। उन्हें कई सम्मान प्राप्त हुए थे, जैसे कि वर्ष के नागरिक स्वयंसेवक होने के लिए पुरस्कार। उन्होंने अपने स्थानीय पी.बी.एस. स्टेशन और वर्जीनिया विश्वविद्यालय—दोनों के बोर्डों पर सेवा की थी। सबसे महत्त्वपूर्ण बात यह है कि वे नेपोलियन हिल फाउंडेशन के सी.ई.ओ. थे और उस प्रतिष्ठित पद पर पूरे ऑपरेशन के पर्यवेक्षण के प्रभारी व्यक्ति थे।

"चार्ली की सलाह बहुत अच्छी है और मुझे यकीन है कि 'बकी' ने आपको मेरे बारे में जो भी जानकारी दी होगी, वह ठीक होगी।" डॉन ने कहा, "एक चीज निश्चित है,

मैंने बहुत सारी पुस्तकें पढ़ी हैं और बहुत से लोगों से मुलाकात की। मैंने लगभग पचास वर्षों तक सफलता के सिद्धांत पर अध्ययन किया है कि लोगों को क्या सीखने में हमेशा दिलचस्पी है, जो उन्हें वास्तव में अपने क्षेत्रों में सफल बनाती है? फाउंडेशन इन्हीं सब बातों पर आधारित है।"

ग्रेग ने देखा कि ग्रीन अपनी प्रशंसा सुनकर, जो कि मि. बकलैंड ने की थी, खुश लगे। वे दोस्ताना थे और विनम्र, लेकिन विचलित रूप से मामूली नहीं।

डॉन ने एक कुरसी की तरफ इशारा किया, "आगे बढ़ें और तशरीफ रखें।"

जैसे ही वे दोनों बैठे, मेजबान ने वार्त्तालाप को जारी रखा, "आपने जरूर उस वृद्ध वालरस को प्रभावित किया होगा, जो उसने आपको इतनी दूर यहाँ भेजा। मुझे लगता है, आप भी सफलता की तलाश में हैं?"

"शायद वे जानते थे कि मुझे सहायता की आवश्यकता थी।" ग्रेग ने कहा, "मैं निश्चित रूप से सफल बनना चाहता हूँ; लेकिन बस, कहीं एक निश्चित जगह पहुँच नहीं पा रहा हूँ।"

जवाब देने से पहले डॉन एक पल के लिए विचारमग्न हो गए।

"मैं आपके साथ मुख्य कारणों में से एक को साझा करना चाहता हूँ और शायद सबसे महत्त्वपूर्ण कारण को, कि क्यों केवल 5 प्रतिशत लोग ही सफलता प्राप्त कर पाते हैं और बाकी उनकी क्षमता तक पहुँचने में असफल क्यों हो जाते हैं!"

"यह बहुत अच्छा होगा, क्योंकि मैं भी करोड़पति बनना चाहता हूँ।"

"बहुत अच्छे, ग्रेग! आप एक दिन जागेंगे और देखेंगे कि वास्तव में आपने लाखों डॉलर जमा कर लिये हैं। फिर भी, यह हकीकत नहीं है, क्योंकि अभी भी आपने सफलता हासिल नहीं की है।"

ग्रेग ने अपने मेजबान को देखा, कुछ हद तक परेशान अवस्था में।

"जैसा कि लेखक बेन स्वीटलैंड ने वर्षों पहले कहा था, 'सफलता एक यात्रा है, गंतव्य नहीं।' सफलता जीवन का एक तरीका है और जब तक आप जीवित रहते हैं, तब तक यह जारी रहेगा। यह आपकी अंतिम खोज के उद्देश्य के बारे में है और आप पूरी शिद्दत से और सबकुछ, जो आप करते हैं और आपका है, के साथ इसका पीछा करते हैं।"

डॉन ग्रीन ने एक धारणा के साथ कहा, "मैं नेपोलियन हिल फाउंडेशन को चलाने में जिस कारण से मदद करता हूँ, वह इसलिए, क्योंकि मैं लोगों की उनके अंतिम लक्ष्य की खोज में मदद करना चाहता हूँ। लेकिन जिस सबक के बारे में मैं बात कर रहा हूँ और चाहता हूँ कि आज का सबक आपके साथ साझा करूँ—'कभी हार नहीं मानना, चाहे आपकी हिम्मत साथ छोड़ने को मजबूर करे; आपको पीछे नहीं हटना, स्थिति चाहे

जो हो, चाहे आपके पास कोई और विकल्प न हो।'"

ग्रेग ने महसूस किया कि उन्होंने खुद के अपने शरीर को पीछे कुरसी पर धक्का दिया, वह भी ऐसे, जैसे एक शक्तिशाली कथन की प्रतिक्रिया हुई हो। उन्हें याद आया कि उन्होंने मि. बकलैंड के साथ अपनी निराशा साझा की थी और छोड़ने के बारे में उनके विचार भी। मैं यहाँ एक कारण के लिए हूँ; मुझे ध्यान देना चाहिए, उन्होंने खुद को उकसाया था।

डॉन ग्रीन ने युवा ग्रेग को कुलबुलाते देखा। उन्हें समझ आया कि तीर सही निशाने पर लगा है। आश्वस्त होकर उन्होंने बोलना जारी रखा—

"मुझे दिख रहा है कि आपके हाथ में 'थिंक एंड ग्रो रिच' है। मैं आपको इस पुस्तक के इतिहास के बारे में बताता हूँ। यह पहली बार सन् 1937 में प्रकाशित की गई थी और विश्व भर में इसकी लाखों प्रतियाँ बेची गई हैं। किंतु इसमें किसी अन्य सबक की तुलना में सबसे अधिक जीवन-परिवर्तनकारी सबक हैं, जो कई पुस्तकों में मैंने कभी-न-कभी पढ़े हैं; लेकिन कभी हार न मानने का सबक एक ऐसा सबक है, जो सबसे महत्त्वपूर्ण है।

"मुझे लगता है कि आपको यह पुस्तक पसंद आएगी, ग्रेग, और यह आपकी मदद भी कर सकती है कुछ बेहतर जवाब ढूँढ़ने में, या आपको प्रेरित करेगी कुछ नए सवाल पूछने के लिए। पहले अध्याय में हिल आर.यू. डार्बी की कहानी बताते हैं। डार्बी, जिन्होंने एक बहुत ही महँगा सबक सीखा, किंतु जिसके कारण उनकी जिंदगी हमेशा के लिए बदल गई। डार्बी ने भी वही किया, जो कितने लोग करते हैं। वह अपनी अस्थायी हार से लक्ष्य से पीछे हट गए और कोशिश को छोड़ दिया। नेपोलियन हिल जानते थे कि हम में से हर एक इस गलती का दोषी है, चाहे इस समय हो या बाद में।"

ग्रेग ने कहानी के बारे में कुछ याद किया, जो उन्होंने पुस्तक में संक्षिप्त रूप से पढ़ा था। अब उन्होंने खुद को पीछे खींचकर पीठ को सीधा कर लिया, ताकि वह अपने नोटपैड पर लिख सकें—

विफलता का सबसे आम कारण है—हिम्मत को छोड़ना।

अपने आगंतुक को कुछ नोट करते देखकर ग्रीन प्रसन्न हुए। उन्होंने बोलना जारी रखा—

"डार्बी के चाचा को सोने को हासिल करने की धुन चढ़ गई थी। उन्होंने पश्चिम दिशा में यात्रा की, ताकि वे खनन व्यवसाय में समृद्ध हो जाएँ। इस भावी अंदेशे से समाधान की तुलना में कई और उम्मीदें भी थीं। आप जानते हैं, क्योंकि उन्होंने यह जानने के लिए समय नहीं लगाया कि कैसे करना है, जो वे हासिल करना चाहते थे। वे सिर्फ सोना खोजना चाहते थे। उन्होंने खनन का अध्ययन नहीं किया था या उससे संबंधित

दूसरी चीजों के बारे में सीखा नहीं था, यहाँ तक कि उसे पाने के लिए काम करने का उचित तरीका भी उन्हें नहीं पता था। उन्होंने बस, दावा किया और अपनी कुदाली व फावड़े के साथ काम करने के लिए चले गए।"

ग्रेग चुपचाप कहानी के हर शब्द को ध्यान से सुन रहे थे। उन्होंने महसूस किया, अपने खुद के आश्चर्य के लिए कि उनकी सामान्य आंतरिक बातचीत, आत्म-अवशोषित चापलूसी एक बड़ी डिग्री से घिरी हुई थी। वे मिया या डेविड या उनके व्यापार की चिंताओं के बारे में नहीं सोच रहे थे और न ही किसी अन्य समस्या के बारे में। इसके बजाय वे वास्तव में सुन रहे थे।

"सौभाग्य से, शारीरिक श्रम के हफ्तों के बाद डार्बी के चाचा को सोने की खोज के लिए पुरस्कृत किया गया था। जबकि यह एक बड़ी समस्या थी, जिसका उसे जल्दी ही एहसास हुआ कि वह वास्तव में उसके लिए तैयार नहीं था। उसे हटाने के लिए मशीनरी की जरूरत थी, भारी चट्टानों और गंदगी की भारी मात्रा ने चमकते अयस्क को ढक रखा था।

"उसे समझ आ गया था कि मशीनरी पर काफी पैसा खर्च होगा और उसके पास इतना पैसा नहीं था। उसने सावधानीपूर्वक खान को ढक दिया और अपने घर विलियमबर्ग, मेरीलैंड चला गया। वह उत्साहपूर्वक अपनी महान् खोज की घोषणा करते हुए और जबरदस्त अभिमान को ओढ़े जमीन में दबे अकूत स्वर्ण भंडार के बारे में बता रहा था, जैसे वह उसका बस इंतजार कर रहा है। अपने परिवार को मनाने के लिए उसे ज्यादा समय नहीं लगा और आवश्यक उपकरणों में निवेश करने के लिए दोस्तों ने भी उस काम में अपना पैसा लगाया।

"हाथ में आवश्यक पैसे आने के साथ डार्बी के चाचा ने अपने युवा आश्रितों को आमंत्रित किया कि वे उस प्रक्षेपित खजाने के लिए खुदाई शुरू करने के लिए उसके साथ वापस लौट चलें। जब पहले स्वर्ण अयस्क को पुनः प्राप्त किया गया तो वे इतने उत्साहित थे कि उन्होंने तुरंत उसे धातु गलानेवाले के पास भेज दिया। निश्चित रूप से वह उच्च गुणवत्ता वाला अयस्क था और कोलॉराडो के सबसे अमीर सोने की खोजों में से एक होने का दावा किया। बस, कुछ और स्वर्ण अयस्कों का भार और वे न केवल अपने ऋण, बल्कि अपने परिवार व दोस्तों के ऋण को चुकाने में भी सक्षम हो जाएँगे और फिर भी उनके पास अपने पीछे छोड़ने के लिए काफी सारा धन होगा।

"डार्बी और उसके चाचा आश्वस्त थे कि वे अपने सोने की खान से एक बड़ा भाग्य बनाने वाले हैं। फिर अचानक एक त्रासदी हुई। सोना अचानक गायब हो गया। केवल जब उनकी उम्मीदें सबसे ज्यादा थीं, तो डार्बी थे और इंद्रधनुष के अंत तक पहुँचने तक उनके सपने कुचल गए। सोने का वह भंडार अब नहीं था।"

ग्रेग ने मानसिक तनाव के कारण अपनी कलम को नीचे रख दिया। अगर वह वास्तव में, शुरुआत से ही पुस्तक के पहले अध्याय को पढ़ने के लिए अपना समय निवेश करता तो वह पहले ही यह जान चुका होता।

"यहाँ यह याद रखें, वे सिर्फ अधिक सोना प्राप्त करना चाहते थे। उनके पास सोने के खनन की कला का कोई अनुभव नहीं था और न ही कभी उन्होंने उसका अध्ययन किया था। उनका जुनून भी खनन के कारोबार के लिए सच्चा नहीं था, इसलिए उन्हें नहीं पता था कि खुदाई के अलावा अगला क्या कार्य करना है। अधीरता और ज्ञान की कमी के कारण, वे जल्दी ही पूरी तरह से हतोत्साहित व निराश हो गए। उन्होंने तत्काल सफलता का अनुभव किया था और इसी वजह से जब नौकरी अधिक मुश्किल हो गई तो उन्होंने ऐसे में अपना धैर्य खो दिया। बेशक, उन्होंने खुदाई जारी रखी, लेकिन आगे और अयस्क नहीं मिला। यह उनके असंतोष से पहले की अवस्था थी, जब उन्हें सबसे अच्छा मिला और जल्दी ही हताश होकर उन्होंने प्रयास छोड़ने का फैसला कर लिया।"

पानी की एक घूँट पीने के लिए ग्रीन रुक गए। ग्रेग आगे झुक गए, ताकि कहानी का एक शब्द भी छूटने न पाए।

"निराश व हताश डार्बी और उसके चाचा ने एक स्थानीय कबाड़ी को उनके दोनों खानें और उनके उपकरण बेच दिए। सालों से वह कबाड़ी खनन उद्योग में एक अवसर की तलाश में था। उसने एक दशक से अधिक समय से खनन का अध्ययन किया था और हमेशा यह मानता था कि यह उसके भाग्य में है। बिक्री का आदान-प्रदान सौ डॉलर और कुछ दस्तावेजों पर कार्य के साथ पूरा हो गया। इसके साथ ही डार्बी और उसके चाचा ने अगली ट्रेन पकड़ी और अपने घर मेरीलैंड वापस लौट आए। सोने के लिए उनकी खोज अब समाप्त हो गई थी।"

ग्रेग ने पूछा, "बस यही, सब खत्म। बस, उन्होंने हिम्मत छोड़ दी?"

"हाँ, वे सबकुछ छोड़कर चल दिए। लेकिन कहानी यहीं खत्म नहीं होती है। आप देखें, कबाड़ी खनन के विचार के बारे में बहुत उत्साही था। याद रखें, वह सिर्फ सही अवसर की प्रतीक्षा कर रहा था। ज्यादातर लोगों ने उसे जिस बारे में श्रेय दिया, उसके मुकाबले वह अधिक चालाक था। दस्तावेज हाथ में लेकर काम करने के साथ उसने अपने दावे के निरीक्षण के लिए एक खनन इंजीनियर को काम पर रखा और साथ में उन्होंने पाया कि 'फाल्ट लाइन' क्या होती है। इंजीनियर ने समझाया कि सोना लंबी शिराओं से होकर निकलता है और पिछले मालिकों ने बस, शिरा के एक ओर ड्रिल की थी और दूसरी शिरा से बाहर आए थे। इंजीनियर ने समझाया कि अगर कबाड़ी वापस जाए और दूसरी दिशा से खोदना शुरू करे, बिल्कुल उसी सीध में, जहाँ पर डार्बी ने पहली खुदाई कर सोने के होने की खोज की थी, तो निश्चित ही उसे सोना प्राप्त हो जाएगा।

"नया मालिक, कबाड़ी, सोने का खनिक बना। उसने उन सरल निर्देशों को अपनाया और अंततः अयस्क के सबसे बड़े हिस्से में से एक को उजागर किया, जो केवल तीन फीट दूर था—वहाँ से, जहाँ से डार्बी ने खनन छोड़ दिया था। कबाड़ी ने वहाँ से सोने में लाखों डॉलर कमाए। वह वहाँ सफल हुआ, जहाँ डार्बी और उसके चाचा विफल रहे थे, सिर्फ दो चीजों के कारण—

"एक, स्वर्ण खनिक बनने के अपने जीवन के उद्देश्य को पूरा करने का दृढ़ संकल्प और जाहिर है, किसी से विशेष सलाह लेने की उसकी इच्छा की कमी।"

डॉन थोड़ी देर के लिए रुका, ताकि उसमें छिपा संदेश अच्छी तरह से समझ आ जाए।

"और आपको क्या लगता है कि मि. डार्बी ने जब कबाड़ी की सफलता के बारे में सुना होगा, तब उन्होंने क्या किया होगा?"

ग्रेग ने कहा, "शायद जीवन से आशा ही छोड़ दी होगी।"

"बहुत से लोग शायद ऐसा करें; लेकिन आर.यू. ने उस विफलता को ऐसे ही बरबादी में जाने नहीं दिया। उसने 'सफलता के गुरुमंत्र' रुकने के बारे में अपना सबक सीखा और अपने बीमा के व्यवसाय के काम पर इसे लागू करने के लिए सोच लिया। निश्चित रूप से उसका दिल टूट गया था, जब उसने कबाड़ी की सफलता के बारे में सुना, जो उसने अपने निजी खर्च पर हासिल की थी। लेकिन वह यह कभी नहीं भूला कि उसका भाग्य खोने का असली कारण क्या था और ऐसा इसलिए था, क्योंकि उसने जल्द ही हार मानने का फैसला किया था।

"उन्होंने कभी भी हार को स्वीकार नहीं करने के लिए अपना जीवन समर्पित किया। इस नए 'नेवर क्विट' रवैए के साथ डार्बी बीमा क्षेत्र में अपना भाग्य बनाने में लग गया। अपने नए भाग्य से उसने अपने दोस्तों और परिवार का बकाया भुगतान कर दिया और महत्त्वपूर्ण बात यह है कि उसने अपनी कहानी को साझा करना भी शुरू किया, ताकि अन्य लोग उसकी गलती से सीख सकें।"

युवा ग्रेग ने टिप्पणी की, "यह एक जबरदस्त कहानी है।"

डॉन ने कहा, "बड़ी सफलता के आने से पहले आप निश्चित रूप से अस्थायी हार के साथ मिलते हैं। जब लोग इन भावनाओं से पीछे हट जाते हैं तो सबसे आसान और शायद सबसे तार्किक बात होती है—कोशिश करना छोड़ना। छोड़ देना बिल्कुल ऐसा है, जो बहुमत में लोग करते हैं।"

ग्रेग ने तुरंत अपने नोटपैड पर लिखा था—

महान् सफलता आने से पहले
आप निश्चित रूप से अस्थायी हार का सामना करेंगे।

ग्रीन ने अपने विचारों को यह कहते हुए समाप्त किया, "तीन चीजें हैं, जिन्हें आप अपना रास्ता चुनने के बाद याद रखना चाहते हैं।"

ग्रेग ने डॉन के शब्दों को लिखा—

अपना रास्ता चुनें और फिर,

एक—उन लोगों से राय लें, जो आपसे ज्यादा बुद्धिमान और विशेषज्ञ हैं।

दो—सोने से तीन फीट की दूरी पर हिम्मत कभी न छोड़ें।

तीन—जब आप सफल हो जाएँ तो आप दूसरों को ढूँढ़ें, जिन्हें आप सलाह दे सकते हैं और उनके साथ आपने जो सबक सीखा है, उसे साझा करें।

"याद रखें।" डॉन ने कहा, "ज्यादातर लोगों के छोड़ने का कारण इसलिए है, क्योंकि वे अपने निश्चित जीवन उद्देश्य का पता लगाने में विफल रहते हैं। उनके पास लड़ने के लायक कुछ नहीं होता है। एक बार आप इस सच्चाई को खोज लेते हैं तो आप वह हासिल करेंगे, जिसे नेपोलियन हिल 'उत्कीर्णन संभावना' कहते हैं।"

ध्यान से सुनकर ग्रेग अभी भी परेशान थे। उन्होंने सिर्फ 'हूँ' कहा।

"डार्बी ने इसलिए छोड़ दिया, क्योंकि वे नतीजे को लेकर प्रतिबद्ध नहीं थे, वे बस। डॉलर का पीछा कर रहे थे। ठीक उसी तरह, जिस तरह से आप एक करोड़पति बनना चाहते हैं, जिसके बारे में उल्लेख कर रहे थे।

इसके विपरीत, कबाड़ी हमेशा से यह जानता था कि एक दिन वह अपना लक्ष्य हासिल कर लेगा और सोने का खनिक जरूर बनेगा और इसलिए जो कुछ भी करने की जरूरत थी, उसने वह किया, जब तक कि अवसर खुद नहीं आ गया।

दूसरे शब्दों में, "उसके पास स्थिरता थी—यह अंतर होता है रुचि रखने और प्रतिबद्ध होने के बीच।"

ग्रेग ने अपने नोटपैड पर लिखा था—

रुचि रखने और प्रतिबद्ध होने के बीच एक अंतर है।

डॉन ग्रीन ने कहा, "इसे इस तरह से सोचिए। कल्पना कीजिए कि आप एक सामाजिक कार्यक्रम में गए हैं, जहाँ आप सुंदर दिखनेवाली एक युवा महिला से मिलते हैं और आपको उसमें रुचि हो जाती है। आप इसकी तुलना करते हैं, जैसे आपके जीवन में प्यार आया है और शादी हो रही है तो अब आप प्रतिबद्ध हैं। अंत में, परेशानियाँ उत्पन्न होंगी; वे हमेशा होती हैं।"

ग्रेग ने कल्पना की कि वह हाल ही में अपने घर, जो कि एक खाली अपार्टमेंट था, में कैसे आया था।

"जब समय मुश्किल हो जाता है तो आप स्थिति से भाग सकते हैं या इस मामले में हम कह सकते हैं, उस व्यक्ति से भागते हैं, जिसमें आप रुचि रखते हैं। चाहे शादी के

साथ या एक और प्रतिबद्ध स्थिति के साथ, लेकिन अगर आप एक संकल्प की तलाश करने और इसे छूने की अधिक संभावना रखते हैं तो इसलिए, क्योंकि आप उस रिश्ते को समर्पित हैं।"

ग्रेग अचानक बीच में बोल पड़े, "क्या मैं उससे संबंधित हो सकता हूँ?"

"डार्बी ने संघर्ष के पहले केवल संकेत पर ही उसे छोड़ दिया, क्योंकि उसमें व्यापार के लिए कोई जुनून नहीं था। कबाड़ी को अपने जीवन से प्यार था। एक स्वर्ण खनिक बनने के लिए वह अवसर खोजने के लिए प्रतिबद्ध था और अंततः उसे पुरस्कृत किया गया था, क्योंकि वह अपने लक्ष्य के प्रति जागरूक रहा था।"

अपनी पुस्तक में लिखते हुए ग्रेग ने एक नया शक्तिशाली संदेश जोड़ा, जिसमें शब्दों को थोड़ा बड़ा लिखा गया था—

"सफल होने के लिए आपके पास स्थिरता होनी चाहिए।"

□

उनके विचार को विस्तृत करने
के लिए की गई उपेक्षा
कुछ लोगों को जीवन भर
एक ही कार्य करने को प्रेरित कर रही है।

—नेपोलियन हिल

4

घाटी के माध्यम से

घर वापसी के समय ग्रेग का दिमाग एक खुली सड़क पर अपनी क्षमता की सीमा पर फेरारी की गति से दौड़ रहा था। जिस प्रकार एक विषय रेखांकित किया गया, उसके विचार दूसरे में स्थानांतरित हो जाते हैं, बिल्कुल वैसे ही।

उन्होंने महसूस किया कि मि. बकलैंड ने उन्हें डॉन ग्रीन से मिलने एक बहुत अच्छे उद्‌देश्य के लिए भेजा था। लगभग सारे लोग अपने जीवन में कुछ बिंदु पर हिम्मत छोड़ देते हैं; बस, सफलता प्राप्त करने से तीन फीट पहले ही रुक जाते हैं। बेशक, वह भी हार माननेवालों के समूह में शामिल था—वास्तव में बिल्कुल सूची के शीर्ष पर।

निश्चित रूप से चीजें उसके लिए आसानी से नहीं हो रही थीं; लेकिन क्या वह वास्तव में बस इसलिए हिम्मत छोड़ना चाहता था, क्योंकि चीजें बहुत उलझी हुई और मुश्किल से मिल रही थीं? वह जानता था कि उसमें सफलता पाने के लिए प्रतिभा की कमी नहीं थी। उन्हें विश्वास था कि अगर उन्हें संसाधनों की आवश्यकता होगी तो वे भी उपलब्ध हो जाएँगे।

यह अचानक से स्पष्ट हुआ था कि उन्हें बस अपना जुनून, खुद को उस ओर धकेलने और सबसे ऊपर—स्थिरता को खोजने की जरूरत थी, ताकि वे अधिकांश समय में अपनी सफलता की ओर आगे बढ़ें।

इस संघर्ष का हिस्सा बनकर वे समझने लगे थे कि अब वे खुद सबकुछ करने का प्रयास कर रहे थे। उनके लिए यह पुरानी कहावत चरितार्थ थी—'अगर आप कुछ अच्छा करना चाहते हैं तो आपको उसे स्वयं करना होगा।' किंतु इस विश्वास के साथ एक समस्या थी कि वह अब हमेशा अपने आप सबकुछ कर रहा था।

यह तत्त्व ज्ञान उनके पेशेवर और निजी जीवन दोनों में विनाश पैदा कर रहा था।

पूरा करने की कोशिश से तनाव बढ़ रहा था और उन्हें अपने आप के लिए बहुत कम समय एवं ऊर्जा का साथ मिल पाता था। इसमें उनकी प्रेमिका मिया भी शामिल थी, जिसे वे वास्तव में बहुत प्यार करते थे। वे अब पूरी तरह से और विस्तार से समझ गए थे कि उन्होंने कभी खुद को रिश्ते में नहीं बाँधा था।

जिस तरह से डॉन ने 'सफलता के गुरुमंत्र' कहानी साझा की थी, उसने वास्तव में इस निर्विवाद महत्त्व के बारे में एक छाप बना दी थी कि अपने घेरे से बाहर की विशेषज्ञता के साथ लोगों से सलाह लेने के लिए खुद भी प्रयास करना पड़ता है। अगर ग्रेग सफल होने जा रहे थे तो उन्हें दूसरों को खुद की मदद करने के लिए अनुमति देना शुरू कर देना पड़ेगा।

एक आदर्श उदाहरण दिमाग में आया। वह लेखांकन और संचालन के बारे में थोड़ा जानता था। फिर भी, वह खुद को बिक्री और विपणन विभाग में एक विलक्षण बुद्धि की प्रतिभा का मालिक समझता था (शायद यह थोड़ा ज्यादा है, उसने सोचा)। हाल ही में वे बहीखाते के मुद्दों पर अपना अधिकांश समय बिताते थे और इस कारण बिक्री कॉल पर काफी असर पड़ा था।

व्यापार करने के रास्ते कम हो गए थे, जिससे उसमें मंदी आ गई थी और उन्हें वित्त से संबंधित समस्याओं का सामना करना पड़ा। उन्होंने अपनी क्षमताओं का उपयोग करना बंद कर दिया था। यह स्पष्ट नजर आ रहा था कि उन्हें उन लोगों को शामिल करने की आवश्यकता थी, जो लेखांकन में विशेषज्ञ थे और उनकी सहायता करने तथा उन्हें मुक्त करने के लिए उनका संचालन भी करते थे, ताकि वे वह सब कर सकें, जो वे करना चाहते थे। इसके अलावा, वे ऐसा करने से बेहद प्यार करते थे।

अपनी ताकतों पर काम करें, अपनी कमजोरियों को भाड़े पर दें।

बस, यह एक काम करने से वह अपने व्यापार को विकसित करने की अनुमति देगा और व्यवसाय तेजी से तथा आशानुरूप बढ़ जाएगा। फिर वह खुद को बेहतर बनाने के लिए खाली समय निकालेगा और वह क्या करने के लिए और सबसे ज्यादा मजा पाएगा।

जैसे ही वह हवाई जहाज से उतरा, उसने टैक्सीकैब को पुकारा और विश्व पूँजी निर्माण की इमारत की ओर चलने का नेतृत्व किया। मि. बकलैंड का अभिवादन करने के बाद, जो अब उनके नए सलाहकार हैं, उन्होंने महसूस किया कि उनके दृष्टिकोण में इस व्यक्ति से मिलने के परिणामस्वरूप पहले से कितना ज्यादा बदलाव आ चुका है।

"मि. बकलैंड। वाह, क्या महान् यात्रा थी!" ग्रेग के उत्साह का अनुमान उनकी आवाज से लगाया जा सकता था।

"मैं समझ गया हूँ कि आपने मुझे डॉन ग्रीन से मिलने के लिए क्यों भेजा! वे उच्च

कोटि के विजेता हैं। मुझे विश्वास नहीं हुआ कि मुझे नेपोलियन हिल फाउंडेशन के सी.ई.ओ. के साथ बैठना है। मैंने सबसे पहले उनसे 'सफलता के गुरुमंत्र', यानी पहले न छोड़ने के सिद्धांत को सीखा। आपका हृदय से धन्यवाद।" ग्रेग ने गहरी साँस ली। "और मुझे तलाश के लिए बाहरी स्रोत से मार्गदर्शन का तरीका बहुत पसंद आया। मुझे समझ आ गया! मुझे अंत में एहसास हुआ कि अगर मैं एक व्यक्ति, यानी खुद अपना शो हूँ तो मैं सफल नहीं बन पाऊँगा।"

"आपके विचारों का स्वागत है। मुझे खुशी है कि आपने डॉन ग्रीन से मिलने का आनंद लिया।" बकलैंड ने कहा, "अब बड़ा सवाल यह है कि आप अब उस जानकारी के साथ क्या करने जा रहे हैं?"

ग्रेग ने कहा, "मुझे पता था कि आप मुझसे यह प्रश्न जरूर पूछने वाले हैं। तो यहाँ योजना है—यहाँ रास्ते पर मैंने बैठकों की स्थापना की, ताकि कुछ बेहतरीन लोगों का साथ हम पकड़ सकें, इसलिए मैं अपने व्यापार और कॅरियर पर उनकी राय लेने के लिए पूछ सकता हूँ।"

"ठीक है; किंतु यह शर्म की बात है, क्योंकि आप उनसे बहुत दूर नहीं होंगे।"

"क्या? मैंने सोचा था कि यही कारण है कि आपने मुझे मिस्टर ग्रीन से मिलने के लिए भेजा था और सोचा कि आपको गर्व होगा कि मैंने पता लगा लिया।"

"यह अद्भुत है कि आपने उनकी बात सुनी। केवल मैं यह कामना करता हूँ कि सुझाव के बजाय मंत्रणा की तलाश करें।"

ग्रेग ने अपनी भौंहें उचकाते हुए पूछा, "दोनों में क्या अंतर है?"

"यह सफल होने के या न होने के बीच का अंतर है। समस्या लगभग सभी लोगों को दूसरे लोगों से परामर्श लेने की है, सिवाय अच्छी मंत्रणा की तलाश करने के।" मि. बकलैंड ने अपना गला साफ किया और आगे कहा, "यह कुछ ऐसे है, आमतौर पर राय होती है अज्ञानता के आधार पर, या हम ज्ञान की कमी कहेंगे; जबकि मंत्रणा ज्ञान और अनुभव पर आधारित है।"

ग्रेग ने बयान को समझकर अच्छे से सीख लिया।

मि. बकलैंड ने कहना जारी रखा, "कल्पना कीजिए कि आप अपने दोस्तों या परिवार के सदस्यों के साथ जा रहे हैं और उनके साथ अपनी बातें साझा करना चाहते हैं—कुछ करने की, कुछ ऐसा, जो कभी प्रकट नहीं हुआ है। उदाहरण के लिए, एक पुस्तक लिखना। वे आपको कह सकते हैं—आप पागल हो, है न?"

ग्रेग मुसकराए। उन्होंने अपने दोस्तों की प्रतिक्रियाओं की कल्पना की। "एक पुस्तक लिखना चाहते हो? आप अपना नाम ही मुश्किल से लिख पाते हो। आप कभी लेखक नहीं बन सकते।"

"आप उनसे पूछ सकते हैं कि वे क्यों सोचते हैं कि आप ऐसा नहीं कर सकते और वे आपको इसके बहुत सारे कारण देंगे। अधिक संभावना यह है कि वे आपको बाधाओं के बारे में बताएँगे और यह भी कि इस सब में बहुत समय व पैसा खर्च होगा और इसी तरह की न जाने कितनी बातें।"

"आप पहले से ही मेरे परिवार और दोस्तों से मिल चुके हैं शायद।" ग्रेग ने व्यंग्यात्मक रूप से कहा।

"वे शायद कहेंगे कि आप कभी पुस्तक नहीं लिख सकते, क्योंकि आपने कभी कोई पुस्तक पढ़ी नहीं है। भले ही अंततः अब उन्होंने 'थिंक एंड ग्रो रिच' का एक-एक पन्ना अच्छे से पढ़ लिया है।"

"हाँ, वे शायद ऐसा कहेंगे; क्योंकि उन्होंने कभी उसे खुद नहीं किया था। यही वह है, जिसे हम 'आधा-अधूरा ज्ञान' कहते हैं, यानी अधूरी अज्ञानता। अब आप किसी ऐसे व्यक्ति के साथ बात करने की तुलना करें, जो कार्यकारी पुस्तकों के संस्थापक या चार्ली जोन्स की तरह है।"

"यह वह व्यक्ति है, जिसने उस उद्धरण के बारे में कहा कि जैसे आप आज हैं, वैसे ही आगे के पाँच वर्षों में होंगे, सिवाय जिन लोगों से आप मिले और जो पुस्तक आपने पढ़ी, उनके साथ।"

"एकमात्र पुरस्कार विजेता लेखक होने के अलावा स्पीकर और कई लोगों के लिए सच्चे दोस्त। वे भी महान् हैं, व्यापारिक अधिकारी हैं, जिन्होंने 5 करोड़ से ज्यादा पुस्तकें अपनी कंपनी के माध्यम से बेची हैं।"

"ये वाकई बहुत सारी पुस्तकें हैं।"

"बेशक!" बकलैंड सहमत हुए, "अब उसके साथ बात करने की कल्पना करें कि आप एक पुस्तक लिखने के बारे में सोच रहे हैं। संभावना से अधिक, वह पूरी तरह से आपके अपने लोगों की तुलना में बिल्कुल अलग प्रयास करेगा। वह कह सकता है, 'इस क्षेत्र में आप नए हैं। वहाँ कुछ चुनौतियाँ होंगी, यहाँ आपको यह जानने की आवश्यकता है।' और फिर, वह आपके साथ साझा करेगा कि अन्य लेखकों ने सफल होने के लिए क्या किया है। फिर वह आपसे जीत और हार के बारे में बात कर सकता है और आपके नए लेखन, प्रकाशन एवं प्रचार की परियोजना के बारे में बात कर सकता है। दूसरे शब्दों में, वह आपको अच्छी सलाह देगा।"

"मुझे समझ आ गया है।" ग्रेग ने कहा, "चार्ली एक उद्योग में विशेषज्ञ है, बिल्कुल उस इंजीनियर की तरह, जिसने कबाड़ी की मदद की।"

"एकदम सटीक ढंग से।" मुसकराते हुए बकलैंड ने कहा। वे प्रसन्न थे कि उनका शिष्य बात पर ध्यान दे रहा था।

"मैं तुरंत इस पर काम शुरू करूँगा।"

"और एक बार जब आप शुरू करते हैं," बकलैंड ने इंजेक्शन दिया, "कृपया साझा करें कि आप किसी और के साथ क्या सीखते हैं; क्योंकि अंत में सबसे बड़ी सफलता आपको पता चलेगी, जो दूसरों को सफल होने में मदद करने से मिल रही होगी।"

ग्रेग ने इन शब्दों को भविष्य के लिए अपने नोटपैड पर लिखा था।

संदर्भ—

परामर्श के बजाय मंत्रणा की तलाश करें,
और इसे आगे पारित करें।

"यदि आप इसके लिए तैयार हैं तो मैं आपको अगले सप्ताह अपने एक और मित्र से मिलने के लिए भेजूँगा। लॉस वेगास जाना चाहेंगे आप?" मि. बकलैंड ने पेशकश की।

"निश्चित रूप से। बिल्कुल!" ग्रेग ने तुरंत जवाब दिया।

"आपको बताना चाहूँगा, इसे व्यवस्थित करने से पहले मुझे एक त्वरित कॉल कर लेनी चाहिए और लाइन पर रॉन ग्लोसेर से बात करनी चाहिए।"

तीन बार घंटी बजी और फिर एक हँसमुख आवाज स्पीकर पर सुनाई दी, "अहा बकी! मैंने आपका नाम कॉलर आई.डी. पर देखा। हालाँकि मैं एक बैठक में हूँ, लेकिन मैं जानना चाहता हूँ कि आपको कुछ जरूरी काम तो नहीं।"

"वाकई है।" बकलैंड ने जवाब दिया। "मेरे पास मेरे कार्यालय में एक युवा व्यक्ति है, जो नेपोलियन हिल के मुख्य सिद्धांत के बारे में कुछ सीख रहा है, मुख्य रूप से सफलता से तीन कदम की दूरी पर हार मानकर नहीं रुकनेवाले सिद्धांत के बारे में।"

"हाँ, मुझे अच्छी तरह से इसके बारे में पता है।" ग्लोसेर ने कहा।

"आप अभी व्यस्त हैं, तो क्या आप कृपया मेरे दोस्त को यहाँ ज्ञान का सिर्फ एक त्वरित टुकड़ा दे देंगे, जो कि यात्रा के दौरान वह अपने साथ ले जा सके? शायद एक आधार, जो उसके विचार सुधारने में उसकी मदद करे?"

एक क्षण की देरी किए बिना तुरंत ही, शब्द के माध्यम से, रिसीवर से जवाब आया, "बिल्कुल! यह बहुत महत्त्वपूर्ण है कि हम कभी भी जिंदगी का बहुत बड़ा फैसला स्वार्थानुसार (अपने अनुसार) न लें।"

ग्रेग ने पूछा, "इसका मतलब क्या है?"

ग्लोसेर ने जवाब दिया, "इसके बारे में सोचो। हर कोई अपने जीवन के निम्न बिंदुओं में या यूँ कहें कि परेशानियों में काफी बड़े निर्णय ले लेता है। यह नौकरी के नुकसान, बीमारी, रिश्ते का अंत या वित्तीय आपदा के समय हो सकता है। यह हर किसी के लिए अलग है, लेकिन गहरे दुःख की भावना उच्च स्तर के भाव पैदा करती है और

कोई भी निश्चित व ठोस फैसला नहीं ले सकते हैं, जब तक यह भय, हानि या निराशा पर आधारित है।"

"जीवन में सबकुछ चक्रीय है; किंतु जैसे एक घाटी आती है तो वैसे ही पहाड़ की चोटी भी होती है। रहस्य की बात यह है कि हमें कोई भी बड़ा कदम उठाने से पहले इस चक्र का पूरा होने के लिए इंतजार करना चाहिए और फिर आगे बढ़ना चाहिए। इस तरह, यह संभावित रूप से हार के बजाय प्रगति पर आधारित होगा, यह नुकसान के बजाय क्षमता पर आधारित होगा। चलो, ईमानदार होकर बात करते हैं। कितनी बार ऐसा हुआ है, जब आपने कोई अच्छा सकारात्मक निर्णय एक नकारात्मक परिप्रेक्ष्य में लिया है?"

"अगली बार जब आप एक बड़े निर्णय का सामना कर रहे हों तो तूफान से बाहर निकलने पर विचार करें, जब तक कि आप फिर से उभरकर बाहर नहीं आते हैं, जहाँ आप एक और स्थिर नींव से शुरुआत कर सकते हैं।"

ग्रेग ने अपना नोटपैड खींच लिया और लिखा—

संकट या परेशानी में कभी भी बड़ा फैसला न करें।

"धन्यवाद, रॉन। यह एक महान् अंतर्दृष्टि है।" मि. बकलैंड ने कहा, "मैं सराहना करता हूँ हर उस बात की, जो आप कहते और करते हैं; और अब हम आपको जाने देंगे।"

"हाँ, धन्यवाद।" ग्रेग ने कहा।

"आप दोनों अवकाश का आनंद लें, हम बाद में मिलते हैं।" और ग्लोसेर ने फोन रख दिया।

लाइन के कटते ही ग्रेग ने बोलना शुरू किया, "वास्तव में आपके पास कुछ जबरदस्त दोस्त हैं। वे बहुत सही कह रहे थे। मैं आपको बताने के लिए कहीं से शुरू नहीं कर सकता कि मैंने कितनी बार अपने फैसले तब किए हैं, जब मैं काफी निराश व हतोत्साहित होता था—शायद लगभग हर बार, ऐसा मुझे लगता है। अगर आपको याद है, मैं उस दिन भी ऐसा कुछ करने वाला था, जिस दिन हम मिले थे। वैसे, आपने बताया नहीं, मि. ग्लोसेर कौन हैं?"

"अरबों डॉलर की कीमत के मिल्टन हर्शे ट्रस्ट चलानेवाले रॉन ग्लोसेर! पहले गुडईयर बैंक के सी.ई.ओ. थे। इसके अलावा, वे मुझे सबसे ज्यादा विचार करने वाले पुरुषों में से एक मिले हैं। एक और संदेश, जो रॉन साझा करेंगे, जिसका मैं आनंद लेता हूँ, वह अभिनय करने की एक शक्ति है—'जैसे यदि'।"

नौसिखिया ग्रेग ने पूछा, "वह क्या है?" और अपने नोटपैड तक पहुँचे।

"जैसा कि वह इसे समझाता है और हर एक को सहमत होना होगा। अभिनय करना महत्त्वपूर्ण है, ऐसे जैसे कि आप पहले से ही अपने लक्ष्यों को पूरा कर चुके हैं।

जब जीवन में चुनौतियों का सामना करना पड़ता है तो यह याद रखना महत्त्वपूर्ण है कि खुदाई जारी रखनी है, क्योंकि परिणाम बस, निकलने वाले होते हैं।

"मैं आपको बताना चाहता हूँ, मि. बकलैंड, मुझे अभी तक पता नहीं चला है कि आप यह सब मेरे साथ साझा क्यों कर रहे हैं; लेकिन मैं यह जरूर जानता हूँ, जो आपने और डॉन ग्रीन दोनों ने कहा कि वहाँ ऐसी चीजें हैं, जो एक बार मुझे करने की जरूरत है, ताकि मुझे अपना उद्देश्य मिल जाए, जिसमें से एक है कि मैं किसी और के साथ जो कुछ सीखता हूँ, उसे साझा कर रहा हूँ। आपने जिस प्रकार से मेरी मदद की है, मैं वादा करता हूँ, उसी प्रकार से मैं भविष्य में किसी की सहायता करके आपका अहसान चुकाऊँगा, मैं यह आश्वासन देता हूँ।"

"बहुत अच्छा।" बकलैंड मुसकराए, "और यही कारण है कि मुझे लगता है, आपको लॉस वेगास में अपने दोस्त जैक मैट्स से मिलना चाहिए। वह आपकी सहायता करने में सक्षम हो सकता है।"

ग्रेग ने कहा, "ठीक है, मैं आप पर भरोसा करता हूँ। यह बेहद रोमांचक है।"

"कुछ दिनों में एक पैकेज की उम्मीद कीजिए, जो समझाएगा आपको, जो कुछ जानने की जरूरत है।" मि. बकलैंड खड़े थे। "वैसे, मैंने ध्यान दिया है कि आप नोटपैड का उपयोग कर रहे हैं।"

"हाँ, जरूर। हालाँकि यह भय उत्पन्न करने वाला है, किंतु मैंने भी अपना लक्ष्य लिखना शुरू कर दिया है।"

"यह तो बहुत अच्छी खबर है। ज्यादातर लोगों को समझ में नहीं आता है कि लक्ष्य क्या होता है।"

ग्रेग मुसकराए और बकलैंड ने जो कुछ कहा, उसे अपने नोटपैड पर लिखा था।

एक सपना सिर्फ एक सपना ही होता है, जब तक यह लिखा नहीं जाता है; और लिखते ही यह एक लक्ष्य बन जाता है।

"एक लक्ष्य स्वयं के साथ किया गया एक अनुबंध है और यह कम आधारित होना चाहिए—आप जो करना चाहते हैं, उस पर और जो भी आप वादा करते हैं, उस पर अधिक आधारित होना चाहिए, तभी आप वास्तव में खुद अपना लक्ष्य प्राप्त करेंगे।"

"मुझे यह पसंद आया।" ग्रेग ने कहा।

"मेरे एक लेखक और स्वयं निर्मित अरबपति मित्र बिल बार्टमैन इसके साथ कुछ खास करते हैं। वह यह था कि उनके पास छोटे कार्ड होते हैं और वे जहाँ भी जाते हैं, उन्हें बाँट देते हैं। वे प्रत्येक को एक पॉकेट वादा कहते हैं। एक ओर उसमें लिखा होता है—'मैं वादा करता हूँ'। दूसरी ओर खाली है, जहाँ आपको खुद के प्रति अपनी सबसे अच्छी व गहरी प्रतिबद्धताओं के बारे में बताते हैं। विचार यह है कि आपको हर समय

कार्ड को अपने पास रखना है। प्रत्येक बार जब आप अपने बटुए या कार की चाबियों तक पहुँचते हैं, वहाँ आपके द्वारा की गई वचनबद्धता को निरंतर अनुस्मारक के रूप में कार्य करना होता है, जो आपने स्वयं के लिए बनाया है।"

इस सलाह का पालन करते हुए ग्रेग ने लिखा—

खुद को एक प्रतिबद्ध और वादा निभानेवाला व्यक्ति बनाओ।

"बिल एक शानदार उदाहरण हैं। वे किसी भी तरह से विपत्ति को खड़े होने की अनुमति नहीं देते। एक समय में वे अमेरिका के पच्चीसवें सबसे धनी व्यक्ति थे। उनका निगम एक विचार से बाहर निकला, वह भी उनकी रसोई की मेज पर, जो बहुत जल्द देश का सर्वाधिक तीव्र गति से बढ़नेवाला उनका उद्यम है। उनके उद्यमशील विचार स्मिथसोनियन इंस्टीट्यूशन द्वारा स्वीकृत कर लिये गए और उनके नेतृत्व द्वारा मान्यता प्राप्त सिद्धांतों को राष्ट्रीय टी.वी. शो पर दिखाया गया तथा दूर-दूर तक उनकी पत्रिकाएँ भी।"

ग्रेग ने मन-ही-मन में कहा, 'यह एक कठिन जीवन की तरह लगता है।'

"जरा रुको, हॉटशॉट, मुझे खत्म करने दो। कहानी यहीं खत्म नहीं हुई है। बिल के कमजोर पड़ने के साथ उन पर उसी संगठन में झूठे आरोप लगाए गए थे, जिसकी स्थापना खुद उन्होंने ही की थी। उन्हें दोषी ठहराया गया और सत्तावन महापातक आरोप लगाए गए।"

"हे भगवान्!"

"वह तबाह हो गए थे। जिस तरह से बिल बताते हैं, उन्हें तेरह साल लग गए थे फिर से अपना साम्राज्य बनाने में और केवल तेरह मिनट इसे उनसे दूर करने में ले लिये हैं। वह कहते हैं कि उन्हें हर किसी ने ही नहीं, बल्कि उनके परिवार ने भी अकेले छोड़ दिया। जब क्रिसमस आया और हालाँकि हजारों छुट्टियों के काड्र्स आते थे, पर तब सिर्फ एक आया और वह भी उनके एक घनिष्ठ मित्र का।"

"क्या हुआ? क्या उन्हें दोषी पाया गया?"

"आप उन सभी आरोपों के साथ ऐसा सोचेंगे, फिर भी वह हर गिनती पर बरी कर दिए गए और उन्हें सरकार से माफी मिली; लेकिन उनका पूरा पैसा कानूनी लड़ाई में चला गया।"

ग्रेग ने पूछा, "अब वह कहाँ है?"

"यह सबसे अच्छा हिस्सा है। वह कड़वा हो सकता था और एक 'बेचारा गरीब' रवैया अपना सकता था, लेकिन उसने ऐसा नहीं किया। उसने खुद को ऊपर खींच लिया और अपने खो गए कार्यों से उसका ध्यान पुनर्निर्देशित किया और जो उसने छोड़ा था, अर्थात् एक परिवार, जो प्यार करता था और समर्थित था, उस पर भी ध्यान दिया।

"उसने लेखन शुरू किया और एक प्रतिभाशाली वक्ता बन गया। वह अब दुनिया की यात्रा करता है और अपनी कहानी साझा करता है, ताकि अन्य लोग उसके अनुभव से कुछ सीख पाएँ। वह अब भी क्रिसमस का अपना एक कार्ड साथ लेता है, जो उसके साथ एक व्यक्तिगत अनुस्मारक के रूप में जाता है और याद दिलाता है कि एक साधारण कार्य का भी किसी अन्य व्यक्ति की जिंदगी पर बड़ा प्रभाव पड़ सकता है।"

मि. बकलैंड ने अपनी बैठक समाप्त कर दी। "याद रखें, हम जो भी लक्ष्य देते हैं, उससे अपने आपको हमेशा पास रखते हैं या दूर बहते रहते हैं। हर दिन हम जो दिशा चुनते हैं, वह हमारे ऊपर है।"

□

एक छोड़नेवाला कभी नहीं जीतता है,
और
एक विजेता कभी नहीं छोड़ता है।

—नेपोलियन हिल

5

बकाया

ग्रेग ने नौ संदेशों में वे सारी बातें सुनीं, जो डेविड ने उनके सेल फोन पर छोड़ी थीं। हर बात पहले से ज्यादा निराशाजनक थी। सुनना दर्दनाक था, मतलब उसने ग्रेग को असहज बना दिया। उनके दत्तक भाई के पास बहुत उत्साह था ग्रेग पर अपनी नकारात्मकता का ढेर डालने का और उनके बोझ को बढ़ा देने का।

ग्रेग ने खुद से कहा—मेरे पास कई समस्याएँ हैं। फिर भी वह डेविड से प्यार करते थे और वह नहीं चाहते थे कि वह पहले से ही ज्यादा बीमार हो जाए। ऐसा लगता था कि शराब ने वास्तव में उसके जीवन को जकड़ लिया था। मुझे आश्चर्य हुआ कि अगर मैं मदद करने के लिए कुछ भी कर सकता हूँ तो ग्रेग को लगा कि उन्हें डेविड के नंबर को डायल करना चाहिए।

"हाँ।" जवाब देने वाली आवाज आई।

"डेव?"

"और कौन!"

"ओह, ओह! आपको परेशान करने के लिए मुझे खेद है।"

"क्या? क्षमा करें कि आपको मुझे वापस कॉल करने के लिए अपने मूल्यवान् व्यक्तिगत कार्यक्रम को बाधित करना पड़ा होगा। मैंने बस, अब आपसे उम्मीद छोड़ दी है।"

ग्रेग यह कहना चाहते थे कि डेव से उम्मीद तो वह बहुत पहले ही छोड़ चुके थे, लेकिन एक सेकंड के लिए वह वापस यथार्थ में आ गए। फिर उन्होंने तेज आवाज में कहा, "मैंने भी तुमसे उम्मीद लगभग छोड़ दी है।"

"बहुत-बहुत धन्यवाद। मैंने आपके साथ किया क्या है?"

"जो तुम अपने साथ कर रहे हो, शराब पीना। क्या तुम जानते हो, मैं बता सकता हूँ, जब तुम नशे में होते हो। जैसे अभी मैं बता सकता हूँ कि तुम नशे में नहीं हो।"

"लेकिन अभी तक मुझे नशे का खुमार है।" डेव ने कहा।

"मुझे तुम पर विश्वास है। सुनो, तुम्हें मदद मिलनी चाहिए। ऐसे स्थान हैं, जहाँ तुम जा सकते हो, चिकित्सक के पास या ऐसा कुछ।"

"मैं इसे बरदाश्त नहीं कर सकता। मैंने तुम्हें अपने एक संदेश में बताया था कि मैंने अपना काम खो दिया है।"

"हाँ, मालूम है।"

"मेरे पास कोई बीमा कवरेज नहीं है और मैं इस महीने अपना किराया भी नहीं दे पाऊँगा।" डेविड ने अगला कदम नहीं उठाया और ग्रेग से ऋण के लिए कहा, क्योंकि वह स्पष्ट रूप से उस दिशा में नेतृत्व कर रहा था। वह स्पष्ट था।

ग्रेग ने उसे कहकर काट दिया, "ठीक है, मैं भी टूट गया हूँ। कम-से-कम अगले अनुबंध तक मैं प्राप्त करने में सक्षम हूँ। चीजें चारों ओर से बेहद कठिन हैं।"

"हाँ, चारों ओर मुश्किल है। देखो।" सीमा समाप्त हो गई।

जब कुछ दिनों बाद ग्रेग लास वेगास में उतरे तो उनका ध्यान डेविड या मिया पर नहीं था और शानदार स्ट्रिप से भी बहुत दूर था। हमेशा की तरह शहर में एक सम्मेलन आयोजित था और हवाई अड्डे के सामने टैक्सी की लाइन एक मील लंबी लगती थी। ग्रेग अपनी बारी के लिए अधीरता से इंतजार कर रहे थे। उनके पीछे बातचीत हो रही थी, जिसे सुनने से वे खुद को रोक नहीं पाए।

दो महिलाएँ सैन डिएगो जाने के बाद कितनी उत्साहित थीं, वे यह साझा कर रही थीं।

"क्षमा करें।" उसने कहा, "मैं मदद नहीं कर सका, लेकिन मैंने ध्यान दिया कि आप मेरे गृह नगर के बारे में बात कर रहे हैं। मैं वहीं पैदा हुआ और वहीं पला-बढ़ा हूँ।"

महिलाओं ने कहा, "बहुत भाग्यशाली हैं आप! बहुत अच्छी और शानदार जगह है।" उन्होंने कहा कि उन्होंने 'अमेरिका के सबसे अच्छे शहर' का आनंद लिया था।

एक डरावनी स्थिति बन गई थी, उनके लिए जो लाइन में फँसे हुए थे। दो युवा महिलाओं से मिलने का एक बड़ा मौका बन गया था। ग्रेग ने पाया कि उन्हें प्रत्येक को दस उत्कृष्ट युवा अमेरिकियों में से एक के रूप में टोया (TOYA) नामक एक प्रतिष्ठित पुरस्कार मिला था, जो कि देश के युवा लोगों के सर्वश्रेष्ठ गुणों का उदाहरण देते हैं, अठारह से चालीस वर्ष की उम्र में।

यह जानना भी दिलचस्प था कि वर्ष 1940 से लेकर अब तक 600 से अधिक युवा अमेरिकियों को सम्मानित किया जा चुका था। कई और अन्य उपलब्धियों पर गए—जॉन

एफ. केनेडी, गेराल्ड आर. फोर्ड, ऐनी बैनक्रॉफ्ट, गेल सेयर्स, एल्विस प्रेस्ली, डैन क्येल, डॉ. कैथरीन सुलिवान, लैरी होम्स और बिल क्लिंटन, बस कुछ नाम देने के लिए।

इस कार्यक्रम को वेस्ट कोस्ट पर कुछ रात पहले आयोजित किया गया था और अब ये दो विजेता वेगास दौरे पर रुक रहे थे। पहली युवा महिला लॉरेन नेल्सन की आँखों में चमक थी, क्योंकि उन्होंने बताया कि वे प्राप्तकर्ताओं की इस तरह की सूची में कितनी सम्मानित थीं। जैसा कि उन्होंने नामांकित अन्य लोगों के बारे में बात की, उनके साथी पुरस्कार विजेता एरिन ग्रूवेल ने उन्हें काट दिया और उनकी प्रशंसा का गायन शुरू कर दिया।

"वास्तव में ग्रेग, आप टी.वी. के माध्यम से लॉरेन को जानते हैं।"

"वास्तव में।"

"आप इस तरह की मुसकराहट कैसे नहीं पहचान सके? वे वर्ष 2007 में मिस अमेरिका थीं।"

"अच्छा!" ग्रेग ने अजीब तरह से प्रतिक्रिया दी, "यह सब कितना मजेदार है!"

एक ऐसी मुसकान के साथ, जो सूरज को मिटा सकती थी, लॉरेन ने जवाब दिया, "यह एक सम्मान की बात है।"

एरिन लॉरेन के बारे में कहती रही, "एक सौंदर्य सम्राज्ञी होने के अलावा वह कुछ विशेष कार्य का हिस्सा भी रही हैं। वह ऑनलाइन शिकारियों से बच्चों की रक्षा करने में मदद कर रही हैं।"

ग्रेग ने कहा, "अब मैं आपको जानता हूँ। आप उन सभी बुरे लोगों को पकड़ने के लिए एक नमूने के रूप में कपड़े पहने हुए हैं।"

"बिल्कुल, एक जैसे।" लॉरेन ने कहा, "किसी को इन लोगों को सड़कों से दूर रखने की जरूरत है। जब मैं छोटी थी तो व्यक्तिगत रूप से किसी ने मुझसे संपर्क करने की कोशिश की थी और उस उम्र में भी मुझे पता था कि मुझे इसे रोकने के लिए अपनी तरफ से क्या प्रहार करना है।"

ग्रेग ने कहा, "बहुत आगे जाना है।" फिर वह एरिन की ओर मुड़ गए और पूछा, "तुम्हारे बारे में क्या?"

जवाब देने से पहले लॉरेन ने हाथ से ग्रेग को पकड़ लिया और अपने दोस्त की कहानी को बताना शुरू कर दिया, "क्या आपने फिल्म 'फ्रीडम राइटर्स' देखी है?" जवाब का इंतजार किए बिना ही उसने कहा, "हिलेरी स्वैंक ने एक स्कूल टीचर की भूमिका निभाई है, जो दंगों के बाद कैलिफोर्निया से 150 इनर-सिटी बच्चों के शिक्षक रहे हैं।"

"ओह, हाँ। वह बहुत अच्छा था और उसकी पुस्तक भी एक बेस्ट सेलर थी, है न?"

जैसे ही लाइन आगे बढ़ी, लॉरेन ने अपने नए दोस्त को पकड़ लिया और उत्साहित स्वर में कहा, "बेशक, यही है वह! वास्तव में, इसकी एक लाख से अधिक प्रतियाँ बेची गईं। खैर, बच्चों द्वारा बहिष्कार माना जाता था। उन्हें पढ़ना या लिखना पसंद नहीं था या एक-दूसरे के लिए, उस मामले के लिए और वे सब जानते थे कि यह हिंसा थी। फिर यह चुलबुली स्कूली शिक्षक उन्हें एक साथ लाने की कोशिश करती है।"

ग्रेग ने कहा, "मुझे यह अच्छी तरह याद है। उसने बच्चों के लिए लिखना शुरू कर दिया और उन्हें अपनी जिंदगी के बारे में लिखकर अपनी आवाजें खोजने में तथा बोलने में मदद की।"

"बहुत अच्छा।" लॉरेन नेल्सन ने बधाई दी, "आप कहानी जानते हैं और यह वे शिक्षक हैं!" उसने एरिन ग्रूवेल की ओर इशारा किया।

"मैं इन युवा लोगों के लिए सिर्फ उत्प्रेरक थी, और कुछ नहीं। उन्होंने कहा कि उनकी कहानियाँ उनके व्यक्तिगत अनुभव के आधार पर थीं।" एरिन पूरे मामले के प्रति वास्तव में विनम्र लग रही थी।

"पहले दिन से ही काफी चुनौतियाँ थीं और अभी भी हैं। हमारे पास मौत की धमकी है, जो कु क्लक्स क्लान से प्राप्त है। लोगों ने हमें प्रतिबंधित करने की कोशिश की। यह पुस्तक एफ.बी.आई. को जाँच के लिए भी भेजी गई थी। क्या आप उस पर विश्वास कर सकते हैं? लेकिन इससे हमने खुद को कभी नहीं रोका और शुक्र है कि हम जारी रख पाए, क्योंकि इन बच्चों की कहानियों ने लाखों लोगों के दिलों को छुआ है। भविष्य में शिक्षकों को पढ़ाने में मदद के लिए परियोजना का उपयोग आइवी लीग स्कूलों में भी किया जा रहा है।"

"अद्भुत।" ग्रेग ने कहा।

"लेकिन मुख्य बात, जो मैंने सीखी," एरिन ने आगे कहा, "इस बात से सावधान रहना है कि आप क्या पूछते हैं?"

ऐसा लगा कि वह कुछ गहराई से कह रही थी। ग्रेग का हाथ अपनी जेब में पहुँचा और अपना नोटपैड खींच लिया। उसने समझाया, "याद रखें…"

लक्ष्य आकांक्षाएँ हैं, जब तक वे वास्तविक नहीं हो जाते।
फिर वे जिम्मेदारियाँ बन जाते हैं।

लॉरेन ने कहा, "हम एक परिवार, एक नई कार या एक बड़ी नौकरी में पदोन्नति की इच्छा कर सकते हैं और फिर, जब हम इसे प्राप्त कर लेते हैं, यह हमारी नई जिम्मेदारी बन जाती है; क्योंकि तब हमारे पास एक परिवार है, जो हमारे ऊपर निर्भर करता है और एक कार, जिसे इंश्योरेंस और रख-रखाव की आवश्यकता होती है और एक बार जब हम उस कोने के कार्यालय को प्राप्त करते हैं तो हम उन कार्यों को लेते हैं,

जो हमारे पहले के कार्यों से भी अधिक जटिल थे।"

एरिन ने कहा, "यह बिल्कुल सही है और अब हमारे ऊपर सबका ध्यान है और लोग हमारे ऊपर भरोसा करते हैं, तो हमारा कार्य पहले से कहीं अधिक महत्त्वपूर्ण हो जाता है। हमें इस मिशन को दुनिया भर में फैला देना चाहिए, यह साझा करना कि हममें से प्रत्येक बहुत महत्त्वपूर्ण है और इसमें योगदान करने के लिए बहुत कुछ है। हम अभी भी रुक नहीं सकते थे, भले ही हम चाहते थे; लेकिन अच्छी खबर यह है कि हम जो भी कर रहे हैं, उससे हम प्यार करते हैं और उसे छोड़ने का हमारा कोई इरादा नहीं है।"

इससे कोई फर्क नहीं पड़ता कि ग्रेग कहाँ था या जिससे उसने स्वयं बात की थी, किसी के उद्देश्य को ढूँढ़ने का विषय एक आवर्ती विषय था।

ग्रेग ने पूछा, "तुम्हारे बारे में क्या, लॉरेन? तुम्हें क्या प्रभावित करता है आगे बढ़ते रहने के लिए?"

"मेरे मामले में, मेरे पास एरिन की तरह कोई नाटकीय कहानी नहीं है। असल में, मैं कह सकती हूँ कि जिन बच्चों के साथ उन्होंने काम किया है, उनके मुकाबले मेरे जीवन में पूरी तरह से विपरीत परिप्रेक्ष्य है। जो मुझे आगे बढ़ते रहने को प्रेरित करता है, वह वह है, जिसे मैं केंद्रित विश्वास कहती हूँ।"

ग्रेग और एरिन ने लॉरेन को कौतूहल से देखा।

"मैं समझाती हूँ।" वह कहने लगी, "आज की दुनिया में, ऐसा लगता है कि, लोगों को मापा जाता है कि वे एक समय में कितनी चीजें जोड़ सकते हैं। हम इसे 'मल्टीटास्किंग' (बहुकार्यण) कहते हैं। हम किसी दिए गए पल में कितनी गेंदें हवा में रख सकते हैं। तब हम सोचते हैं कि क्यों कुछ भी पूरा नहीं होता है।

"मैं आपको बता सकती हूँ कि मेरे मामले में एक समय में एक स्पष्ट लक्ष्य और मिशन पर अपने दिमाग को केंद्रित करना, भरोसा करना कि यह काम करेगा, एक महान् रणनीति रही है। इससे मुझे कई चीजों के साथ मदद मिली है। इससे मुझे मिस अमेरिका बनने में भी मदद मिली, ताकि अब मैं उस सफलता का उपयोग उन बच्चों की मदद करने के लिए कर सकूँ, जिनको वाकई मेरी बहुत आवश्यकता है। मैं सोचती हूँ, यह 'स्कीइंग' की तरह है।"

"स्कीइंग?" एरिन ने पूछा। ग्रेग ने ध्यान से सुना।

"इस पर इस तरीके से विचार करें। एक पहाड़ के शीर्ष पर एक स्कीयर होने की कल्पना करें, जहाँ आपका लक्ष्य नीचे उतरना है। यह चुनौतीपूर्ण हो सकता है। फिर भी आपको क्लब हाउस में जाने की क्षमता में विश्वास है, जहाँ जलती हुई आग है और कोको का एक गरम कप आपका इंतजार कर रहा है।"

"अब, कई लोग शुरू होने के बाद अंतराल से अपनी आँखें फेर लेते हैं। वे अपने

लक्ष्य को खो सकते हैं या इससे भी बदतर, वे अपना विश्वास खो देते हैं और उनके ध्यान को उन चीजों पर पुनर्निर्देशित करते हैं, जिससे वे सबसे ज्यादा डरते हैं, केवल रास्ते की बाधाओं को देखते हुए। काले बर्फ, स्नोबॉर्डर्स या उन उग्र पेड़ों की तरह, जो कहीं से भी बाहर निकलने लगते हैं।"

ग्रेग हँसे, "एक बार इन लोगों को झटके या गिरावट का अनुभव हो जाने के बाद वे हार मान सकते हैं, अपनी स्की फेंक सकते हैं और सुरक्षा टीम से उन्हें पहाड़ी पर ले जाने के लिए कह सकते हैं। उन्होंने अपने लक्ष्य को प्राप्त करने का इरादा मन से निकाल दिया होता है, क्योंकि वे अपने पुरस्कार पर अपनी नजर रखने और अपनी प्रतिभा पर विश्वास करने में नाकाम रहे।"

एरिन ने कहा, "इस मामले में, क्लब हाउस में इसे बनाना चाहिए।"

"बेशक! अब इन लोगों द्वारा अपना केंद्रित विश्वास बनाए रखने की कल्पना करें कि वे उन चुनौतियों को दूर कर सकते हैं, जो उनकी यात्रा का हिस्सा हैं। तो जब उन्हें टक्कर लगती है और वे गिरते हैं तो वे यह जानकर वापस लौट आते हैं कि यह उनके रास्ते की एक और बाधा है, जो उन्होंने पार कर ली और वे पहाड़ी के नीचे अपने लक्ष्य के करीब आ रहे हैं।"

जैसे ही उन्होंने लाइन के मोर्चे पर ध्यान दिया, उन्होंने एक-दूसरे को अलविदा कहा। ग्रेग ने महिलाओं को अपनी कैब लेने की पेशकश की और खुद ने दूसरे के लिए इंतजार किया। वे हैरान थे कि आज उनमें अधीरता नहीं, बल्कि धैर्य है, जिससे यह लगा कि उन्होंने वहाँ जो कुछ सीखा था, वह प्रतिबिंबित हुआ था।

टैक्सी में एक बार उन्होंने अपने सेल फोन से मिया का नंबर डायल किया। वह परेशान थे कि उसने उठाया नहीं। उन्होंने खुद को संदेश छोड़ने के लिए मजबूर किया—सबसे हालिया वाकया, जो उसके साथ हुआ, तब उसे एहसास हुआ कि उसने डेविड के साथ यही काम किया था।

□

गरीबी और समृद्धि विचार की संतान हैं।

—नेपोलियन हिल

6

सफलता को सूत्रित करना

ग्रेग ने ड्राइवर को एक अच्छी टिप के साथ किराया सौंप दिया और उसे हवाई बंदरगाह से यात्रा कराने के लिए धन्यवाद दिया। अपने सामान के साथ अपना किराया लेने के बाद सामने की अपनी सीट पर बैठकर कैबी की इच्छा थी कि उसके सभी ग्राहक मित्रवत् और उदार हों।

ड्राइवर को पता नहीं था कि बकलैंड से मिलने से पहले ग्रेग ने शायद ही कभी किसी का धन्यवाद किया था, न ही वह एक टिपर था। कुछ बदल रहा था।

ग्रेग ने होटल की लॉबी पार भी नहीं की थी, जब उनके फोन की घंटी बज उठी।

एक गहरी व नियंत्रित आवाज ने दूसरी तरफ से कहा, "गुड मॉर्निंग। मैं जैक मैट्स बोल रहा हूँ।"

"हैलो, मि. मैट्स!"

"मुझे 'जैक' बुलाओ। मैं आपको समझता हूँ और आज थोड़ी देर बाद आपसे मिल रहा हूँ।"

"हाँ, और मैं इसके लिए तत्परता से इंतजार कर रहा हूँ। हम कहाँ मिलेंगे?"

"रिवेरा में एक कॉफी शॉप है, जिसे 'कैडी'स' कहा जाता है। यह एक क्लासिक है। वे वर्षों से जगह को हटाने के बारे में बात कर रहे हैं। यह खत्म हो, उससे पहले आपको इसका अनुभव करना चाहिए।"

"यह सर्वोत्तम विचार है।" पर्यटक ग्रेग ने निष्कर्ष निकाला, "चलिए, तो लगभग एक बजे मिलते हैं, ताकि हम दोपहर के भोजन की भीड़ से बच सकें।"

ग्रेग जल्दी ही कॉफी शॉप में पहुँच गए। जब जैक पहुँचे तो ग्रेग ने उन्हें तुरंत पहचान लिया, हालाँकि दोनों कभी नहीं मिले थे। शर्ट के नीचे दबाए गए बटन से और

उस पर एक स्वेटर में दिख रहे थे मैट्स। उनकी एक परिष्कृत उपस्थिति और एक स्पष्ट सकारात्मक आभा थी।

उन्होंने कहा, "आपको ग्रेग होना चाहिए।" उन्होंने अपना दायाँ हाथ मिलाने के लिए आगे बढ़ाते हुए कहा, "पिछले कुछ वर्षों में बकलैंड ने मुझे कुछ मुट्ठी भर लोगों से मिलने के लिए कहा है। आपको उनमें से विशेष होना चाहिए।"

"मुझे यह एहसास नहीं था। जानकारी साझा करने के लिए धन्यवाद। आपसे मिलना एक सम्मान की बात है।"

जब वे एक–दूसरे के साथ एक टेबल पर बैठे तो मैट्स ने पूछा, "मैं आपकी सेवा कैसे कर सकता हूँ?"

ग्रेग ने दोहराया, "मेरी सेवा! कोई भी मुझसे कभी सवाल नहीं पूछता है। मुझे यह पूछना चाहिए कि मैं आपकी सेवा कैसे कर सकता हूँ? अपनी फ्लाइट में मैंने आपकी आत्मकथा पढ़ी और अब आपके साथ बैठने के लिए मैं काफी सुखद भाव का अनुभव कर रहा हूँ। सिर्फ यह जानकर कि आप वेल्क्रो यू.एस.ए. के पूर्व सी.ई.ओ. हैं, आप एक युद्ध नायक हैं और आपने विशिष्ट फ्लाइंग क्रॉस सोसाइटी की भी शुरुआत की। ये सब बातें मुझे भयभीत करती हैं।"

जैक ने कहा, "ओह, मैं खुद को नायक के रूप में नहीं देखता; बल्कि मात्र एक देशभक्त के रूप में, जिसने अपने देश और बड़े कारण की सेवा करने के लिए अपना हिस्सा अदा किया है।"

"तो मुझे गियर स्विच करने दें और शुरुआती दिनों में वेल्क्रो के बारे में बताएँ कि वह किस तरह का था?"

"वह रोमांचक था। हालाँकि जब उसे पहली बार रिलीज किया गया था तो उत्पाद निश्चित रूप से उत्सुकता से प्राप्त नहीं हुआ था। इसके अलावा, मार्ग में कई और चुनौतियाँ भी थीं। ज्यादातर लोगों ने शायद किसी बिंदु पर छोड़ दिया होगा।"

ग्रेग ने कहा, "चुनौतियाँ?"

"ओह, हाँ। आप देखते हैं, जब हमने पहली बार शुरुआत की, हमने वेल्क्रो की अविश्वसनीय संभावनाओं को दोबारा बदल दिया। फिर भी हमें अन्य उत्पादों के निर्माताओं की तरह आर एंड डी की प्रक्रिया से कई वर्षों तक गुजरना पड़ा।"

"जैसे कि?"

"ठीक है, एक बात के लिए हुक को सही तरीके से काम करने के लिए। विचार मूल रूप से स्विस आविष्कारक जॉर्ज डे मेस्ट्रल को आया था, जब वह अपने कुत्ते को मैदान पर घुमा रहा था। उन्होंने पाया कि उनके कुत्ते का कोट और उनकी पैंट कॉकलेबर्स से ढकी थी और इससे उन्हें लगता है कि रोजमर्रा के उत्पादों में चिपकने वाली काररवाई को फिर से बनाना कितना उपयोगी होगा। हुक का एक भाग मुलायम साथी के साथ

चिपक गया और बंधन बनाया। एक उत्पाद रूप में पुनः उत्पन्न करने का प्रयास करना हमारी पहली बाधा थी। आप पॉलिएस्टर लाइन या स्ट्रिंग से बने वास्तविक हुक का निर्माण नहीं कर सकते हैं।"

"आपने क्या किया?"

"हमने पाया कि अगर हमने धागे के सरल लूप बनाए हैं तो उन्हें बीच में काट दें। वे विपरीत दिशा में जा रहे दो हुक बनाने के लिए स्वतः पीछे हट जाएँगे और हमें वह परिणाम देंगे, जो हम खोज रहे थे।"

"आसान लगता है।" ग्रेग ने अपनी कॉफी का एक घूँट भरा।

"जीवन में अधिकांश चुनौतियों में सरल समाधान होते हैं। कई बार आपको बस, वापस कदम उठाने और स्थिति को देखने की आवश्यकता होती है। सर्वोत्तम परिप्रेक्ष्य प्राप्त करने के लिए इसे विभिन्न कोणों से देखें। आप विश्वास नहीं करेंगे कि वेल्क्रो हुक को समझने के लिए हमें कितने प्रयास करने पड़े।"

ग्रेग ने अपना नोटपैड फिर से बाहर निकाल लिया और उस पर लिखा—

कभी-कभी हमें थोड़ा पीछे हटना पड़ता है
और परिस्थितियों का अवलोकन करना पड़ता है
अलग-अलग कोण से समाधान खोजने के लिए।

ग्रेग ने तब सवाल पूछा कि उनके मस्तिष्क में वह घूम रहा था, क्योंकि उन्होंने पहले सीखा था कि वह इस उद्योग के घुमक्कड़ व्यक्ति से मिलेंगे।

"मैं लगभग अपने पूरे जीवन में बिक्री के व्यवसाय में ही रहा हूँ। मुझे कुछ जानने की जरूरत है और आप एकमात्र व्यक्ति हो सकते हैं, जो इसे समझा सकते है—कैसे आपने इस धरती पर लगभग पाँच अरब लोगों को वेल्क्रो बेच दिया?"

"हमने ऐसा नहीं किया।" त्वरित जवाब आया, "हमने वेल्क्रो सिर्फ पाँच लोगों को बेचा है।"

ग्रेग ने अपने दोपहर के भोजन के साथी को एक भ्रमित अभिव्यक्ति के साथ देखा।

मैट्स ने कहा, "मैं विभिन्न कार्य-क्षेत्रों के लीडर्स को पकड़ने का कार्य करता था। मुझे पता था कि इस सरल सामग्री के कई प्रयोगों में पूरा जीवन लग जाएगा और इस शुद्ध पदार्थ को दुनिया में हर किसी को खोजने एवं बेचने के लिए बहुत ज्यादा समय लग जाएगा। इसलिए मैंने केवल पाँच विशिष्ट व्यक्तियों को बेचने पर अपनी जगहें निर्धारित कीं—मोटर वाहन, चिकित्सा, एयरोस्पेस, फैशन और फर्नीचर उद्योग। दूसरे शब्दों में, मैंने उनके लीडर्स पर कब्जा किया और फिर उन्हें अपने व्यक्तिगत बाजारों को देखने की अनुमति दी। बदले में, उन्होंने उत्पाद के लिए अनुप्रयोगों की खोज की और इसे अंतिम उपभोक्ताओं को बेच दिया।"

ग्रेग का दिमाग सादगी और इस तरह के एक संदेश के परिमाण के माध्यम से मंथन करने लगा।

"अब," मैट्स ने कहा, "ऐसा लगता है कि आपको जूते की जोड़ी, एक विमान में एक सीट या रक्तचाप कफ बिना किसी रोक के नहीं मिल सकता है। यह सर्वत्र है।"

ग्रेग ने फिर से अपनी नोटबुक खोली और उस पर लिखा—

विशिष्ट व्यक्तियों को अधिकृत करो,
बाजार पर पूर्ण नियंत्रण की आपूर्ति प्राप्त करो।

ग्रेग ने पूछा, "तो जब तक आप उस स्तर तक पहुँचे, क्या उससे पहले शुरुआती वर्षों में यह बहुत चुनौतीपूर्ण था?"

"यह वास्तव में था। जो हमें चला रहा था, वह हमारी समझ की भावना थी। जैसा कि मैंने उल्लेख किया है, उत्पाद के ठीक से काम करने से पहले कई वर्षों तक परीक्षण और त्रुटि हुई थी। हम जानते थे कि यह बंधक उद्योग में क्रांतिकारी बदलाव करेगा और हमें आगे बढ़ने की जरूरत है। कोई फर्क नहीं पड़ता कि क्या होगा! हम अभी हिम्मत नहीं हारेंगे।

"कई नए व छोटे उद्यम के शुरू होने के रूप में यह उस बिंदु तक भी पहुँच गया, जहाँ हम तनख्वाह नहीं दे पाते थे, इसलिए मुझे अपने घर को कर्मचारियों के वेतन का भुगतान करने के लिए रखना पड़ा। इस सपने के लिए मैं इतना प्रतिबद्ध था।"

"यह आश्चर्यजनक है। काश, मुझे भी कुछ ऐसा मिल पाए, जिसे पाने के लिए मुझमें इतना जुनून हो!"

"आप कर सकते हैं।" मैट्स ने कहा, "मुझे लगता है कि यही कारण है, मि. बकलैंड ने आपको मेरे पास भेजा है, ताकि आप अपनी सफलता का समीकरण खोज पाएँ।"

"ओह, हाँ, मि. बकलैंड ने इसके बारे में कुछ कहा था।"

"एक और युवा व्यक्ति, जिसका मैं सलाहकार था, वह भी इस इरादे के साथ आया और इसे उसने अपनी एक फिल्म में शामिल किया, जिसका नाम 'पास इट ऑन' था। सैकड़ों नेताओं को देखने के बाद उन्होंने इसे शब्दों में ढाल दिया कि इन लोगों ने निरंतर बहुतायत का जीवन बनाने के लिए क्या किया है।" जैक रुक गए और ग्रेग के नोटपैड को देखा।

"क्या मैं इसे देख सकता हूँ?"

"निश्चित रूप से।" ग्रेग ने कहा और नोटपैड उनकी ओर बढ़ा दिया।

जैक मैट्स ने एक साफ पन्ना पलटा और लिखा—

$$(P + T) \times A \times A = \text{सफलता}$$

समीकरण में पहले अक्षर 'P' पर इंगित करते हुए मैट्स ने कहा, "यह जुनून (पैशन) के लिए है। अपने जुनून को जोड़ो। सोचो, आप क्या करते! अगर आप इसे मुफ्त में कर सकते हैं तो!" उन्होंने अपनी उँगली को T पर रखा, "यह आपकी योग्यता के लिए, आप वास्तव में किसमें अच्छे हैं और सही सहयोग ढूँढ़कर उसे गुणा करें।" उन्होंने पहले लिखे 'A' की ओर इशारा किया, जिसका अर्थ है—सही लोगों या संगठनों के साथ काम करना और फिर काररवाई करना। फिर उन्होंने दूसरे 'A' की ओर इशारा किया—"और फिर आप बस, अपने जीवन के उद्देश्य की खोज कर सकते हैं। ऐसा करें और आपको बड़ी सफलता मिलेगी। यह समीकरण काम करता है।"

"हम्म।" ग्रेग ने समीकरण को देखते हुए कहा।

"लेकिन अगर मेरा जुनून पेशेवर बास्केट बॉल कोच बनने का है तो क्या होगा और मेरी प्रतिभा कहती है कि प्रबंधन करना चाहिए। अगर इस तथ्य को नजरअंदाज कर दें कि मैं एक बेडौल गंजा आदमी हूँ, तो मुझे जीवित रहने के लिए ऐसा करने में कठिनाई होगी, है न?"

जैक ने एक मुसकान के साथ नोट किया—"आप सही भी हैं और गलत भी। यदि आप बास्केट बॉल से प्यार करते हैं और आप एक महान् प्रबंधक हैं तो क्या आप आसानी से सही सहयोग नहीं ढूँढ़ सकते हैं और स्थानीय परिसर में बास्केट बॉल कोच बनने के लिए काररवाई कर सकते हैं, टी.वी. या रेडियो के लिए स्पोर्ट्स एनाउंसर बन सकते हैं, एक टीम खरीद सकते हैं, एक बास्केट बॉल खेल स्टोर खोल सकते हैं, खेल के लिए टिकट बेच सकते हैं, खेल मैदान में कैमरा ऑपरेटर बन सकते हैं।"

"समझ गया, समझ गया! इससे कोई फर्क नहीं पड़ता कि मैं किस पद पर हूँ, क्योंकि मैं अभी भी जो कुछ भी करता हूँ, उससे जुड़ा हुआ हूँ। तो जो मुझे पसंद है और जिसमें मैं अच्छा हूँ और वह भी सही लोगों के साथ।"

"बिल्कुल सही समझा आपने। सभी लोगों के पास अपना स्वयं का समीकरण है, जो उनके लिए सबसे अच्छा है।"

"वाकई?"

"बिल्कुल।" जैक ने कहा, "मैं किसी ऐसे व्यक्ति को जानता हूँ, जो यात्रा करना पसंद करता था। वह उसका जुनून था। आपके उदाहरण की तरह, वह भी एक महान् प्रबंधक था। इसलिए उसने दुनिया भर के शीर्ष रिसॉर्ट्स को बुलाकर और एक गुप्त दुकानदार के रूप में अपनी सेवाएँ प्रदान करके खुद के लिए एक कॅरियर बनाया। अब वह विभिन्न देशों के बड़े शहरों की यात्रा करता है और सर्वश्रेष्ठ होटलों के कमरों में रुकता है, अपने कमरे में चीजें मँगवाता है, गोल्फ खेलता है और स्पा उपचार प्राप्त करता है। वह रिसॉर्ट्स की सेवाओं का मूल्यांकन करता है और अपने निष्कर्षों को

रिसॉर्ट्स में वापस विवरण देता है, ताकि वे सुधार कर सकें। और ऐसा करके वह अपने मेहमानों के लिए सबसे अच्छा अनुभव सहेजने में मदद करता है।"

"समझा। उन्होंने अपने जुनून का पालन किया, अपनी प्रतिभा के साथ संयुक्त किया, अपनी स्थिति बनाकर काररवाई की और फाइव-डायमंड होटलों के साथ संपर्क किया। यह आश्चर्यजनक है।" ग्रेग ने बिल का भुगतान करने के लिए टैब उठाया, "क्या समीकरण लागू करने की कोई प्रक्रिया है?"

"हाँ, और यह बहुत आसान है।" जैक ने कागज की दूसरी शीट को फैलाया और लिखना शुरू कर दिया—"एक तरफ दस चीजें सूचीबद्ध करें, जो आप करेंगे, यदि आप उन्हें मुफ्त में कर सकते हैं। वे कुछ भी हो सकते हैं, जिससे आपका दिल गीत गाता है। फिर दूसरी तरफ दस चीजें सूचीबद्ध करें, जिनमें आप अच्छे हैं, जहाँ आप उत्कृष्ट हैं। फिर उन लोगों के साथ बैठें, जो आपको अच्छी तरह जानते हैं और उनकी मदद के लिए उनसे पूछें।

"उनके निवेश के साथ अपनी सूची की प्रत्येक तरफ से एक वस्तु हटा दें, जब तक कि आपके पास केवल दो न रह जाएँ—एक जुनून (पैशन) पक्ष से और एक प्रतिभा (टैलेंट) पक्ष से। फिर उन दो चीजों का गठबंधन करने का एक तरीका खोजें। एक बार पूरा हो जाने के बाद सही सहयोग के साथ काररवाई करने के लिए प्रतिबद्ध रहें और आप देखेंगे कि आपने अपनी सफलता समीकरण की खोज की है।"

जुनून एक तरफ

1 से 10

प्रतिभा एक तरफ

1 से 10

"आपके पास मेरा फोन नंबर है। अगर मैं आपकी यात्रा के साथ आपकी सहायता कर सकता हूँ तो मुझे कॉल करें। आपके पास अच्छी ऊर्जा है और आप सीखने के लिए दृढ़ लगते हैं। मैं देख सकता हूँ कि क्यों मि. बकलैंड आपका समर्थन कर रहे हैं।"

प्रोत्साहन के इन शब्दों के साथ मैट्स और ग्रेग ने अपनी अलविदा का आदान-प्रदान किया और ग्रेग अपने होटल वापस चले गए। उन्हें किसी ऐसे व्यक्ति को फोन करने की जरूरत थी, जिसके पास वह कई दिनों से पहुँचने की कोशिश कर रहे थे।

□

जो भी आदमी का मन विचार करता है,
उस पर विश्वास करता है,
तो वह निश्चित प्राप्त होता है।

—नेपोलियन हिल

7

जुनून

कुछ गहरी साँसें लेने के बाद ग्रेग ने अपने फोन पर स्पीड डायल हिट करने के लिए अपना हाथ बढ़ाया। उसने फोन उठाया तो उनका दिल उनके गले तक उछल गया।

"हाय मिया, मैं हूँ।"

"अरे, ग्रेग! तुमने खुद को कैसे सँभाला हुआ है?" उसने कहा।

वह होटल के कमरे में चारों ओर से घिरा हुआ था, जो घर से ज्यादा आरामदायक था। उन्होंने तुरंत जवाब दिया, "मुझे स्वीकार करना है। हालाँकि यह कठिन रहा है, लेकिन मैं वास्तव में बहुत कुछ सीख रहा हूँ। हाल ही में मेरे पास अभी तक के सबसे कठिन और सबसे अच्छे क्षण भी थे।"

सर्वश्रेष्ठ क्षणों के बारे में उनकी टिप्पणी का जिक्र किए बिना मिया ने कहा, "अपार्टमेंट के बारे में क्षमा करें। जब मैंने छोड़ा तो मैं कुछ क्रोध में थी और इसी कारण मैं शायद सबकुछ लेकर वहाँ से चली गई।"

वहाँ सच्चाई का क्षण था। यह पहली बार था, जब ग्रेग ने अपनी प्रेमिका से बात की थी। वह अब पूर्व प्रेमिका है, क्योंकि उसने उन्हें छोड़ दिया था। उसका दिल बहुत खुश था और उन्होंने वार्त्तालाप जारी रखा। वे नहीं जानते कि यह सारा वार्त्तालाप कहाँ जा रहा था या यह कैसे समाप्त होगा।

ग्रेग ने उसे आश्वासन दिया, "यह ठीक है और वैसे, तसवीर पर जो तुमने लिखकर छोड़ा था, उसने वास्तव में घर को झिंझोड़ दिया। मुझे लगता है कि मैं सबकुछ अपने रिश्ते से पहले रख रहा था। मैं उसके लिए क्षमा माँगता हूँ।"

"यह एकमात्र समस्या नहीं है।" उसने कहा, "यह सिर्फ इतना नहीं था कि आप हमेशा चले गए थे और आगे बढ़ जाते थे, पर आप कभी जाते नहीं थे। तुम कभी मेरे

प्रति या अपने आप को प्रतिबद्ध नहीं कर सकते। आपने कुछ भी खत्म नहीं किया। उन सभी सपनों का क्या हुआ, जो आप देखते थे? उस आदमी का क्या हुआ, जिससे मैं प्यार करती थी? तुम बदल गए हो।"

"मजेदार लग रहा है कि तुमने इसका उल्लेख किया। खैर, शायद यह इतना मजाकिया नहीं है; लेकिन वास्तव में यह सच है कि मैं तुम्हें काफी समय से फोन कर रहा हूँ। मैंने हाल ही में वाकई कुछ महान् लोगों से मुलाकात की है और मैं अपनी खुद की कुछ गंभीर आत्मिक खोज कर रहा हूँ। मैंने आज तक जो भी सीखा है, वह मैं तुम्हारे साथ साझा करना चाहता हूँ।"

"मुझे नहीं पता।" उसने एक लंबा विराम लेकर कहा था, "मुझे नहीं लगता कि मैं अभी तुम्हें देखना चाहती हूँ। पर मैं तुम्हें यह बता देना चाहती हूँ, हालाँकि मैं हमेशा तुम्हें प्यार करती रहूँगी और उस व्यक्ति को हमेशा याद करती हूँ, जो तुम्हारे अंदर है, न कि जिस व्यक्ति के रूप में तुम स्वयं को ढालने की कोशिश करते थे। तुम्हारे पास एक बड़ा दिल है। मेरी इच्छा है कि तुम इसे थोड़ी देर में मेरे साथ साझा कर सको। मैं उस ग्रेग से प्यार करती थी, जो सपने देखता था; न कि उस ग्रेग से, जो अपनी छवि को छोड़कर नक़ली छवि बनाने की कोशिश कर रहा था।"

"मैं तुम्हें इनमें से किसी भी बात के लिए दोष नहीं देता, मिया। खैर, यह पूरी सच्चाई नहीं है। मैं तुम्हें यह सब दोष नहीं देता हूँ। मैं यह देखने की शुरुआत कर रहा हूँ कि मेरी भूमिका क्या है और मैं किस हद तक खराब हो गया हूँ।"

उसकी चुप्पी डाँटने से ज्यादा प्रभावकारी थी—कम-से-कम इस प्रकार ग्रेग ने उसे लेने का फैसला किया।

"मैं तुम्हें यह भी बताना चाहता हूँ कि मैं आजकल डेविड से बात कर रहा हूँ। वह वास्तव में अभी नीचे मार रहा है और मुझे नहीं पता कि क्या करना है। मैं उसकी मदद करने के लिए स्वयं को पूरी तरह से शक्तिहीन महसूस कर रहा हूँ।"

उसने वादा किया, "मैं उसके लिए प्रार्थना करूँगी और तुम्हारे लिए भी, ग्रेग।"

जब उसने फोन का रिसीवर रखा, तब उसने वास्तव में समझा कि वह सही थी। महत्त्वाकांक्षाओंवाले एक लड़के के साथ जो भी हुआ, उन सभी विचारों के साथ उस व्यक्ति के साथ जो भी हुआ, क्या वह वास्तव में उस लड़के से बदल गया था, जिसे वह जानती थी और प्यार करती थी? क्या वह फिर से बदल सकता है?

उन्होंने याद किया कि मि. बकलैंड ने क्या कहा था—

एक सपना सिर्फ एक सपना है,
जब तक कि वह लिखकर सच नहीं हो जाता है।
केवल तभी वह एक लक्ष्य बन जाता है।

इससे पहले कि उनका दिमाग उसकी अनुपस्थित कल्पना के संकीर्ण रास्ते पर ले जाना जारी रख सके, फोन बजने लगा, जो उन्हें वापस वर्तमान में ले आया। यह उनके गुरु का फोन था।

"नमस्कार, मि. बकलैंड।" ग्रेग ने जवाब दिया कि वे उदासीनता को दूर करने और मुसकराहट के साथ इसे बदलने की कोशिश कर रहे हैं। फिर उन्होंने उसे झटका दिया, यही वह है, जो 'अभिनय जैसा' था।

"कल वापस रास्ते पर चलते हुए सुनना।" मि. बकलैंड ने कहा, "मैं चाहता हूँ कि आप थोड़ा चक्कर लगाएँ और किसी और से मिलें। हम आपको एक इ-टिकट भेजेंगे। और, ओह हाँ, मैंने जैक मैट्स के साथ बात की थी और उसने बताया कि आप दोनों ने वास्तव में इसे शानदार बना दिया। मुझे तुम पर गर्व है। यही कारण है कि मैंने तुम्हें किसी और से मिलने के लिए भेजने का फैसला किया। मुझे लगता है कि यह बहुत खास है। मेरे लिए एक सैंडविच रख लेना।"

ग्रेग ने पूछा, "एक क्या?"

"एक सैंडविच। मुझे दौड़ना है। मैं संपर्क में रहूँगा।"

अब उस छोटे कद वाले आदमी को मुसकान देनी पड़ी। बकलैंड ने कहा था, उन्हें गर्व था। उसने अपने पूरे जीवन को सुनने के लिए इंतजार किया था। उन शब्दों को अपने पिता से सुनने का उसने पूरी जिंदगी इंतजार किया, यहाँ तक कि उसकी प्रेमिका भी उससे निराश थी। मि. बकलैंड के बहुत शुक्रगुजार हैं। इस नए रास्ते पर वह अब लोगों पर गर्व महसूस कर रहा था। हो सकता है कि चीजें चारों ओर घूम रही हों।

बैठकर उसने अपने लैपटॉप पर काम किया और मि. बकलैंड के कार्यालय को खोला। उसे हवाई अड्डे सुबह 5 बजे पहुँचना था। उन्हें पैक करने में लंबा समय नहीं लगेगा और उनका होटल हवाई अड्डे के नजदीक था। उनका गंतव्य अटलांटा, जॉर्जिया था।

अगली सुबह उड़ान भरने के लिए केवल कुछ ही मिनटों के साथ ग्रेग अपनी आँखें मलते हुए हवाई अड्डे पहुँचे। विमान ने अपने समयानुसार उड़ान भरी। यही वह समय था, जब उन्होंने पाया कि बकलैंड ने उनके लिए प्रथम श्रेणी का टिकट खरीदा था। यह एक विलासिता थी, जिसे उन्होंने कभी खुद पर खर्च नहीं किया था, भले ही वे एक लक्जरी अपार्टमेंट में रहते थे।

केबिन के माहौल में उन्होंने पीना शुरू कर दिया था। उन्होंने अपने साथ की सीट पर आनेवाले आगंतुक का आभास किया, पर गवाही करने में असफल रहे। कम-से-कम कहने के लिए वह एक खूबसूरत महिला थी। यद्यपि वह केवल चार फीट दस इंच की थी, लेकिन उसके पास कुछ बहुत ही खास गुणवत्ता थी।

"क्या मैं तुम्हें नहीं जानता?" ग्रेग ने खुद को जाँचने के लिए पहले ही उगल दिया।

"शायद!...यकीन नहीं।" उसका जवाब था, "मेरा नाम जूली क्रोन है। आपसे मिलकर अच्छा लगा।"

ग्रेग ने अपनी उँगलियों को चटकाया—"आप एक जॉकी हो। आप 'स्पोर्ट्स इलेस्ट्रेटेड' के कवर पर थीं और 'यू.एस.ए. टुडे' द्वारा सार्वकालिक सबसे श्रेष्ठ एथलीटों में से एक के रूप में नामित की गई थीं।"

"वह मैं ही हूँ।"

उसने अपने बयान को एक विशिष्ट बच्चे की आवाज में स्वीकार किया। वर्ष 2000 में जूली क्रोन पहली महिला बन गईं, जो कभी भी थोरोब्रेड हॉल ऑफ फेम में शामिल हुईं, जिसमें 3,704 जीतें हासिल थीं। उनकी जीत $ 90 मिलियन से अधिक थी, जबकि अपनी जीतनेवाली भावना से उन्होंने सन् 1984 में सर्वश्रेष्ठ अमेरिकी महिला एथलीट के लिए ESPY पुरस्कार अर्जित किया था।

"आपने बहुत सी प्रतियोगिताएँ जीती हैं। क्या आप कभी गिरीं या कुछ टूटा नहीं?"

"वास्तव में, मैं कई बार गिरी हूँ और मेरे शरीर का लगभग हर अंग चोटिल हुआ है।" उसने बताया। "मेरी पीठ, मेरा पैर, मेरे टखने, मेरी पसलियाँ—आप इसे नाम दें; लेकिन ये सब मुझे रोक नहीं पाए हैं। ऐसा करने की तरह कुछ भी नहीं है, जिसे आप करना चाहते हैं और इसके लिए भुगतान पाना चाहते हैं।"

उन्होंने कहा, "मैंने ऐसा ही सुना।" अपने सलाहकारों के साथ बातचीत के बारे में सोचते हुए उन्होंने पूछा, "क्या पुरुष-वर्चस्ववाले व्यवसाय में महिला होना मुश्किल था?"

"हाँ, और नहीं।" उसने जवाब दिया, "पुरुष या महिला होने के नाते हमें खेल से एक या दूसरे तरीके से जोड़ना या दूर नहीं जाना चाहिए। चुनौती उन मालिकों और प्रजनकों के दिमाग में बसी थी, जो सिर्फ एक महिला जॉकी की सवारी नहीं करेंगे, चाहे कुछ हो जाए।"

"आपने इस समस्या को कैसे दूर किया?"

"मैंने अभी किया।" वह मुसकराई, "मुझे याद है कि यह पुराना टाइमर था, जिसने कहा, 'जूली, मुझे पता है कि आप एक महान् सवार और सब हैं, लेकिन मैं कभी भी अपने घोड़ों में से किसी पर भी एक लड़की को नहीं बैठाऊँगा।' मैंने अपने मन में सोचा, इस व्यक्ति ने अभी चित्रित किया, अपने सिर पर बैल की आँख को, तो यह गलत साबित करने का मेरा मिशन बन गया। कुछ सालों में मैंने उन सभी जीतों को तैयार कर लिया, ब्रेडर कप सहित, तो उन्होंने अपना मन बदल दिया। आप जानते हैं, मैं उस आदमी के लिए कई प्रतियोगिताएँ जीतने के लिए चली गई थी।"

"क्या हर समय नकारात्मक जवाब सुनकर आप परेशान नहीं हुईं?"

"बेशक, लेकिन मुझे उससे कुछ मिला। उसने मुझे एक लक्ष्य दिया। उसने मुझे अपनी आंतरिक आग जलाने के लिए ईंधन देकर एक पक्ष दिया। मैंने एक चुनौती के रूप में अपना दृष्टिकोण बनाया।

"मैंने पाया कि अगर मैंने हर दिन दिखाया और अपनी पूरी कोशिश की तो अंततः वे मुझसे छुटकारा पाने के लिए एक बार घोड़े पर जरूर बैठाएँगे।"

ग्रेग ने अपने नोटपैड पर लिखा था—

दिखाना जारी रखें!

फिर अपनी आँखों में चमक के साथ क्रोन ने बताया, "और विश्वास कीजिए, यह मेरा भरोसा ही था, जिसने मुझे किनारे से गिरने से रोक दिया, जब चीजें वास्तव में खराब थीं। रास्ते में जिन विपत्तियों और चोटों का सामना मुझे करना पड़ा, वे बहुत सी ऐसी चीजें थीं, जो मुझे आज मेरे जीवन में अधिक शांतिपूर्ण और सुरक्षित बनने में मदद करती हैं।"

फिर जूली क्रोन ने ग्रेग को देखा और टेबल से कहा, "आपकी कहानी क्या है? आपकी हार्दिक इच्छा क्या है?"

"काश, मुझे पता होता!" उसने जवाब दिया। उसने मिया के बारे में सोचा। डेविड की शराब पीने की गंभीर समस्या के बारे में सोचा। वित्तीय बाधाओं के बढ़ने के मामले में, अपनी उम्मीदों और सपनों के बारे में। उसकी सबसे तीव्र और बड़ी इच्छा क्या थी?

अगले कुछ घंटों तक उन्होंने अपनी हाल की यात्रा साझा की और उन्हें अपनी प्रेमिका, डेविड में उनकी निराशा और सफलता की न्याय-नीति के पीछे की अवधारणा के साथ अपने संघर्षों के बारे में बताया। वह विश्वास नहीं कर सका कि वह खुद को इस तरह खोल रहा था। क्रोन एक महान् श्रोता थी और उसने आगे बढ़ने पर ध्यान केंद्रित करने में उनकी मदद की।

वह मदद नहीं कर सके, लेकिन आश्चर्यचकित हो रहे थे कि क्या वह मिया के साथ अपने रिश्ते को बचा सकते थे? अगर वह इस तरह से उसके साथ खुल जाते तो।

ग्रेग ने अपने नोटपैड पर एक पेज पलट दिया और उन्होंने व जूली ने अपनी व्यक्तिगत सूचियों पर काम करना शुरू कर दिया तथा उन्हें एक-दूसरे से साझा किया।

अपनी व्यक्तिगत सूची में घूरते हुए ग्रेग रह नहीं पाए, लेकिन एक आवर्ती समानता पर उन्होंने ध्यान दिया। यह उनका दृष्टिकोण था कि पहले कभी उनकी जिंदगी कैसी दिखती थी और अब वह उनके सामने काली स्याही में लिखा गया था।

लेखन के लिए उनका जुनून अधिक तेजी से और ज्यादा उभरा। उनकी शुरुआती महत्त्वाकांक्षाओं में से एक संवाददाता बनना था। उनके गोद लिये भाई डेविड भी एक सफल लेखक थे; लेकिन शराब की लत ने उन्हें बरबाद कर दिया था।

प्रतिभा की तरफ देखें तो ग्रेग के पास संचार कौशल था। वह खूबसूरत व्यक्तित्व

के स्वामी थे, जब वे चुनते थे और स्पष्ट रूप से दूसरों से मिलने में उन्हें कोई परेशानी नहीं थी, उनके साथ वार्त्तालाप अद्‌भुत होते थे। हाल ही में उन्होंने अपनी गहरी नींद और उनके कुछ स्वार्थी सतही व्यवहार पर सवाल उठाने शुरू कर दिए थे। अपनी संपत्ति और उसकी देनदारियों का लेखा-जोखा लेना और वह सीख रहा था कि सुनना कैसे चाहिए, जिससे वाकई काफी अंतर पड़ा था।

उन्होंने पूछा, "मैं दोनों को एक साथ कैसे रख सकता हूँ? मुझे सही तरीका ढूँढ़ना होगा और फिर सफलता की दिशा में काररवाई करनी होगी।"

"यह आसान है।" जूली ने कहा। फिर उसने उनकी सूची में दो शेष वस्तुओं की ओर इशारा किया, "आपको उन लोगों के बारे में लिखना चाहिए, जिनसे आप मिल रहे हैं और आप उनसे क्या सीख रहे हैं।"

उस पल में, वह इस विचार से काफी ज्यादा प्रेरित हुए। मि. बकलैंड ने एक पुस्तक लिखने का उदाहरण इस्तेमाल किया था और पूछा कि उनके मित्र एवं परिवार इसके प्रति कैसी प्रतिक्रिया करेंगे? फिर उसने चार्ली जोन्स से सलाह लेने के लिए विरोध किया था। यह सिर्फ सही समय हो सकता था, लेकिन उस समय जूली ने उनके बारे में एक लेखक बनने के बारे में बात की, विमान की खिड़कियों के बाहर के बादलों को साफ कर दिया गया और केबिन भरने के माध्यम से प्रकाश की एक किरण सबकुछ रोशन कर गई।

"वह अजीब था। क्या यह एक संयोग था?" वे चौंक गए, क्योंकि दोनों ने एक-दूसरे को आश्चर्य भरी नजरों से देखा और इस गोधूलि वेला के पलों का आनंद लिया।

"सबकुछ एक कारण के लिए होता है।" एक आवाज ने प्रथम श्रेणी के गलियारे से टिप्पणी की। एक आदमी झुका और ग्रेग व जूली क्रोन से बात की।

"मैं आपके वार्त्तालाप को काफी देर से सुन रहा था और खुद को रोक नहीं सका। मुझे लगता है कि यह उन लोगों के साथ सफलता के लिए समानता से साझा करने का आपका लक्ष्य हो सकता है, जो इससे लाभ कमा सकते हैं। ऐसा लगता है कि आप लिखने के बारे में भावुक हैं, क्योंकि आप सीखने के बारे में भी उत्सुक हैं कि कैसे सफल होना है!"

ग्रेग ने अपने सिर को रगड़ना शुरू कर कर दिया और सोचने लगे कि उन्होंने पहले लिखने के बारे में क्यों नहीं सोचा था।

नई आवाज जारी रही—"शब्द, संयोग या सह-घटनाएँ—इस पर वापस आएँ, जहाँ पूरी तरह से दो हिस्सों में पूर्ण सद्‌भाव में टकराया जाता है। अटलांटा जाने के बजाय आप इस विमान पर एक बड़े कारण के लिए भी हो सकते हैं।"

यह व्यक्ति कौन था?

उस आदमी ने कहा, "मुझे खुद का परिचय कराने की इजाजत दीजिए।" क्योंकि वह अपने साथ अपने दो बिजनेस कार्ड हमें सौंपने के लिए पहुँचे। उनका नाम रिचर्ड कॉन था और वह इंटरनेशनल बेस्ट सेलिंग बुक 'द सीक्रेट' के प्रकाशक थे।

"ऐसा लगता है कि पूरी दुनिया स्व-सहायता से भरी हुई है। ऐसी समृद्ध पुस्तकें, जो कहती हैं कि आपको अमीर, खुश और सफल होने की जरूरत है। फिर भी, कुछ लोग इसे कैसे व्यक्तित्व में शुमार करें, इसे करने की प्रक्रिया को साझा करते हैं। आपने अभी जो ठोकर खाई है, वह आपका खुद का रहस्य हो सकता है कि दूसरों को सीखना अच्छा लगेगा।"

"वास्तव में?" ग्रेग ने पूछा, "आपको ऐसा लगता है?"

"जरूर। चलो, सामना करते हैं। यदि आप अपने जुनून को सहानुभूति के लिए अपनी प्रतिभा के साथ लिखने व सीखने के लिए जोड़ते हैं और फिर आप अपने सलाहकारों के नेतृत्व का पालन करके काररवाई करते हैं तो आपके पास एक बहुत अच्छी पुस्तक है।

"यह भी लगता है कि आपने जो खोजा है, उसे खोजकर और दस्तावेज बना करके आप पहले से ही काररवाई कर चुके हैं। इसके अलावा, आपके पास नेपोलियन हिल फाउंडेशन के सी.ई.ओ. को जानकर एसोसिएशन का अंतिम पहेली का टुकड़ा है। मेरी कंपनी के घोषित मूल्यों में से एक है—'चमत्कार करने के लिए सहयोग आवश्यक है।' मुझे लगता है, जैसे आपके पास अपनी सफलता के लिए विजेता संयोजन हो सकता है और इस प्रक्रिया में बहुत से लोगों की मदद करने में सक्षम हो सकता है।"

ग्रेग ने उस बिंदु को स्वीकार किया, जबकि वह निवेश को अवशोषित कर रहे थे। यह एक विशेषज्ञ से निश्चित रूप से अच्छी सलाह थी, न कि केवल राय थी। उन्होंने यह भी अपने नोटपैड में जोड़ा—

चमत्कार का सृजन करने के लिए सहयोग आवश्यक है।

जूली क्रोन ने कॉन से पूछा, "क्या आपके लिए व्यापार में जाना मुश्किल था?"

"बेशक, कई चुनौतियाँ थीं, ज्यादातर आर्थिक। पहले बाईस साल के लिए यह वास्तव में मुश्किल था। हमने उन पुस्तकों को प्रकाशित किया, जिन पर हम विश्वास करते थे, फिर भी उन्हें मुख्य धारा की अपील नहीं मिली। वैसे, मैं सालों पहले एक पुस्तक एक्सपो में डॉन ग्रीन से मिला था और मैं आपको पहले बता सकता हूँ कि वे हमारे उद्योग में एक जबरदस्त नेता हैं।"

ग्रेग बीच में ही बोल पड़े, "कठिन समय के दौरान भी आपने कैसे सबकुछ सँभाला?"

"जानने से।" उसने जवाब दिया।

क्रोन ने पूछा, "आपका क्या मतलब है ?"

"मैंने एक प्रसिद्ध संगीत संचालक का साक्षात्कार सुना। वह उन बच्चों में से एक था, जो पियानो बजाते थे और चार साल की उम्र से स्कूल जा रहे थे। आठ किशोरों में उन्होंने जूलीयार्ड स्कूल ऑफ फाइन आर्ट्स में भाग लेने के लिए रॉकफेलर अनुदान जीता। वहाँ से वह डॉक्टरेट की डिग्री प्राप्त करने के लिए चले गए और हमारे युग के महानतम संचालक बन गए। वास्तव में, वह अब दक्षिणी कैलिफोर्निया में रहते हैं और सैन डिएगो सिंफनी आयोजित करते हैं।"

"वह वहीं से हैं, जहाँ से मैं हूँ।" ग्रेग ने कहा, "मुझे उसके साथ मिलना होगा।"

कॉन ने आगे कहा, "जब उनसे पूछा गया कि उन्हें अपने उद्देश्य के प्रति अपना पीछा करने के लिए प्रेरित किया गया है, तो उनकी प्रतिक्रिया 'जानना' थी। उन्होंने कहा कि कुछ में विश्वास करने और उसे जानने के बीच एक बड़ा अंतर है। उदाहरण के लिए, क्या अधिक शक्तिशाली होगा, यह मानना कि आपको एक दिन सच्चा प्यार मिल सकता है या यह जानना कि कोई आपके लिए इंतजार कर रहा है और आपको बस, इतना करना है कि जब तक आप न मिलें, तब तक उस व्यक्ति की ओर बढ़ते रहें!"

ग्रेग ने अपने नोटपैड पर लिखा था—

जानना—किसी में विश्वास करने और उसे जानने के बीच एक बड़ा अंतर है।

"मैं सहमत हूँ।" जूली क्रोन ने कहा, "यह वही है, जिसने मुझे तब तक चला रखा था, जब तक किसी मालिक या प्रजनकों ने मुझे अपने घोड़ों पर नहीं रखा; लेकिन मैंने कभी इस तरह से सोचा नहीं। मुझे लगता है कि मैं हमेशा से जानती थी कि मैं अपने व्यवसाय में सबसे अच्छी रहूँगी और मुझे लगता है कि मेरी देनदारी का भुगतान सिर्फ उस प्रक्रिया का हिस्सा था, अत: मैंने उसे अपने रास्ते में खड़े होने या मुझे हराने की अनुमति नहीं दी। मैं जानती थी कि मैं किसके लिए तैयार थी।"

"निश्चित रूप से।" कॉन ने कहा, "और यही वह है, जो हमारी व्यस्तता को भी जारी रखती है। मेरा मतलब है, यह वास्तव में कठिन हो गया, मेरा विश्वास करो। मैंने एक बार अनुमान लगाया कि मैं लेनदारों से संग्रह दिवसों को सँभालने के अपने दिन का 60 प्रतिशत खर्च कर रहा था। एक कम बिंदु पर हमारे एकाउंटेंट ने जोर देकर कहा कि हमें दिवालिएपन के वकीलों से मिलना चाहिए। जब हमने बैठक छोड़ दी, तब हम जोर से हँसे। वे हमारे लिए फाइल करने के लिए 30,000 डॉलर चाहते थे। हमने सोचा, अगर हमारे पास 30,000 डॉलर होते तो हमें दिवालिएपन के लिए पहली जगह दर्ज करने की आवश्यकता नहीं होती।"

ग्रेग ने पूछा, "फिर तुमने क्या किया ?"

"हम आगे बढ़ते रहे, यह जानकर कि हमारा विराम सिर्फ कोने के आसपास था।

हम कम बिंदु पर हार नहीं मानना चाहते थे।"

वहाँ फिर से रॉन ग्लोसेर के वकील से एक गूँज को पहचानकर ग्रेग ने खुद के मन में सोचा—नकारात्मक स्थिति में प्रमुख निर्णय मत लो।

"फिर आखिरकार, हमने अपनी नई परियोजना पाई और सिर्फ दो साल पहले हमने रोंडा बायर्न की पुस्तक 'द सीक्रेट' प्रकाशित की थी। इसने पहले बारह महीनों में 60 लाख प्रतियाँ बेचीं। हम कर्ज से बाहर हो गए और इसकी सफलता ने हम सभी को करोड़पति बना दिया है।"

जूली क्रोन ने कहा, "क्या महान् कथा है!"

ग्रेग ने कहा, "ऐसा लगता है, जैसे समीकरण के तीन भाग आपके लिए काम कर रहे थे। पुस्तकों के लिए आपका जुनून, प्रकाशन के लिए आपकी प्रतिभा और आपके कार्य। फिर भी आपको शीर्ष पर रखने के लिए आपको सही सहयोग की आवश्यकता है।"

कॉन ने हँसते हुए कहा, "हाँ, और हमें रातोरात सफलता पाने के लिए केवल बाईस साल लगे।"

जैसे ही विमान लैंड करने लगा, तीनों ने अपने-अपने संपर्क करने के लिए फोन नंबरों का आदान-प्रदान किया और एक-दूसरे को गले लगाकर अलविदा कहा। ग्रेग ने एक पल के लिए अपनी आँखें बंद कर लीं, ताकि वह उनके साथ क्या हो रहा था, यह महसूस कर सकें। आखिरकार उन्होंने उद्‌देश्य की भावना महसूस की, जैसे कि वह सिर्फ उस चीज पर हो सकती है, जो उनके स्वयं के सफल फॉर्मूले को परिभाषित करेगी।

एक बात, जो उसके दिमाग में गूँजती रही, वह विश्वास की अवधारणा थी, विश्वास का महत्त्व था। लॉरेन नेल्सन ने इसे क्या कहा था ? केंद्रित विश्वास। उन्होंने याद किया कि कैसे मिया ने स्वयंसेवा की थी कि वह उसके लिए और डेविड के लिए प्रार्थना करेगी, यहाँ तक कि डेविड को अपने दिमाग के कोहरे में एक स्याही की भाँति लिखा हुआ लग रहा था कि उसकी समस्या का समाधान करने की शक्ति उसके खुद के भीतर थी, अगर उसने खुद को बदलने के लिए काररवाई की तो।

□

दुनिया को बताएँ कि आप क्या करना चाहते हैं;
लेकिन पहले उसे दिखाएँ।

—नेपोलियन हिल

8

योजना रोको

एक कार मुख्य टर्मिनल के बाहर उनका इंतजार कर रही थी। ग्रेग को मुसकराना पड़ा। गाड़ी को गाय की तरह दिखने के लिए चित्रित किया गया था और एक विचित्र संकेत लिखा था—'ज्यादा चिकन खाओ।' जैसे वह नियंत्रण से बाहर निकल गई और ग्रेग अंदर थे, पर्यटकों ने रंगीन चित्रित वाहन की तसवीरें लीं और लिखे हुए शब्दों पर ध्यान दिया।

तभी ग्रेग को एहसास हुआ कि वह एक सच्ची किंवदंती से मिलने वाले थे, जिसके बारे में उन्होंने वर्षों तक पढ़ा था और हमेशा प्रशंसा करते थे। बड़े निगमित परिसर के द्वार तक पहुँचते हुए उन्होंने एक बच्चे के जैसे उत्साह को महसूस किया। इसने उन्हें उस रोमांच के बारे में याद दिलाया, जो उन्होंने तब महसूस किया था, जब उनके पिता उन्हें सबसे पहले बेसबॉल गेम दिखाने ले गए थे।

वहाँ लिखा हुआ था—'चिक-फिल-ए में आपका स्वागत है।' और यह एक स्वागत योग्य दृष्टि थी। पशु 70 एकड़ के यौगिक क्षेत्र में घूमते रहे। झील के चारों ओर बड़े-बड़े पेड़ खड़े हुए थे और लोग मैदान के घेरे में घूम रहे थे।

ग्रेग अभी भी इस बात पर विश्वास नहीं कर सके कि मि. बकलैंड ने एक और एकमात्र ट्रुएट कैथी के साथ एक बैठक स्थापित की थी, जो फास्ट फूड मार्केट में एक आत्मनिर्भर व अमीर उद्यमी था। उसे चिकन सैंडविच का आविष्कार करने का श्रेय दिया गया था।

मुझे लगता है कि यही कारण है कि मि. बकलैंड चाहते थे कि मैं उसे वापस लाऊँ, ग्रेग ने सोचा।

भले ही वे एक पाठक नहीं थे, किंतु ग्रेग ने ट्रुएट कैथी की कुछ पुस्तकों को पढ़ा

था (वहाँ यह फिर से था—मि. बकलैंड की पुस्तकें, जो आप पढ़ते हैं और जिन लोगों से आप मिलते हैं, उनके बारे में)। उन्होंने यह भी सुना था कि अब कैथी ने किसी को भी अपना साक्षात्कार देना बंद कर दिया था। पता नहीं, मि. बकलैंड ने यह कैसे व्यवस्थित किया था और सबसे महत्त्वपूर्ण बात यह है कि कैथी उनके साथ मिलने का अनुरोध क्यों कर रही थीं?

रंगीन कार से बाहर निकलने पर, आगंतुक को सुरक्षा स्टेशन में दिखाया गया था। उनकी तसवीर ली गई थी और उनके लिए एक विशेष वी.आई.पी. अतिथि पास बनाया गया था। एक गाइड उन्हें लिफ्ट में ले गया। जब वे सबसे ऊपर की मंजिल पर पहुँचे तो ग्रेग का एक और हँसमुख सहायक द्वारा अभिवादन किया गया, "मि. कैथी आपका इंतजार कर रहे हैं। कृपया मेरे साथ आइए।"

ग्रेग चारों ओर निरीक्षण करने से खुद को नहीं रोक सके, लेकिन पाँच मंजिला संरचना की पूरी लंबाई को खींचनेवाली विशाल ग्लास की छत पर ध्यान दिया। उन्हें पूर्वानुमान के कारण चक्कर आ रहे थे।

गाइड उन्हें सत्तासी वर्षीय उस बिजनेस लीजेंड के कार्यालय में ले गया।

"अभिवादन, यंग मैन!" मि. कैथी ने कहा, "अंदर आओ और बैठ जाओ।"

जब ग्रेग ने कुरसी ली, उन्होंने अपने आसपास की समीक्षा की। कार्यालय की दीवारों को यादगार बनाने के लिए पारिवारिक तसवीरों से सजाया गया था; लेकिन शिखर तक पहुँचनेवाले पर्वतारोही, जो समिट तक पहुँचा था, का पोस्टर वहाँ क्यों लगा था। उनका ध्यान मेज पर रखे होराटियो अल्जीर अवॉर्ड पर गया, जो व्यापारिक दुनिया में एक सम्मानित श्रद्धांजलि है।

होराटियो अल्जीर एसोसिएशन ऑफ डिस्टिंग्युश्ड अमेरिकियों के सदस्य जीवन के अनुभवों के विस्तृत स्पेक्ट्रमवाले व्यक्तियों का चयन समूह है। होराटियो अल्जीर जूनियर की कहानियों के पात्रों के समान एसोसिएशन के सदस्यों की परंपरा ने सहयोगी या आर्थिक रूप से चुनौतीपूर्ण परिस्थितियों में जीवन शुरू कर दिया है। इस शुरुआती विपत्ति के बावजूद (कई लोग इसके कारण कहेंगे) उन्होंने सफलता प्राप्त करने और अपने सपनों को पूरा करने के लिए बहुत मेहनत के साथ काम किया है।

मि. कैथी ने पूछा, "मुझे बताओ, मैं आपकी सेवा कैसे कर सकता हूँ?" ग्रेग को उन्होंने सपने से बाहर खींच लिया।

वहाँ फिर से एक और सफल व्यवसायी द्वारा सेवा की एक स्पष्ट पेशकश थी। ऐसा लगता है कि वह जिन लोगों को मिला था, वे बाहर निकलने और दूसरों की मदद करने की इच्छा रखते थे।

"मुझे आपसे सीखने का अवसर मिलने के लिए सम्मानित किया गया है।" अपनी

सीधी-सादी शैली में सही तरीके से कूदते हुए ग्रेग ने पूछा, "आपकी सफलता का रहस्य क्या है ?"

कैथी का सिर एक तरफ झुका हुआ था और वे मुसकरा रहे थे, क्योंकि वह सवाल की आकस्मिकता से अचंभित हो गए थे। उनका जवाब था, "इतनी योजना बनाना बंद करो।"

"क्या ?" ग्रेग जोर से बोले।

कैथी ने दोहराया, "इतनी योजना बनाना बंद करो।"

"यह सबकुछ मैंने सुना है या पढ़ाया गया था।" ग्रेग ने कहा।

"मुझे विश्वास है कि यह कार्य करता है; लेकिन आपने पूछा कि मेरे लिए क्या काम करता है और मैंने आपको बताया।" कैथी ने कहा, "यह इस तरह है, यंग मैन। आप जो कुछ भी करते हैं, आपको एक लक्ष्य, एक गंतव्य दिमाग में रखना चाहिए; लेकिन एक बार जब आप अपनी जगह, कहाँ जा रहे हैं तो बस, उस दिशा की ओर बढ़ें। विश्वास रखें कि आप वहाँ पहुँच जाएँगे और 'कैसे' स्वयं काम करेगा।"

"सभी उचित सम्मान के साथ मि. कैथी, मैं सुन रहा हूँ कि आप क्या कह रहे हैं, लेकिन मेरे लिए विश्वास करना कठिन है।"

टुएट कैथी अपने युवा आगंतुक की तरफ झुके—"आप एक बहुत तेज साथी की तरह लगते हैं और पिछले साल मुझे यकीन है कि आपके पास बहुत सारी योजनाएँ थीं।"

ग्रेग एक विनम्रता के साथ सहमत हुए।

"उनमें से कितनी योजनाएँ आपके लिए काम करती हैं ?"

ग्रेग का चेहरा खाली हो गया, क्योंकि वह अपने पिछले 365 दिनों को याद करने लगे थे। सच में, योजना के अनुसार कुछ भी नहीं चला था। असल में, वह उस समय के दौरान नीचे की ओर आर्थिक तौर पर कमजोर थे, इसलिए सँभलकर बोल रहे थे।

"अब, कृपया समझें कि आप समय-समय पर कुछ अंतिम परिणाम प्राप्त कर सकते हैं, जिसका अर्थ है कि आप एक लक्ष्य प्राप्त कर सकते हैं। लेकिन जिस तरह से आप इसे प्राप्त करना चाहते हैं, वह शायद वास्तविकता से अलग हो।"

जल्दी ही ग्रेग को एहसास हुआ कि इस विचार को नोटपैड पर लिखना था—

अतिरिक्त तैयारी बंद करो।

मि. कैथी बोलते गए, "मैं आपको एक उदाहरण देता हूँ। मान लें कि आपके पास अपनी सड़क के अंत तक पहुँचने का लक्ष्य है। यह शुरुआत है, क्योंकि आपने स्वयं के लिए एक लक्ष्य निर्धारित किया है। फिर आपको यह करने की जरूरत है कि घर छोड़ दो और उस दिशा में आगे बढ़ना शुरू करो। यह आसान है। अब यदि आप किसी विशिष्ट

योजना से चिपके रहते हैं—दो कदम उठाएँ, रोकें; दो कदम उठाएँ, रोकें और इसी तरह करते रहें। आप वास्तव में अपने आसपास के सभी अप्रत्याशित अवसरों को याद कर सकते हैं।"

ग्रेग ने कहा, "अवसर?"

"बेशक! पूर्ण रूप से। आप देखिए, जब लोग अपने मार्ग की योजना बना रहे हैं और वे अपने कदमों और साँस लेने पर ध्यान केंद्रित कर रहे हैं तो मेरे जैसा व्यक्ति यह देखने के लिए वहाँ खड़ा है कि कोई बच्चा अपनी साइकिल या स्केटबोर्ड छोड़ दे, जो उनकी यात्रा को छोटी कर दे। मैंने उसके लिए कोई योजना नहीं बनाई, बस, अपनी आँखें खुली रखी थीं।

ग्रेग स्केटबोर्ड पर उस सत्तासी वर्षीय व्यक्ति की छवि पर मुसकराए। "मैं पूरी तरह से समझ गया। आपके मन में एक लक्ष्य है, जिसकी ओर आप बढ़ रहे हैं। फिर रास्ते में आपकी सहायता करने के अवसर तलाशना शुरू करें।"

"बिल्कुल; और यदि आप वास्तव में भाग्यशाली हैं तो कोई पड़ोसी आपके पास से गुजर सकता है और आपको सवारी करने देता है और आप वहाँ किसी भी वक्त पहुँच सकते हैं।"

एक अन्य प्रश्न के साथ पुनः बोलने से पहले ग्रेग एक पल के लिए चुप्पी में बैठे थे।

"क्या आप कह रहे हैं कि आपने कभी अपनी सफलता पर योजना बनाई है?"

"मैंने चिक-ए-फिल होने के लिए योजना नहीं बनाई थी। बस, यह हो गया। निश्चित रूप से, मेरे मन में अंत तय नहीं था, क्योंकि मुझे नहीं पता था कि यह कैसे होने जा रहा था। जब मैं सेना से बाहर निकल गया तो मैंने सन् 1946 में 'ड्वार्फ ग्रिल' खोला। मैंने उसे 'ड्वार्फ ग्रिल' इसलिए कहा, क्योंकि उसमें केवल दस स्टूल और चार टेबल्स थीं। बीस साल बाद, 1960 के दशक में, मैंने प्रेशर कुकर में पकाया हुआ चिकन सैंडविच विकसित किया और अटलांटा में पहला 'चिक-फिल-ए रेस्तराँ' खोला। जैसा कि मैंने कहा, मैंने प्रक्रिया में विश्वास के साथ दृष्टि की तरफ धक्का दिया और 'स्वयं' कैसे मेरे सामने खुल गया।"

मि. कैथी ने फिर कहा, "एक दौरा करना चाहते हैं?"

"मुझे बहुत अच्छा लगेगा।" ग्रेग अपनी कुरसी से उठे और हॉलवे में अपने मेजबान का अनुसरण किया।

"मैंने आपके कार्यालय में पहाड़ी पर्वतारोही की तसवीर देखी। क्या आप पिछले दिनों में एक रोमांचकारी साधक थे?"

"कुछ-कुछ; लेकिन तसवीर एक अनुस्मारक है और हमने जो बनाया है, उसका

प्रतीक है।" कैथी ने जवाब दिया, "पर्वतारोही मेरे व्यावसायिक जीवन का प्रतिनिधित्व करता है। किसी भी चुनौती को जीतने से डरते नहीं, चाहे कितनी भी ऊँची हो, चाहे कितनी भी खड़ी हो। यह मुझे बड़े सपने देखने की याद दिलाती है और कभी भी शीर्ष तक पहुँचने से कम नहीं रोकती है। यह उन चीजों का भी प्रतिनिधित्व करती है, जो मैं करता हूँ।"

ग्रेग ने लिखा—

बड़े सपने देखो
और शीर्ष तक पहुँचने से खुद को कभी मत रोको।

फिर उन्होंने पूछा, "बिल्कुल यही करना है ?"

"जैसा कि आप जानते हैं, एक पर्वतारोही अपने लक्ष्य की ओर अगले स्तर तक पहुँचने के लिए बहुत बड़ा जोखिम उठाता है। वह मैं हूँ। फिर भी, उन्हें सावधान रहना होता है कि जीवन-शैली और अन्य समर्थक न होकर अपने जीवन को जोखिम में न डालें।"

"जीवन रेखा ?"

"हाँ, हर बीस फीट पर पर्वतारोही चढ़ता है। वह पहाड़ से थोड़ा दूर टाँका लगाकर खुद से उसे जोड़ता है, ताकि अगर वह फिसल जाए तो नीचे नहीं गिरे। वह सिर्फ कुछ फीट गिरता है, जहाँ से वह खुद को सुरक्षित रखता है।"

ग्रेग ने कहा, "यह समझ में आता है।" फिर कुछ रुककर बोले, "मुझे यकीन है कि मैंने अपने जीवन में ऐसा किया था। ऐसा लगता है कि मैं एक सबकुछ या कुछ भी नहीं जैसा लड़का हूँ।" नोटपैड पर उन्होंने लिखा था—

सुरक्षित चढ़ाई करें,
लेकिन शीर्ष तक चढ़ाई करें।

कैथी ने उन्हें लिखते हुए देखा—"जीवन में लंबी छलाँग लगाना ठीक है। वास्तव में, आगे बढ़ने के लिए आपको यह करना है। यह भी ठीक है कि आपके द्वारा किए गए हर निर्णय पर खेत को शर्त पर न लगाएँ। अपने आप को थोड़ा सा साँस लेने की जगह दें।" उन्होंने इमारत के प्रवेश द्वार की ओर इशारा किया, "यहाँ मेरी कारों का संग्रह है।"

ग्रेग की आँखें कैंडी स्टोर में एक बच्चे की तरह चमक रही थीं। उन्होंने खुद को चिकोटी काटी, क्योंकि उन्हें अभी भी डर था कि टुएट कैथी उन्हें अपने प्राचीन ऑटोमोबाइल के संग्रह के आसपास दिखा रहा था। प्रत्येक कार हरेक साल से थी, जो उनके जीवन में एक मील का पत्थर जैसा प्रतिनिधित्व करती थी। मि. कैथी प्रत्येक वाहन के महत्त्व को समझाते एवं खुद कारों के बारे में विवरण पेश करते। वह हर किसी के बारे में सोचते थे।

एक कार, जो महत्त्वपूर्ण वर्ष का प्रतिनिधित्व नहीं करती थी, वह बैट मोबाइल थी—फिल्म 'बैटमैन रिटर्न्स' की कार जैसी। उसे नीलामी में खरीदा गया था, क्योंकि मि. कैथी को हॉलीवुड के इतिहास के बारे में कुछ पसंद आया था। यह आकर्षण बनाम वचनबद्धता का एक और उदाहरण था। बैट मोबाइल खिलौना था, जबकि दूसरों के पास उनके जीवन के लिए सही अर्थ था।

दोनों ने अपना टहलना जारी रखा और कंपनी के भोजन कक्ष की ओर अपने कदम बढ़ा दिए। मि. कैथी ने पूछा, "भूख लगी है?" उन्होंने आगे खाद्य गैलरी का संकेत दिया। पिज्जा व पास्ता से लेकर सैंडविच और नींबू पानी तक सबकुछ सबसे अच्छा बफे ग्रेग ने पहली बार देखा था।

"कृपया भोजन ग्रहण कीजिए।" मि. कैथी की पेशकश थी।

ग्रेग ने कहा, "मुझे लगता है कि आपके पास सबकुछ है, जो कोई भी चाहता है। लेकिन मुझे नकद रजिस्टर नहीं दिख रहा है।"

अपने मुँह को ढाँपने के लिए मि. कैथी ने अपना हाथ उठाकर मुँह पर रखा और आगंतुक के कान में कहा, "यह एकमात्र चीज है, जिसे हमने छोड़ा था।"

कैथी की मुसकराहट बढ़ गई—"मेरी कंपनी अपने लाभों से अधिक अपने लोगों पर केंद्रित है। हम रेस्तराँ को रविवार को बंद रखते हैं। हमारे पास हमारे स्टोर प्रबंधकों को प्रशिक्षण देने के लिए अपना खुद का अभिनव दृष्टिकोण है और हम अपने कर्मचारियों को कॉलेज छात्रवृत्ति प्रदान करते हैं। हम मानते हैं कि अगर हम अपने लोगों का समर्थन करते हैं तो वे व्यवसाय को सफल बना देंगे, और उन्होंने बनाया है।"

ग्रेग ने लिखा—

अपने लाभों से अधिक अपने लोगों पर ध्यान केंद्रित करें।

जैसे ही उन्होंने संदेश को लिखा, ग्रेग ने अपने सलाहकार के अनुरोध को याद किया, "मि. बकलैंड ने मुझे घर सैंडविच लाने के लिए कहा। मुझे लगता है कि मुझे अपने लिए एक कोशिश करनी चाहिए, क्योंकि मैं यहाँ हूँ, मुझे आपकी स्ट्रिप्स पसंद है; लेकिन मैंने कभी सैंडविच को नहीं आजमाया।"

"चलिए, इसके बारे में कुछ करते हैं।" मि. कैथी रसोई की ओर बढ़ गए।

"यह सबसे अच्छा है। ठीक है, जब वे गरम होते हैं।" उन्होंने एक ताजा मक्खनवाला बन पकड़ा और उस पर अपने प्रसिद्ध चिकन स्ट्रिप्स लगाए—"आपको अचार लेना होगा। यह वही है, जो इसे इतना अच्छा बनाता है।"

ट्रुएट कैथी ने अपनी उत्कृष्ट कृति को अपने आगंतुक को सौंप दिया, जिसने तुरंत इसे नमूना दिया। उसका मेजबान सही था—आचार से भी सैंडविच बनाया जाता है।

जब उन्होंने खा लिया तो दोनों लोगों ने मुख्यालय के दौरे को फिर से शुरू कर

दिया। तभी एक प्रश्न ग्रेग के दिमाग में कौंधा और तुरंत उनके मुँह से निकला, "क्या आप कभी कर्नल के साथ बाहर घूमने निकले थे?"

"हाँ, मैं निकला था। वह एक काउंटर पर बैठकर चिकन सैंडविच खा रहा था। ग्रिलमैन ने उससे पूछा, 'कर्नल, क्या वह सबसे अच्छा चिकन नहीं है, जो आपने पहले कभी नहीं खाया है?' एक सुस्त स्वर में कर्नल सैंडर्स ने जवाब दिया, 'दूसरा सबसे अच्छा!'"

कैथी और ग्रेग की हँसी एक विनोदी कोरस में शामिल हो गई।

ग्रेग ने उस अविश्वसनीय साक्षात्कार को बीच में ही छोड़ दिया। उन्होंने अपना फोन डायल किया। उन्होंने उत्साह से कहा, "क्या आप अनुमान लगा सकते हैं कि मैंने आज किससे बात की थी?" उन्होंने डेविड को चेक-इन करने के लिए बुलाया था। उम्मीद है कि उनके भाई की तरफ से कुछ अच्छी खबर मिल सकती है। उसकी चुप्पी ने उन्हें वह सबकुछ बताया, जो उसे जानने की जरूरत थी और वह किससे डरता था?

"अमेरिका में सबसे सफल व्यवसायियों में से एक।"

"आपके लिए अच्छा है, भाई।"

आखिरी बार उन्होंने जब एक-दूसरे को आमने-सामने देखा था, उस बात को लगभग छह महीने बीत गए थे। वे डेविड की पसंदीदा जगहों में से एक में मिले थे। रात्रिभोज कभी नहीं आया। ग्रेग दो घंटों के बाद वहाँ से निकले थे। उन्होंने तीन क्लब सोडा को डेविड के छह में प्रबंधित किया था, या वे सात स्कॉच थीं?

ग्रेग ने अपनी व्यावसायिक सफलताओं के बारे में झूठ बोला था। उन्होंने टैब का भुगतान करने पर जोर दिया और उसे घर छोड़ने को प्रेरित किया। इन सब में पूरी शाम बरबाद हो गई थी और अब उस समय बस, वे डेविड की ओर से उम्मीद छोड़ रहे थे। उनकी सभी आशाएँ और सपने—जब वे बच्चे से कॉलेज के छात्र और फिर युवा वयस्कों के रूप में तब्दील हुए, तब तक कितनी चीजें और बातें एक-दूसरे से साझा की गई थीं, जो सब धूम्रपान में चली गई थीं। लेकिन कम-से-कम ग्रेग अपने सपनों का पीछा कर रहे थे, भले ही व्यापार धागे से लटक रहा था।

उसने कहा, "क्या चल रहा है? मेरा मतलब है, वास्तव में मैं अब आपसे बात नहीं कर सकता।"

डेविड ने कुछ भी नहीं कहा। ग्रेग एक गिलास में बर्फ की टिंकल सुन सकते थे। शायद डेविड ने उसे अपने होंठों से लगाया था। यह एक छोटी सी चीज थी, एक बेवकूफ चीज। लेकिन उस बर्फ की आवाज ने ग्रेग के दिल व दिमाग में क्षोभ बढ़ा दिया। उन्होंने कॉल समाप्त कर दी।

ट्टुएट कैथी के साथ अपने यादगार दिनों के बारे में उन्होंने सोचा और सभी विचारों

एवं जीवन परिवर्तनकारी पथ को जाना, जो जॉन बकलैंड ने गायब होने से पहले बाहर रखा था। उन्होंने स्वयं को बीमार, असहाय और निराशाजनक महसूस किया।

फिर भी, जैसे कि दिव्य प्रेरणा की चमक में ग्रेग को एहसास हुआ कि यह डेविड को बचाने के लिए उनका काम नहीं था, बल्कि केवल मदद करने के लिए जो वे कर सकते थे, एक अवसर था। यह अवसर स्वीकार करना उनके भाई पर निर्भर करता था या नहीं, जैसे ही ग्रेग दरवाजे से बाहर निकले थे, जो कि मि. बकलैंड ने उनके सामने ही खोल दिया था।

□

वह कोई भी व्यक्ति बड़ी सफलता प्राप्त नहीं कर सकता,
जो व्यक्तिगत बलिदान करने का इच्छुक नहीं है।

—नेपोलियन हिल

9

लक्ष्य से संचालित

जब ग्रेग घर लौटे तो वे सीधे काम पर गए, न कि रोजगार की नियमित जगह पर, बल्कि खुद पर काम करने के लिए। उन्हें एहसास हुआ कि डॉन ग्रीन ने उनके साथ जो कुछ साझा किया था, वह सच था। नेपोलियन हिल ने कहा कि मिट्टी से कभी भी पता लगाए जा सकनेवाले महान् लोगों के दिमाग से कहीं अधिक सोने की खुदाई की जा सकती है। ग्रेग अब अपने ही अधिकार में एक प्रॉस्पेक्टर बन गए थे और वह अधिक सोना चाहते थे। वे जानते थे कि उनका वित्तीय लाभ खतरे में पड़ सकता है। लेकिन उनके द्वारा निर्णय ले लिया गया था।

वे व्यावसायिक प्रमुखों से मुलाकात करके और अधिक बुद्धिमान लोगों को उजागर करके कारवाई करेंगे। उन्हें उन उल्लेखनीय व्यक्तित्वों तक पहुँच प्राप्त करने में मदद करने के लिए नेपोलियन हिल फाउंडेशन के सहयोग की आवश्यकता होगी।

अरे, एक मिनट प्रतीक्षा करें। ग्रेग ने खुद से कहा। उनका ध्यान पहले नोट पर वापस गया। मि. बकलैंड ने उन्हें लिखा था, जिसने उनसे पूछा कि वह उन चीजों के साथ क्या करेंगे, जो उन्होंने सीखीं।

बहुत से लोगों को अच्छी सलाहें मिलती हैं,
किंतु उनसे कुछ ही लोग लाभ उठा पाते हैं। आप क्या करेंगे?

तुरंत वे समझ गए कि वह सफलता के लिए इस नए रास्ते पर शुरुआत से स्थापित किया गया था।

उस समय जब उन्होंने गलत जैकेट उठाई थी, उनका जीवन लगभग पूरी तरह से बदल गया था। इस नए 'आह!' पल के साथ वहाँ एक और पूर्ण भाग्य उनकी प्रतीक्षा कर रहा था। वह सोने से तीन फीट पहले रुकनेवाले नहीं थे। इसकी बजाय वह अपने

बोरिंग प्रबंधन को अपने लिए सोना पाने की एक नई लगन को उजागर करने के लिए स्थानांतरित कर रहे थे।

खुद के लिए···क्या वह काफी अच्छा था ? उनके जीवन में अन्य लोगों की जरूरत के बारे में वह क्या करेंगे, जो उनके परिवार, दोस्तों तथा जिस महिला को वह प्यार करते थे, उनकी है ? उन्होंने महसूस किया कि उन्हें उदाहरण के आधार पर नेतृत्व करना चाहिए और उन्होंने जो कुछ भी सीखा था, उसे लागू करना चाहिए।

सूक्ष्म संदेशों में से एक यह था कि सफल लोग शायद ही कभी स्वार्थी लोग थे। क्या यह एक नियम हो सकता है ?

उन्होंने एक और निर्णय लिया। यह स्वीकार करते हुए कि उनकी भागीदारी और जुनून उनकी मार्केटिंग कंपनी से दूर हो रहे थे और वे अपनी नई दृष्टि पर ध्यान केंद्रित करना चाहते थे, उन्होंने अपने कर्मचारियों के समक्ष व्यवसाय पेश करने का फैसला किया।

जब उन्होंने उस दिन उनसे बात की तो उन्होंने साझा स्वामित्व के बारे में बातचीत की, लेकिन 'नए ग्रेग' की भी काफी सराहना की गई। व्यवसाय को अपने कर्मचारियों के साथ बदलने में वे वास्तव में उन्हें सलाह दे रहे थे और उन्हें अपने जुनून व लक्ष्यों के साथ उनकी ओर बढ़ने में मदद कर रहे थे। उनके पास जो था, वह वापस देना शुरू कर दिया···जैसे कि उन्होंने जॉन बकलैंड और डॉन ग्रीन से वादा किया था कि वह करेंगे। आगे बढ़ाओ !

एक सप्ताह के भीतर कागजात पर हस्ताक्षर किए गए और व्यापार का हस्तांतरण पूरा हो गया। उन्होंने वर्जीनिया में डॉन ग्रीन के साथ एक और बैठक निर्धारित की।

बैठक के लिए जाने से पहले रात में उन्होंने डेविड एंजेल को एक और फोन मिलाया। इस बार उनका संदेश अलग था, जैसी कि उनकी अपेक्षाएँ थीं। उनकी आवाज मेल संक्षिप्त, बिंदु और मन से संक्षिप्त थी—'डेव, मुझे बस यह कहना है कि मैं आपसे प्यार करता हूँ और आपके लिए सबसे अच्छा चाहता हूँ। मैं आपकी मदद करना चाहता हूँ; लेकिन मुझे नहीं पता कि यह कैसे करनी है। मिया और मैं फिर से बात कर रहे हैं और उसने सुझाव दिया है कि आप एक और पुनर्वास या किसी प्रकार का कार्यक्रम आजमाकर देख सकते हैं। अगर आप निर्णय लें और जब भी आप यह निर्णय लेते हैं कि आप बेहतर होना चाहते हैं तो मैं आपके पीछे खड़ा रहूँगा। मैं इसके लिए आपकी मदद करने के लिए तैयार हूँ। इसके बारे में सोचो और मुझे फोन करो।'

वे नहीं जानते थे कि डेविड एंजेल उनके प्रस्ताव पर कैसी प्रतिक्रिया करेंगे, लेकिन वे यह जानते थे कि वे खुद बेहतर महसूस कर रहे हैं, जैसे कि उनके कंधों से दुनिया का वजन उठाया जा रहा था। अब यह काररवाई आगे बढ़ाने का सारा दारोमदार उनके भाई

पर था। उसी तरह ग्रेग खुद के लिए भी कोशिश कर रहे थे।

अगली सुबह जब वे नेपोलियन हिल फाउंडेशन के सी.ई.ओ. के सामने बैठे थे तो उनके हाथ थरथराए। उनकी घबराहट डर पर नहीं, बल्कि बैठक और उसके नतीजे के लिए उनकी आशा पर आधारित थी। जैसा कि मि. कैथी ने सुझाव दिया था, ग्रेग ने योजना बनाई थी, वे हिल फाउंडेशन के समर्थन को प्राप्त करने के लक्ष्य की ओर बढ़ गए थे।

उन्होंने अपने मामले को उत्साही सार्वजनिक बचावकर्ता की तरह निवेदन किया और अपने नोटपैड एवं उसकी कई प्रविष्टियों को प्रस्तुत करने के लिए तत्पर थे। प्रत्येक कहावत पर बताते हुए उन्होंने अपनी भेटों को अविश्वसनीय लोगों के साथ वर्णित किया, जिनसे उन्होंने मुलाकात की थी और काफी कुछ शाब्दिक, किंतु ज्ञानपूर्ण बातें भी की थीं।

उनकी प्रस्तुति के बाद चुप्पी घंटों की तरह महसूस हुई; किंतु वास्तव में, ग्रीन के जवाब देने से पहले यह केवल कुछ ही सेकंड की थी।

"हर दिन मुझे आपके जैसे अनुरोध मिलते हैं। हर दिन कोई नेपोलियन हिल फाउंडेशन के साथ एक परियोजना करना चाहता है और 'थिंक एंड ग्रो रिच' दर्शन के अगले अध्याय को लिखना चाहता है।"

ग्रेग का दिल बैठ गया। ग्रीन ने कहा, "हर बार जब कोई पूछता है, मुझे उन्हें मानक के लिए हमारे प्रतिनिधि को भेजना होता है, इस संदेश के साथ—'आपकी रुचि के लिए धन्यवाद। फिर भी, हम इस समय आपके निमंत्रण को स्वीकार नहीं कर सकते हैं। सच्चाई यह है कि हमारे पास दिन में इतना समय है। हम केवल कुछ चुनिंदा परियोजनाओं का समर्थन और प्रभावी ढंग से समर्थन कर सकते हैं।"

ग्रेग ने खुद के आसपास अस्वीकृति सुलझाने की एक परिचित भावना महसूस की।

फिर ग्रीन मुसकराए। उन्होंने कहा, "मुझे तुम्हारी मोक्सी पसंद है। इसके अलावा, हमारे पारस्परिक मित्र बकी द्वारा तुम्हारी अत्यधिक अनुशंसा की गई है। लेकिन तुम जानते हो कि मेरे लिए अंतिम निर्णय क्या है?"

ग्रेग बिना क्रिया या प्रतिक्रिया के वहाँ बैठे रहे।

"तुम मेरे कार्यालय में मुझसे व्यक्तिगत रूप से पूछने के लिए यहाँ वापस आए। तुमने दिलचस्पी दिखाई, मुझे वह बात पसंद आई है।" डॉन ग्रीन ने अपने होंठों पर एक साथ दोनों हाथों की उँगलियाँ रखीं, क्योंकि उन्होंने अपना कहना जारी रखा, "मैं तुम्हें बताना चाहता हूँ कि मैं इस समय कुछ भी देने का वादा तुमसे नहीं कर रहा हूँ, लेकिन मैं अभी तुम्हारे लिए एक काम कर सकता हूँ।"

ग्रेग ने अपनी साँस रोक ली।

"वर्ष 1908 में मैनहट्टन में एंड्रयू कार्नेगी की हवेली में नेपोलियन हिल को आमंत्रित किया गया था। क्या आप उनकी भावनाओं की कल्पना कर सकते हैं, जो बहुत

ही विनम्र शुरुआत होने के बाद और चौंसठ कमरे की हवेली के दरवाजे से घूमकर आए होंगे? उस दिन जो मि. हिल ने समझ लिया होगा, वह इस तरह के एक महान् व्यक्ति से मिलने की स्मृति की तुलना में अधिक था। उन्होंने मि. कार्नेगी का हस्ताक्षरित सिफारिशी पत्र भी हासिल किया, जो उनके लिए कई दरवाजे खोलेगा, जिन दरवाजों को हिल कभी अपने आप से प्राप्त नहीं कर पाएँगे।

"तुम जो करना चाहते हो, उसे ध्यान में रखते हुए मैं तुम्हें फाउंडेशन से एक समरूप पत्र लिखूँगा। यह लोगों को यह बताने में मदद करेगा कि हम तुम्हारे दृष्टिकोण का समर्थन करते हैं और मुझे यकीन है कि यह तुम्हारे लिए भी दरवाजे खोल देगा। तुम पत्र के साथ क्या करते हो और उन अवसरों पर इसका कैसे लाभ उठाते हो, यह तुम पर निर्भर होगा।"

जैसा कि ग्रेग ने इसके बारे में सोचा था, उन्हें एहसास हुआ कि वह एक महान् व्यक्तित्व, नेपोलियन हिल के पदचिह्नों पर कदम रखते हुए चल रहे थे, जो वास्तव में एक हफ्ते बाद हुआ था। क्या अविश्वसनीय अवसर है...और जिम्मेदारी भी!

"फिर हम देखेंगे कि तुम किसके साथ वापस आते हो। भले ही मैं तुम्हें अभी कुछ भी गारंटी नहीं दे सकता, किंतु मुझे आशा है कि तुम इस बात से सहमत होगे कि मुझे तुम्हारे ऊपर विश्वास है।"

उत्सुक छात्र की तरह ग्रेग ने वादा किया, "डॉन, आपको कभी अफसोस नहीं होगा।"

मि. ग्रीन उस यंग मैन के उत्साह पर मुसकराए। "संपर्क में रहना। मैं इस यात्रा में तुम्हारी प्रगति के बारे में सुनना चाहता हूँ।"

चूँकि दोनों ने इस समझौते पर हाथ मिलाया, ग्रीन के पास अपनी खुद की प्रेरणा थी। उन्होंने अपनी सहायक को कहा, "एनीडिया, क्या तुम यहाँ एक सेकंड के लिए आ सकती हो?"

एक महिला दरवाजे से आती दिखाई दी और एक गहरे व खूबसूरत दक्षिणी उच्चारण में उसने पूछा, "मैं आप लोगों के लिए क्या कर सकती हूँ?"

"क्या तुम उस चैरिटी समारोह के बारे में जानती हो, जिसमें मुझे अगले महीने भाग लेना है?"

उसने कहा, "हाँ, मैं जानती हूँ।" उसने जवाब दिया, "लेकिन आप इसे नहीं कर सकते हैं। हमने उस दिन फ्लोरिडा में एक प्रदर्शन संस्था के लिए आपको बुक कर लिया है।"

"हाँ, मुझे याद है। तो क्या आप मेरा थोड़ा सा समर्थन करेंगी और ग्रेग को चैंपियंस के रात्रिभोज के लिए यहाँ टिकट दे देंगी, ताकि वह मेरी ओर से उपस्थित हो और

फाउंडेशन का प्रतिनिधित्व कर सके?"

अगले कुछ हफ्ते इतनी तेजी से चले गए कि ग्रेग के पास जीवन की मूल बातों में भाग लेने का समय ही नहीं था। इसके बजाय उनका पूरा ध्यान और गतिविधि फोन कॉल करने, इ-मेल करने और समकालीन व्यापार चिह्नों का शोध करने में निकल जाता। भले ही उनका बैंक खाता दैनिक रूप से घट गया था, फिर भी उन्होंने कार्य जारी रखा।

वापस जब नेपोलियन हिल ने अपना मूल क्लासिक प्रकाशित किया था तो उन्होंने अपने युग के शीर्ष उद्यमियों से मुलाकात की थी, जबकि उन्होंने सिद्धांतों को कालातीत पाया है, व्यापार परिदृश्य बदल गया था। हालाँकि एक चीज हमेशा की तरह काफी मजबूत थी और वह थी—एक तीसरे पक्ष के समर्थन की शक्ति।

और ग्रेग को क्या मिला था! किसी भी तरह से लगभग सभी उद्यमियों से संपर्क करने के लिए उन्होंने अपनी सफलता को 'थिंक एंड ग्रो रिच' पढ़ने के लिए जिम्मेदार ठहराया। उन्होंने सिद्धांतों पर अपनी सफलता का निर्माण किया था कि नेपोलियन हिल ने बीसवीं शताब्दी की शुरुआत में सबसे सफल उद्यमियों का अध्ययन करके उन्हें साझा किया था। अब ग्रेग को इक्कीसवीं शताब्दी की शुरुआत में कुछ सबसे सफल उद्यमियों के बारे में जानकारी देने का अवसर मिला था। क्या अगली पीढ़ी पर भी उनके काम का असर ऐसा ही हो सकता है?

इस परियोजना को इससे बेहतर समय नहीं दिया जा सकता था—अर्थव्यवस्था आपदा के किनारे पर छेड़छाड़ कर रही थी और ग्रेग की तुलना में जल्द ही गिरने वाली लग रही थी या किसी और को शायद एहसास हुआ हो।

THE NAPOLEON HILL FOUNDATION

A non-profit educational institution dedicated to making the world a better place in which to live

Don M. Green, Executive Director

December 5, 2007

Mr. Greg S. Reid
San Diego, CA 92121

Dear Mr. Reid:

With this letter, we are very happy to confirm our exclusive agreement to move forward with this exciting and important project.

Three Feet from Gold
By Greg S. Reid

Based on the teachings of the late, Mr. Hill's classic work *"Think and Grow Rich."*

The Napoleon Hill foundation has years of experience in educating and inspiring literally millions of individuals across the globe, and with this collaboration we expect this movement to continue exponentially.

Thank you for your dedication toward the betterment of mankind, and welcome to the Napoleon Hill Family.

With Regards,

Don M. Green

Don M. Green
Executive Director

Phone (276) 328-6700 • Fax (276) 328-8752
P. O. Box 1277 • Wise, Virginia 24293 • Email: napoleonhill@uvawise.edu
Located on the University of Virginia-Wise Campus

उन्होंने फैसला किया कि वे उसी तरह से इस सिफारिशी पत्र का उपयोग करेंगे, जिस तरह हिल ने कार्नेगी के पत्र का एक शताब्दी पहले उपयोग किया था। उन्होंने मुख्य नोटिस के साथ सात बैठकें निर्धारित करने के लिए अपने नोटपैड पर एक लक्ष्य लिखा।

जैसे ही उन्होंने अपनी नियुक्तियाँ शुरू कीं, उन्होंने तुरंत कुछ ऐसा खोज लिया, जिसका ज्यादातर लोग विश्वास नहीं करेंगे—सबसे सफल लोग सबसे अधिक उपलब्ध प्रतीत होते थे। लगभग हर उदाहरण में उनके क्षेत्र के शीर्ष पर मौजूद लोग अपने ज्ञान को एक इच्छुक छात्र को प्रसारित व प्रस्तावित करने में प्रसन्न थे।

उन्होंने अपने नोटपैड पर सारांश रूप में लिखा—

सबसे सफल लोग
सबसे सुलभ लोग हैं।
सबसे सफल लोग दूसरों को सिखाना चाहते हैं कि
कैसे सफल हो जाएँ।

ऐसा लगता है कि मध्य-संघर्ष में लोगों ने अपनी आवाज ढूँढ़ने और एक उच्च प्रतिस्पर्धी माहौल में अपनी पहचान बनाने के लिए संघर्ष किया, जिनके पास किसी और की मदद करने का कोई समय नहीं था। उन्हें अपने अहंकार, धन और कल्पनाशील जैसे खिताबों को देकर नियंत्रित किया जाता था। वे लोग अभी तक नहीं खोज पाए थे कि वे कौन थे? उन्होंने ग्रेग को यह कहते हुए याद दिलाया, "अहंकार का मतलब है कि 'खुद में से ईश्वर को बाहर निकाल देना'।"

ये वे लोग हैं, जो सफलता की समानता का उपयोग सबसे ज्यादा कर सकते हैं।

लेकिन मि. बकलैंड के माध्यम से जिन लोगों से उन्होंने मुलाकात की थी, वे उन लोगों से अलग थे, जो उनके साथ जुड़े थे। वे अपने समय के अविश्वसनीय रूप से एक सफल व उदार व्यक्ति थे और वास्तव में दूसरों की मदद करने के लिए तत्पर रहते थे। वे आश्वस्त थे, लेकिन घमंडी होने के बिंदु पर कभी नहीं। उनके मन अभी भी उनकी सामाजिक स्थिति से बड़े थे।

चैंपियंस के रात्रिभोज में अपनी सुरक्षित सीट तक जाने का रास्ता ढूँढ़ते जाते हुए ग्रेग काफी उत्साहित थे। उनकी बगल में बैठा व्यक्ति अपनी सभी पसंदीदा मूर्तियों में से एक था। यह एक ऐसा व्यक्ति था, जिसने उद्देश्य पर कई अन्य लोगों को कुचल दिया था और फिर भी व्यक्तिगत रूप से वह एक सच्चे, सौम्य, विशाल व्यक्तित्व का स्वामी था। वह इवेंडर होलीफील्ड था, जो चार बार हैवीवेट चैंपियनशिप जीतनेवाला एकमात्र मुक्केबाज था।

ग्रेग का पतला फ्रेम भी छोटा था, क्योंकि वह एक आदमी के इस प्रभावशाली भौतिक नमूने की बगल में बैठ गया था; जबकि होलीफील्ड के आकर्षक व्यक्तित्व, उनकी प्रेरणा एवं सौम्य भावना ने लोगों को मुड़ने और मुसकराने पर मजबूर कर दिया।

किसी औपचारिक परिचय के इंतजार के बिना ग्रेग ने बेहद सामान्य ढंग से कहा, "मि. इवेंडर, मैं पता करना चाहता हूँ कि ऐसा क्या है, जो आपको अपनी प्रतिस्पर्धा से बेहतर एथलीट बनाता है?"

होलीफील्ड उस जिज्ञासु अजनबी को खारिज कर सकता था, लेकिन इसकी बजाय उसने तत्काल उत्तर देना ठीक समझा, "किसी और की तुलना में एक उच्च मानक।"

ग्रेग ने कहा, "कृपया विस्तार से समझाइए।" और ध्यान से सुनने लगे।

"यह वास्तव में आसान है। यदि आपके पास एक कार है और आप उसे गंदे या बुरी तरह से चलाना बरदाश्त नहीं कर पाते तो आपके पास आपके पड़ोसी से बेहतर कार होगी। यदि आप एक ऐसा घर देखते हैं, जहाँ पत्नी अपने पति को नशा करके घर आने और बच्चों से अशिष्टता स्वीकार नहीं करती तो उसके पास एक गतिशील और बेहतर परिवार होगा। ठीक है न?"

ग्रेग ने अपना नोटपैड उठाया, लिखने के लिए तैयार हो गए।

"यह बात खेल पर भी लागू होती है। मैंने हमेशा जल्दी काम किया, देर तक रुका और कभी भी अपने सपने को खोने नहीं दिया। इतना कि हम व्यायाम करने के नए तरीकों के साथ भी आएँगे, जो कि किसी और ने सोचा भी नहीं होगा। हमने ऐसा इसलिए किया, क्योंकि हमारे पास अँगूठी में किसी और की तुलना में उच्च मानक था। हमने उसे नाम दिया 'उत्कृष्टता का एक मानक' और यह मानक वह है, जिस पर मुझे विश्वास है कि वह मुझे सभी चैंपियनशिप बेल्ट के साथ ओलंपिक में पदक जीतने को प्रोत्साहित जरूर करेगा।"

ग्रेग के हाथ में नोटपैड था। उन्होंने उस पर लिखा था—

उच्चतम मानकों को सेट करें।

फिर उन्होंने पूछा, "लेकिन क्या हर बार चोट लगने से दर्द नहीं होता?"

होलीफील्ड ने देखा और आँख मिचकाकर कहा, "इस चेहरे को देखो!" फिर उसने कहा, "मैंने इतनी चोटें नहीं खाई हैं। यह इस तरह है—यदि आपको जो आघात प्राप्त हो रहे हैं, आप उन पर ध्यान केंद्रित करते हैं तो आप जिस स्थान पर हैं, वहीं समाप्त हो जाएँगे और अपनी पीठ दिखा देंगे। मुझे जो नुकसान पहुँचा था, उस पर मैंने कभी ज्यादा ध्यान नहीं दिया। मैंने केवल उस नुकसान पर ध्यान केंद्रित किया, जो मैं दे रहा था।"

ग्रेग की आँखें चौड़ी हो गईं, क्योंकि उन्होंने पूछा, "क्या आप कह रहे हैं कि आपने कभी मार महसूस नहीं की?"

"निश्चित रूप से, मैंने उन्हें महसूस किया।" होलीफील्ड ने आगे कहा, "लेकिन मैंने सर्विस पर अपना ध्यान कभी नहीं खोया। वह मेरे प्रतिद्वंद्वी को वापस मारना था··· लेकिन वह भी दोगुना कठिन प्रहार होना चाहिए।

"यही सामान्य रूप से जीवन पर लागू होता है। इतने सारे लोग 'हिट' पर अपना

ध्यान केंद्रित करते हैं। वे समाचार देखते हैं, जो उन्हें बताता है कि कितनी बुरी चीजें हैं। वे अपने दोस्तों को सुनते हैं, जो जीवन में नाखुश हैं। दूसरे शब्दों में, वे इस बात पर ध्यान केंद्रित करते हैं कि वे कितने आघात ले रहे हैं। वास्तव में, उन्हें वापस लड़ने और अपने पैरों पर खड़े रहने के लिए अपना ध्यान केंद्रित कर बदलना चाहिए।"

जैसे ही उस हैवीवेट चैंपियन ने अपना खाना खाया, ग्रेग ने लिखा—

अपने पैरों पर खड़े रहो। हाथ की शक्ति पर ध्यान केंद्रित करो।

यह अद्‍भुत था। उन्होंने उस चैंपियन एथलीट से ऐसे ज्ञान की उम्मीद नहीं की थी। तब यह उनके पास आया—होलीफील्ड एक मुक्केबाज की तुलना में बहुत अधिक था... एक लड़ाकू था और यही अंतर था। उसे उसके कॅरियर द्वारा परिभाषित नहीं किया गया था, बल्कि उसकी उपलब्धियों से जाना जाता था।

होलीफील्ड ने खुद को रोका और ग्रेग की तरफ अपने काँटे से इशारा किया। "आपको एक मजाकिया बात पता है! जब अंतिम घंटी बजती है और वे आपका हाथ उठाते हैं और भीड़ जंगली हो जाती है, चाहे वह मुक्केबाजी का मैच हो या जीवन में कोई सफलता हो, आप कभी भी चोटों को महसूस या याद नहीं करते। आप केवल जीत महसूस करते हैं।"

ग्रेग ने अपने नोटपैड पर फिर लिखा—

आप कभी भी चोटों को महसूस या याद नहीं करते हैं।
आप केवल जीत महसूस करते हैं।

चूँकि ग्रेग इस अविश्वसनीय चैंपियन को सुनकर बैठे थे, उन्होंने महसूस किया कि वे एक अलग परिप्रेक्ष्य से टुएट कैथी से प्राप्त वही सलाह सुन रहे थे। कमरे में बिजली थी और ग्रेग ने खुद को उसका हिस्सा बनने के लिए महसूस किया—पूरी तरह ऊर्जावान् व आभार-युक्त।

होलीफील्ड ने इस अंतिम अवलोकन को जोड़ा, "क्या आप कुछ और भी जानना चाहते हैं? वह दूसरा लड़का, जो खोनेवाले लॉकर रूम में से एक में है, वह जिस तरह से हर रास्ते में गया, वह महसूस करने जा रहा है और सालों से केवल कहानियों को बताने में सक्षम है कि उसने लगभग इस मुकाम को कैसे बनाया।"

ग्रेग की आँखों में गहरी तलाश को देखकर होलीफील्ड ने अपने विचार को अंतिम 'पंच' के साथ समाप्त किया, "मैं आपके बारे में नहीं जानता, लेकिन मैं चाहता हूँ कि आप चैंपियन बनें!"

यह एक क्लासिक व खड़े होकर जय-जयकार करने वाला पल था। ग्रेग को अपने अंदर इतनी उत्तेजना कभी महसूस नहीं हुई थी।

□

वह आदमी, जो वास्तव में जानता है
कि वह जीवन में क्या चाहता है,
वह उसे प्राप्त करने की दिशा में
एक लंबा सफर तय कर चुका होता है।

—नेपोलियन हिल

10

होनहार

यद्यपि यह कैलिफोर्निया का सामान्य धूपवाला दिन नहीं था, लेकिन मि. बकलैंड की मुसकराहट ने कैब के अंदर वातावरण को उज्ज्वल कर दिया, क्योंकि वह ग्रेग की बगल में बैकसीट पर बैठ गए थे।

"मैं समझ सकता हूँ कि आजकल आप काफी व्यस्त हैं।" उन्होंने कहा।

ग्रेग ने कहा, "यह अविश्वसनीय रहा है। मुझे विश्वास नहीं हो रहा है कि मैं अपनी जीविका चलाने के लिए देश भर की यात्रा कर रहा हूँ और महान् लोगों से जीवंत रूप से रू-ब-रू हो रहा हूँ तथा अपनी अंतर्दृष्टि साझा कर रहा हूँ। मेरा मतलब, पेशे के रूप में है। मैं अभी तक जिंदगी में ज्यादा उपार्जन नहीं कर पा रहा हूँ। असल में, मुझे ऐसा करने के लिए भी भुगतान नहीं मिल रहा है, इसलिए मैं वास्तव में आर्थिक रूप से तनावग्रस्त हो गया हूँ। लेकिन मैं इतना सीख रहा हूँ कि यह करना पूरी तरह से श्रेयस्कर है। यदि यह पुस्तक प्रकाशित होती है, जो कि मुझे आशा है कि यह होगा, और यदि मुझे सही प्रकाशक मिल जाए तो यह एक सर्वश्रेष्ठ बिकनेवाली पुस्तक हो सकती है।"

मि. बकलैंड ने कहा, "वास्तव में, यह एक विशेषाधिकार है। कुछ ही लोगों को अपने जुनून और सपने को आगे बढ़ाने का अवसर मिलता है। मैं इसे अलग तरीके से व्यक्त कर दोहराता हूँ—हर किसी के पास अवसर होता है, लेकिन जैसा कि मैंने आपके एक नोट में लिखा है, हर कोई इसके साथ कुछ नहीं करता है। वैसे, मैंने दूसरे दिन डॉन ग्रीन के साथ बात की और वे आपकी प्रगति से प्रसन्न हैं। उन्होंने कहा कि उन्होंने आपको हमारे करीबी मित्र डेव लिनिगर के साथ मिलवा दिया है।"

"हाँ, यह आज तक के मेरे पसंदीदा साक्षात्कारों में से एक था। सफलता के गुरुमंत्र नहीं, छोड़ने के बारे में बात करें। उस आदमी की त्वचा कुछ मोटी है।"

"उसने आपको क्या बताया?"

ग्रेग ने अपनी जेब से अपना नोटपैड निकाला। बकलैंड ने देखा कि नोटपैड का कवर अपनी चमक खो चुका था और उसके किनारे धुँधले हो गए थे। वे पृष्ठ स्वयं द्वारा उपयोग करने से झुर्रियोंवाले हो गए थे। बकलैंड ने नोट किया कि ग्रेग ने कितने पृष्ठों को पलटा, जो पृष्ठ वह दिखाना चाहता था, उस पर आने से पहले।

ग्रेग ने कहा, "वह यहाँ है, क्योंकि उन्होंने अपने नोट्स को स्कैन किया, जो पढ़ता है—

लोग बहुत जल्द हार मान लेते हैं।

"डेव ने मुझे बताया कि 1970 के दशक की शुरुआत में उन्होंने अपना व्यवसाय शुरू किया था। तब कितना कठिन था।" अचानक उन्होंने खुद को बाधित कर दिया, "अरे, एक सेकंड रुकें। हम वैसे कहाँ जा रहे हैं?"

"चिंता मत करो।" बकलैंड ने रहस्यमय तरीके से कहा, "जब आप वहाँ पहुँचेंगे तो आपको पता चल जाएगा। अब, मुझे बताना जारी रखो कि डेव ने क्या कहा था?"

"ठीक है, आर ई/मैक्स आज दुनिया में सबसे तेजी से बढ़ती अचल संपत्ति है, यहाँ तक कि इस कठिन बाजार में भी; और आश्चर्यजनक बात यह है कि लिनिगर ने अपने कार्ड नहीं मोड़े और शुरुआती वर्षों में ही छोड़ दिया, जब समय और भी बुरा नहीं हो सकता था। उन्होंने कहा कि कंपनी 600,000 डॉलर के कर्ज में थी। उन्होंने सन् 1973 की मंदी में शुरू होने की गलती की थी, जब हाउसिंग मार्केट गिर गया और वित्तीय समर्थकों ने वापस ले लिया था। उन्होंने कबूल किया कि कंपनी जो कुछ भी गलत कर सकती है, वह पहले से ही गलत कर रही थी। ज्यादातर लोगों ने इसे छोड़ दिया होगा और किसी और चीज पर चले गए होंगे; लेकिन विश्वासियों का एक छोटा सा समूह था और उन्होंने उसे छीनने का फैसला किया। इससे कोई फर्क नहीं पड़ता कि उन्होंने क्या वचन दिया, 'हम इसे सिर्फ एक और दिन बना सकते हैं। हम नहीं छोड़ेंगे।'"

मि. बकलैंड बीच में ही बोल पड़े, "उन्होंने मुझे बताया कि वे एक साथ 'एक और दिन' तक पहुँच गए, जब तक कि वे आखिरकार गंदगी का भुगतान नहीं करते।"

"हाँ, पहले दो वर्षों के लिए ऐसा लगता था कि उसे जो भी कॉल मिली, वह बिल कलेक्टर से था। तीसरे वर्ष में चीजें बदतर हो गईं। असल में, उन्होंने मजाक किया कि उनके अधिकांश मेल पर वापसी का पता शीर्षक में तीन नाम थे। वे सभी कानूनी फर्मों से मुकदमा दायर करने की धमकी दे रहे थे।

"जब प्रतियोगिता शुरू हुई, वे उसके और उसके सपने के बारे में नकारात्मक व हानिकारक बातें कहने लगीं तो लिनिगर एक कम बिंदु पर अटका। कौन नहीं करेगा! न

केवल लेनदारों ने उनका पीछा किया, बल्कि उनके सहयोगियों और उद्यमियों के अपने उद्योग में उनके बारे में कुछ भी सकारात्मक नहीं था। मेरा मतलब है, क्या आप कल्पना कर सकते हैं कि पूरे दिन आपने कितनी गड़बड़ की है! थोड़ी देर बाद आप इस पर विश्वास करना शुरू कर देते हैं।"

"लेकिन उसने नहीं किया। क्या उसने किया?" बकलैंड ने पूछा, पहले से ही यह जानकर भी कि कहानी कैसे समाप्त हुई?

"नहीं। उन्होंने कहा कि लगभग चालीस कर्मचारी थे, जिन्होंने बड़ी तसवीर देखी थी। वे पारंपरिक ज्ञान के खिलाफ गए और डेव लिनिगर, उनकी पत्नी तथा उनकी दृष्टि के अनुसार चलने का फैसला किया। इस समर्थन ने उन्हें अपने प्रत्येक लेनदारों को सक्रिय रूप से कॉल करने का विश्वास दिलाया और कहा, 'मुझे पता है कि मुझे 50,000 डॉलर का भुगतान करना है; लेकिन मैं आपको केवल 50 डॉलर भेज सकता हूँ और मैं फोन करने जा रहा हूँ। मैं आपको हर हफ्ते पहले काल करूँगा, आपको यह बताने के लिए कि मैं कितना भेजने जा रहा हूँ।' आप उनकी प्रतिक्रिया की कल्पना कर सकते हैं।

"लिनिगर ने उनसे कहा कि उन्हें समझ में आ गया कि उन्हें फोन करना उनका काम था, लेकिन उन्हें पता होना चाहिए कि वह बाहर निकलने वाला नहीं था और वह दिवालिएपन के लिए फाइल नहीं करेगा और कुछ भी हो जाए, नहीं छोड़ेगा। ऐसा करने से वह अपने सबसे महत्त्वपूर्ण सलाहकार के साथ प्रतिबद्धता के लिए लिनिगर को याद दिलाना जारी रखता था।"

मि. बकलैंड ने गर्व के साथ मनोनीत किया, क्योंकि उन्होंने अपने विद्यार्थियों की कहानी सुनाई।

"तो चमत्कार हुआ। लोगों ने फ्रेंचाइजी खरीदने शुरू कर दिए। उन खरीदों से चीजें कंपनी के लिए चारों ओर बदल गईं। लिनिगर और उसके कर्मचारियों ने मनोयोग से कठिन परिश्रम किया। यही वह जगह है, जहाँ उन्हें आर ई/मैक्स नाम मिला।"

"हाँ।" बकलैंड सहमत हुए, "डेव वास्तव में महान् चरित्र का व्यक्ति है।"

"यहाँ सबसे अच्छा हिस्सा है।" ग्रेग ने अपने नोटपैड से जोर से पढ़ा—

स्वयं को सिद्ध करो!

कैब की ड्राइविंग सीट से एक सवाल आया, "इसका क्या मतलब है?"

ग्रेग कैब चालक को संबोधित करने के लिए आगे झुक गया। वह अब तक लोगों की बातचीत को छिपकर सुनने की कोशिश कर रहा था। "ठीक है, यह इस तरह है— बहुत से लोगों ने उसे बताया कि वह एक विफलता थी। डेव लिनिगर जानता था कि वह वास्तव में कौन था। पहले वह सबको गलत साबित करने के लिए सफल होना चाहता

था। फिर उसने अपना ध्यान एक बेहतर चुनौती की तरफ बदल दिया, जो वास्तन में बहुत महत्त्वपूर्ण था।"

कैब चालक एक रोशनी पर रुक गया और कार के पीछे की सीट की ओर देखने के लिए मुड़ गया तथा ग्रेग को बात जारी रखने के लिए प्रोत्साहित किया।

"लिनिगर ने फैसला किया कि वह स्वयं को साबित करने के लिए अपना ध्यान बदल देगा और जो लेबल लोगों ने उस पर लगाया है, वह उसकी तरह नहीं था। वह जानता था कि वह क्या कर रहा था और जो कर रहा था, वह सच और महान् था। कठिन समय एक बढ़ते दर्द की तरह था, जो हर महान् प्रयास के माध्यम से चला जाता है। उसने खुद से कहा कि वह एक अच्छा इनसान था और वह कुछ खास और सही कर रहा है—नौकरियाँ उपलब्ध कराना और व्यावसायिक अवसर प्रदान कर रहा था।"

"हम्म।" चालक ने कहा, क्योंकि उसने सड़क पर अपना ध्यान वापस केंद्रित कर दिया था। उनके ग्राहक ने उन्हें अपनी शिफ्ट के अगले कुछ घंटों में पचाने के लिए बहुत कुछ दिया था। कभी-कभी एक बार में कैबी को एक टिप से इतना मिल जाता था, जो कि अमीरों के बटुए में रखे पैसे से अधिक मूल्यवान् होता था।

ग्रेग के सलाहकार ने कहा, "आप एक संदेश प्राप्त करने में वाकई अच्छे हैं।"

"हम यहाँ हैं।" चालक ने घोषणा की, क्योंकि वे पारंपरिक स्टीकहाउस तक पहुँच गए थे, जिसकी पसंद ग्रेग ने दशकों में नहीं देखी थी।

जैसे ही वे लाल मखमल के परदे के पार उभरे तो वह ग्रिलहाउस स्टेक्स की सुगंध को ग्रिल पर घूमते हुए महसूस कर सकता था। वे एक दरवाजे के पास रुक गए, जहाँ बकलैंड ने कहा, "मैं चाहता हूँ कि आप कुछ लोगों से मिलें, लेकिन आप रुक नहीं सकते। यह मेरा व्यक्तिगत होनहार समूह है। हम महीने में एक बार बैठक करते हैं और विचार साझा करने के लिए इकट्ठा होते हैं। कृपया नाराज न हों, लेकिन आप कुछ पल के लिए हमसे जुड़ सकते हैं। मैं आपको रहने के लिए आमंत्रित नहीं कर सकता—यह हमारी बैठक की प्रकृति के अनुकूल न होगा।"

ग्रेग ने जवाब दिया, "कोई समस्या नहीं है।"

जैसे ही उन्होंने कमरे में प्रवेश किया, ग्रेग ने पुरानी किंवदंतियों के चित्रों को खोजने के लिए लकड़ी के पैनलों की दीवारों पर सावधानी से नजर डाली। तत्काल उन्होंने कल के नायकों के पाँच चेहरों को उन पुस्तकों के पृष्ठों से पहचाना, जिन्हें वह पसंद करते थे और प्रशंसा करते थे, थिंक एंड ग्रो रिच—विलियम व्रिग्ले जूनियर, जॉर्ज ईस्टमैन, थियोडोर रूजवेल्ट, एफ.डब्ल्यू. वूलवर्थ और चार्ल्स एम. श्वाब ।

कमरे के बीचोबीच ओक और स्टील की कॉन्फ्रेंस टेबल के चारों ओर आज के चार सफल आइकॉन बैठे थे, जिनके नाम नेपोलियन हिल के मूल समूह के रूप में तुरंत

पहचानने योग्य नहीं थे। वे थे—जेम्स एमोस, जॉन श्वार्ज, टॉम हैगई और माइक हेल्टन।

ग्रेग को संबोधित करते हुए बकलैंड ने कहा, "ध्यान दें कि चार लोग यहाँ हैं, साथ ही मुझे भी गिनें। यह महत्त्वपूर्ण है, क्योंकि हम मानते हैं कि आप उन पाँच लोगों के प्रत्यक्ष प्रतिबिंब होते हैं, जिनसे आप सबसे अधिक जुड़े होते हैं और आपकी आय, स्वभाव और जीवन-शैली उन पाँच लोगों का औसत होती है। यदि आप अपने आप को उद्यमियों की संगति में रखते हैं तो आप अंत में स्वयं भी उनमें से एक बन जाएँगे। दुर्भाग्यवश, यह विपरीत तरीके से भी काम करता है।"

अपने समूह की तरफ मुड़ते हुए मि. बकलैंड ने घोषणा की, "जेंटलमैन, यह वह किरदार है, जिसे मैं आपको बता रहा हूँ। जैसा कि आप जानते हैं, ग्रेग नेपोलियन हिल फाउंडेशन की मदद से एक पुस्तक लिख रहा है। वे हमारी बैठक के लिए नहीं रहेंगे; लेकिन मैं इसकी सराहना करता हूँ, यदि आप में से प्रत्येक उसे एक परियोजना या प्रेरणा का एक टुकड़ा पेश करेगा, जो वह अपने प्रोजेक्ट के लिए उपयोग कर सकता है।"

मि. बकलैंड ने अपने हाथ को अपने सबसे करीबी व्यक्ति के कंधे पर रखा— "ग्रेग, यह जेम्स एमोस हैं, जो एक उद्यमी और परोपकारी व्यक्ति हैं।"

एमोस मेल बॉक्स इत्यादि के पूर्व अध्यक्ष और सी.ई.ओ. तथा खुदरा व्यापार संचार और डाक सेवा के लिए दुनिया का सबसे बड़ा और सबसे तेजी से बढ़ता फ्रेंचाइजर था। दुनिया भर में अस्सी से अधिक देशों में एम.बी.ई. नेटवर्क में मास्टर लाइसेंसिंग समझौतों के साथ लगभग 4,500 स्थान शामिल हैं। वर्ष 2001 में इसे बेचा गया और यू.पी.एस. स्टोर्स का नाम बदल दिया गया। इसके अलावा, एमोस अंतरराष्ट्रीय फ्रैंचाइज एसोसिएशन के पूर्व चेयरपर्सन थे और टास्टी डी-लाइट निगम के चेयरपर्सन व सी.ई.ओ. थे।

दूसरे शब्दों में, बकलैंड ने परिचय के माध्यम से एक संक्षिप्त जैव पेश करने के बाद कहा, "वह जानता है कि वह किस बारे में बात कर रहा है।" एमोस ने एक चक्कर लगाकर सही शुरुआत की, "क्या मैं वास्तव में वह सब करता हूँ? मि. ग्रेग, हमारे छोटे से समूह में आपका स्वागत है। हमें आपके मिशन के बारे में जानकारी है और हम जानते हैं कि आप हमारे अनुभवों से कुछ छोटी-मोटी बातें जानना चाहते हैं, जो आपकी परियोजना के साथ आपकी काफी मदद कर सकती हैं। आरंभ करने के लिए कृपया इसे समझें, कोई भी नया व्यवसाय धैर्य माँगता है। यह पता लगाने के लिए कि आप समझदार या मूर्ख हैं, अकसर हमें तीन, चार या कभी-कभी पाँच साल लगते हैं; लेकिन उज्ज्वल पक्ष यह है कि आपको किसी भी तरह से बताने के लिए हमेशा आपके पास कोई-न-कोई होगा।"

कमरे में हर कोई हँसते हुए लोट-पोट हो गया।

एमोस आगे भी बोलते गए, "एक गंभीर नोट पर बस, यह ज्ञात रहे कि सफलता और विफलता के बीच का अंतर एक बहुत पतली रेखा है। हम इसे करने से कहीं ज्यादा नहीं जानते हैं। अतः जब आपके पास जीत का एक छोटा सा प्रतिशत होता है तो सबसे अच्छी बात यह है कि मैं अनुशंसा कर सकता हूँ कि आप आभारी रहें और कृतज्ञता दिखाएँ। ऐसा करने से चीजों को उचित परिप्रेक्ष्य में रखा जाता है और वह ईंधन हो सकता है, जो आपके जुनून को जारी रखता है।"

"यह समझ गया।" ग्रेग ने कहा, "ट्रुएट कैथी ने मुझे एक बार बहुत अधिक योजना नहीं बनाने के लिए कहा; लेकिन काररवाई करने और मेरे लक्ष्यों की ओर बढ़ने के लिए सुनिश्चित होने के लिए कहा। अनुसंधान और योजना ने आपके व्यवसाय की सफलता में कैसे भूमिका निभाई थी?"

"यहाँ यह सच है—सभी उचित परिश्रम ऐतिहासिक है। यह सब अतीत के बारे में है, लेकिन सभी निर्णय भविष्य के बारे में लेने हैं। दूरदृष्टि (कोण) उन लोगों से आती है, जो जागरूकता की पतली डिग्री ले सकते हैं, निर्णय ले सकते हैं और इसके साथ समर्थक हो सकते हैं।"

प्रतिक्रिया से चिंतित ग्रेग ने महसूस किया कि कक्ष में प्रवेश करने के बाद से उन्होंने अपने नोटपैड पर कुछ नहीं लिखा था। उन्होंने उसे निकालकर हाथ में लिया और लिखने लगे—

सफलता और विफलता के बीच की सीमा
एक बहुत पतली रेखा है।
इतिहास अतीत है।
भविष्य के आधार पर निर्णय लेना है।

एमोस के बगल में कुरसी पर एक झुका हुआ व्यक्ति बैठा था, जिसके कम बाल और झाड़ी जैसी भौंहें थीं। बकलैंड ने अपने गले को साफ किया और उसे पेश किया। "यह जॉन श्वार्ज हैं। ये समूह में सबसे तीव्र बुद्धि के हैं। ये एक प्रसिद्ध वैज्ञानिक हैं। आपने पत्रिकाओं में इनके काम के बारे में पढ़ा होगा या इन्हें डिस्कवरी चैनल पर देखा होगा।"

ग्रेग को वास्तव में याद आया कि श्वार्ज के काम के बारे में एक टी.वी. शो उन्होंने देखा है। आइंस्टीन के सिद्धांत पर विस्तार से श्वार्ज और उनके साथी डॉ. माइकल ग्रीन ने गुरुत्वाकर्षण और अन्य मौलिक बलों के एकीकृत सिद्धांत के लिए एक उम्मीदवार के रूप में स्ट्रिंग सिद्धांत को दोबारा शुरू करने का प्रस्ताव दिया था, जिससे सुपर स्ट्रिंग थ्योरी का नामकरण हुआ।

वैज्ञानिकों ने मूल रूप से सोचा था कि एक परमाणु सबसे छोटी आणविक संरचना था, जब तक कि वह एक को विभाजित नहीं करता और परमाणु विखंडन नहीं बनाता।

तब उन्हें एहसास हुआ कि क्वार्क नामक छोटी चीजें भी थीं। श्वार्ज और उनके साथी ने सिद्धांत दिया कि इन क्वार्कों को छोटे तारों से बाँधकर एक साथ रखा गया था। ये तार विभिन्न आवृत्तियों पर कंपन करते हैं, जैसे गिटार का तार, जिसे हम ऊर्जा के रूप में जानते हैं।

एक दशक से अधिक के लिए श्वार्ज और ग्रीन ने नए नवाचारों को उजागर किया, जो उन्हें लगा कि उनके निष्कर्षों की सच्चाई का अन्य भौतिकविदों को विश्वास दिलाएगा। लेकिन सन् 1984 तक विज्ञान समुदाय ने अपने सिद्धांत को विसंगतिपूर्ण माना, जब उन्होंने पाया कि कुछ स्पष्ट असंगतियाँ, जिन्हें 'विसंगतियाँ' कहा जाता है, से बचा नहीं जा सकता था। अचानक विषय बहुत फैशनेबल और सैद्धांतिक भौतिकी में अनुसंधान के सबसे सक्रिय क्षेत्रों में से एक बन गया।

"जॉन, क्या आप इस नवयुवक को कुछ सलाह दे सकते हैं?" बकलैंड ने अनुरोध किया।

"जरूर। जिम के समान रेखा के साथ जारी करते हुए कहूँगा कि सफलता और विफलता के बीच की डिग्री वास्तव में बहुत छोटी है। मेरे मामले में, दस साल की अवधि थी, जब हर कोई मेरे खिलाफ था और सोचा कि मैं एक क्रैकपॉट था। जब डॉ. ग्रीन और मेरे पास सफलता आई तो लोगों ने ध्यान देना शुरू कर दिया। उस बिंदु तक लगभग सभी ने सोचा कि हम पागल थे और फिर हमारे आश्चर्य के लिए, लगभग रात भर, लोगों ने हमें तीव्र बुद्धि व्यक्तियों के रूप में देखा।"

"तो क्या आपको रातोरात सफलता पाने के लिए केवल एक दशक का समय लगा था?" ग्रेग ने बीच में ही पूछा।

"आप निश्चित रूप से कह सकते हैं।"

"किसी और के साथ मैंने बात की थी और उसने भी वही बात कही। आपको चलने के लिए क्या प्रेरित करता है?"

"यह आसान है।" कॉफी का एक घूँट लेने के लिए रुकने के बाद श्वार्ज ने आगंतुक को देखा और दृढ़ स्वर में कहा, "मुझे पता था कि मैं सही था।"

वहाँ था···काम और प्रयास के वर्षों की रातोरात सफलता के बाद कामयाब बनने का एक और उदाहरण, जैसे रिचर्ड कॉन ने उल्लेख किया था और कंडक्टर जाहजा लिंग की तरह 'जानना' था।

ग्रेग जानते थे कि वह कुछ करने जा रहे हैं। यह कैसे था कि इस तरह की अलग पृष्ठभूमिवाले लोगों ने सभी एक ही कहानियों को साझा किया? क्या यह संभव था कि इन लोगों में से प्रत्येक ने अपने जीवन में सफलता के लिए एक ही मूल ब्लूप्रिंट का पालन किया? क्या श्वार्ज सही हो सकते हैं और हो सकता है कि सबकुछ वास्तव में इन

सार्वभौमिक तारों से जुड़ा हुआ हो।

मि. बकलैंड टेबल से थोड़ा घूमकर मुख्य व्यक्ति की तरफ चले गए और अपने सबसे करीबी दोस्तों में से एक के पास बैठ गए।

"यह डॉ. टॉम हैगई हैं। ये समूह के एक अच्छी तरह से कपड़े पहने हुए हैं, एक विश्व-प्रसिद्ध उद्यमी, लेखक, वक्ता और मानवतावादी। वह आई.जी.ए. के सी.ई.ओ. और चेयरपर्सन हैं, जो दुनिया भर का सबसे बड़ा स्वैच्छिक सुपर मार्केट नेटवर्क है, जो प्रति वर्ष 21 अरब डॉलर से अधिक की कुल विश्वव्यापी खुदरा बिक्री के साथ है, यहाँ तक कि मैं सुनने के लिए उत्सुक हूँ कि वे क्या कहेंगे।"

अपनी बाँहें मोड़कर और सामने मेज पर हाथ रखकर आराम कर रहे डॉ. हैगई ने ग्रेग की आँखों में ऐसे देखा, जैसे कि कमरे में कोई और नहीं था।

"बेटा, क्या आप 'नहीं' कहने के लिए तैयार हैं?"

"क्षमा कीजिए।"

"इसे समझें—किसी भी चीज में आपकी सफलता की डिग्री आप चुनते हैं कि आप कितने भी 'न' बनाए रख सकते हैं; जबकि निश्चित रूप से पूरी प्रक्रिया में उत्साहित रहना होता है। वांछित परिणाम प्राप्त करने के लिए आप जिस नंबर पर जाने के इच्छुक हैं, वह यह निर्धारित करेगा कि आप सफल होते हैं या विफल।"

कमरे में उपस्थित अन्य लोग समझौते में बुदबुदाए।

"'नहीं' दूसरा सबसे अच्छा जवाब है, जिसे आप प्राप्त कर सकते हैं। कम-से-कम यह आपको बताता है कि आप कहाँ खड़े हैं। यह वैसा अजीब 'शायद' है, जो वास्तव में रास्ते में आते हैं। मैंने एक बार एक साथी को यह कहते हुए सुना, 'यदि आप पर्याप्त युवा महिलाओं से पूछने के इच्छुक हैं तो अंत में आपको नृत्य की तारीख मिल जाएगी।' यह वही काम करता है, जो आप जीवन में चाहते हैं; मुख्य रूप से बाहर निकलने और चक्कर लगाने पर कम ध्यान केंद्रित करना है।"

दूसरों ने टिप्पणी पर प्रतिबिंबित किया, मुसकराते हुए, क्योंकि उन्होंने अपने व्यावसायिक उद्यमों को याद किया, दोनों सफलताओं और विफलताओं, जैसा कि उन्होंने जारी रखा।

"प्वाइंट है—जितनी अधिक अस्वीकारिता आप सँभाल सकते हैं, उतने मजबूत और अधिक सक्षम आप होंगे, जब आप अंत में अपना रास्ता बनाते हैं।"

ग्रेग ने किसी पुराने स्टेनोग्राफर से भी तेजी से लिखा—

सफलता झटकों का इनाम है।

जिम एमोस ने सुर में सुर मिलाया, "टॉम, अब आप कुछ अच्छे लोगों के साथ आते हैं। मुझे इस समय आपसे समय उधार लेना होगा।"

मुसकराते हुए डॉ. हैगई ने आगे कहा, "तथ्य यह है कि ज्यादातर लोग और व्यवसाय अपने समय के सबसे कठिन दौर के दौरान सबसे बड़ी उपलब्धियाँ हासिल करते हैं। वे अधिक पैसा नहीं कमा सकते हैं, लेकिन तब यह है कि वे कोर्स सुधार करते हैं; वे आत्मनिरीक्षक बन जाते हैं और आगे बढ़ने के लिए नींव रखते हैं।"

"मैं आपसे सहमत हूँ।" हैगई ने एक अंतिम संदेश के साथ अपनी बात समाप्त की।

"मुद्दा यह है कि उन सभी लोगों के साथ घूमना बंद करना है, जो सभी को छोड़ने पर विचार कर रहे हैं। यदि आप छोड़ने की तरह महसूस करते हैं तो अपने आप को उन लोगों के साथ जोड़ें, जो आसानी से हिम्मत नहीं छोड़ेंगे और नहीं निकलेंगे! ऊर्जा खुद को खिलाती है, इसलिए सही लोगों के साथ अपना समय बिताएँ और विश्वास रखें।"

टॉम की बगल में स्थित एक व्यक्ति था, जिसकी आशंका ने उसे जीवन से बड़ा प्रतीत किया था। छह फीट पाँच इंच लंबा वह एक ऐसा विशालकाय व्यक्ति था, जिसने ग्रेग को पश्चिमी फिल्म नायक जॉन वेन की याद दिला दी।

"मुझे कुछ कहना है। मेरा नाम माइक हेल्टन है। मैं एक छोटी सी कंपनी का प्रेसीडेंट हूँ, जिसे आप नास्कर (NASCAR) कहते हैं।"

ग्रेग ने परिहास किया, "हाँ, मुझे लगता है कि मैंने इसके बारे में सुना है।"

एक दौड़ प्रशंसक होने के नाते ग्रेग माइक हेल्टन की कहानी से परिचित थे। वर्जीनिया के ब्रिस्टल में एक बच्चे के रूप में माइक हेल्टन को अपने पिता के साथ ब्रिस्टल मोटर स्पीडवे जाना और दौड़ देखना पसंद था। उन्होंने टेनेसी में किंग कॉलेज में एक लेखा प्रमुख के रूप में भाग लिया और स्कूल में भाग लेने के दौरान एक स्थानीय रेडियो स्टेशन के लिए काम किया। शनिवार की सुबह टॉक शो में उन्होंने होस्ट किया। हेल्टन का पसंदीदा विषय रेसिंग था।

एक ट्रैक पर काम करने के अपने सपने को पूरा करते हुए माइक हेल्टन बाद में अटलांटा मोटर स्पीडवे में जन-संपर्क निदेशक बन गए और डेटोना व टैलाडेगा में रुकने सहित रैंकों के माध्यम से आगे बढ़ते रहे। सन् 1999 में उन्हें नास्कर (NASCAR) के वरिष्ठ उपाध्यक्ष और मुख्य कार्यकारी अधिकारी का पद दिया गया। फिर वर्ष 2000 में हेल्टन फ्रांस परिवार के बाहर के पहले व्यक्ति बन गए, जो NASCAR के अध्यक्ष के रूप में सेवा करने के लिए चयनित हुए।

माइक हेल्टन ने कहा, "मुझे लगता है कि आपके पास नोटपैड है। कृपया उसमें लिखना जारी रखें। मुझे आपको कुछ बताना है। मैं वही काम करता हूँ, लेकिन मैं भी अपने लिए बहुत प्यारा लेता हूँ।" उन्होंने अपने बाईं ओर की जेब में हाथ डाला और एक पुराना व फटा हुआ-सा दस्तावेज निकाला, जो उनके साथ वर्षों से रहा।

"जहाँ भी मैं जाता हूँ, मैं इसे अपने साथ रखता हूँ। यह एक अनुस्मारक है कि मैं क्या कर रहा हूँ और मैं इसे क्यों कर रहा हूँ। यह उन सिद्धांतों की एक सूची है, जिनके द्वारा मैं रहता हूँ।" उन्होंने जोर से पढ़ा, "यह 'काउबॉय एथिक्स' नामक पुस्तक से आता है—व्हाट वॉल स्ट्रीट कैन लर्न फ्रॉम द कोड ऑफ द वेस्ट, जेम्स ओवन द्वारा।

साहस के साथ हर दिन जीते हैं।
अपने काम पर गर्व रखें।
हमेशा शुरू करें, जो आप शुरू करते हैं।
जो करना है, वह करें।
कठिन हो, लेकिन उचित हो।
जब आप वादा करते हैं तो इसे रखें।
ब्रांड के लिए सवारी करें।
कम बात करें और कहें।
याद रखें कि कुछ चीजें बिक्री के लिए नहीं हैं।
जानें कि लाइन कहाँ से बनानी है।

बकलैंड ने कहा, "ये अच्छी चीजें हैं, माइक। आप विश्वास मानिए, इतने वर्षों में मुझे कभी नहीं पता था कि आपके साथ यह था।"

"अरे, मैं एक सामान्य चरवाहा हूँ।" हेल्टन ने जॉन वेन रुख को उड़ा दिया। मेज के चारों ओर बैठा हर कोई हँस रहा था।

ग्रेग ने एक प्रतिलिपि माँगी। हेल्टन ने उसे इ-मेल करने का वादा किया, जब वह डेटोना वापस आया और उसे पूरा कर लिया एक संदेश के साथ। इसके अलावा, इसे समझें, "इस दुनिया में सफल होने के लिए आपको प्लाक और डिग्री से भरी दीवार की आवश्यकता नहीं है। फिर भी, किसी को सफल लोगों का काररवाई के चरणों को देखने और उनका पालन करने की आवश्यकता होती है।"

"ठीक है ग्रेग, ये सब होंगे। हमारे पास अब समय है।" मि. बकलैंड ने कहा।

जैसे ही जिज्ञासु छात्र रूपी ग्रेग निकल गए, उन्होंने अपने समय के लिए सभी लोगों को धन्यवाद दिया और अपनी खोज में लग गए।

उन्होंने पूछा, "कुछ परिहासपूर्ण बात जानना चाहते हैं?" और आगे कहा, "अपने नोटपैड को पकड़ो। कुछ हफ्ते पहले मैंने यहाँ एक लक्ष्य निर्धारित किया था कि मैं महीने के अंत तक सात प्रभावशाली लोगों से मुलाकात करूँगा। पिछले हफ्ते मैंने एक स्पोर्ट्स आइकन और रीयल इस्टेट मैगनेट के साथ बात की थी और अब मैं आप में से चार से मिला हूँ। अब मेरे पास मुलाकात के लिए केवल एक व्यक्ति और है। मुझे नहीं पता था कि ये साक्षात्कार कैसे होंगे, लेकिन जैसा कि मैंने सीखा है, हमें सटीक तरीके से जानने

की आवश्यकता नहीं है। हमें सिर्फ इतना मजबूत होना है कि···क्यों?"

"फिर, मुझे कुछ अच्छी खबर मिली।" बकलैंड ने कहा और अपने कंधों के चारों ओर अपनी बाँह डाल दी—"यहाँ आने से पहले हम एक साथ मिल गए और आपके जीवन में सबसे महत्त्वपूर्ण व्यक्ति के साथ एक बैठक आयोजित की। यह पहले से ही हो चुका है, तो आपका सातवाँ हिस्सा है!"

मि. बकलैंड ने ग्रेग को बधाई दी और उन्हें फिजी के सभी स्थानों पर घूमने के लिए एक राउंड-ट्रिप एयरलाइन टिकट सौंप दिया—"जब आप वापस आएँगे तो हम आपसे एक पूर्ण रिपोर्ट चाहेंगे।"

वाह! ग्रेग ने सोचा। दुनिया में कौन इतना महत्त्वपूर्ण हो सकता है और फिर भी फिजी से बाहर निकल सकता है?

उन्होंने रेस्तराँ को दस फीट लंबा महसूस किया। वह जानते थे कि उन्हें जीवन भर का अनुभव था, जिसे कुछ लोग जानते होंगे।

□

मिथ्याभिमान एक धुंध है।
जो एक व्यक्ति के असली चरित्र को
अपनी पहचान से छिपाता है।
वह अपनी मूल क्षमता को कमजोर करता है
और अपनी सभी विसंगतियों को मजबूत करता है।

—नेपोलियन हिल

11

फिजी और उसके पार

उन्होंने टार्मैक पर कदम रखा। जैसा उन्होंने सोचा था, उसकी तुलना में हवा थोड़ी भारी थी। रनवे ताड़ के पेड़ों के साथ निर्मित किया गया था। यह वास्तव में स्वर्ग है, उन्होंने मन में सोचा, जब उनका टैक्सी चालक उन्हें स्थानीय गाँव की सड़कों पर ले गया था।

एक समुद्र तटवर्तीय शहर में बड़े होने के बाद ग्रेग ने सोचा कि वह अनुभव के रूप में ये खूबसूरत पल अपने घर वापस ले जाएँगे और इससे ज्यादा बेहतर कुछ नहीं हो सकता है। वह तब तक था, जब तक उसने फिजी की खोज नहीं की थी।

होटल के एक कर्मचारी ने कहा, "हमारे द्वीप में आपका स्वागत है।" क्योंकि ग्रेग के लिए अगले कुछ दिनों तक यही उनका नया घर होगा। उसका कमरा बहुत ही सुरुचिपूर्ण था और समुद्र के मनोरम दृश्यों ने उनकी साँस लगभग थाम ली।

उस परिदृश्य में कुछ आध्यात्मिकता का एहसास था, जिसे उन्होंने महसूस किया, क्योंकि उन्होंने संपत्ति का दौरा किया था। लोग सुखद थे, फूल खिल रहे थे और अविश्वसनीय आराम की भावना-उत्सुकता ने अपनी जिज्ञासा की भावना को दूर करना शुरू कर दिया।

द्वीप के उस नए पर्यटक को पता नहीं था कि वह किससे मिलने के लिए आया था या क्यों बकलैंड और उनके दोस्तों ने इस स्थान को चुना था; लेकिन वह खुश था कि वे थे। अपने यात्रा कार्यक्रम को पढ़ते हुए उन्होंने देखा कि रात्रिभोज का आयोजन सात बजे था, इसलिए वह वापस आने से पहले सूर्यास्त का आनंद लेने के लिए एक घंटे या उससे भी अधिक समय तक थे।

जैसे ही उन्होंने पास की कबाना चाँदनी के नीचे एक कुरसी पर जगह ली, वह

अपनी मदद नहीं कर सके यह देखने में कि एक व्यक्ति अपने नोटपैड पर कुछ लिख रहा था। हालाँकि उसे तेज बुखार था, लेकिन उसका सारा ध्यान लिखने पर था।

"क्षमा करें।" ग्रेग ने टोका, "मुझे लगता है कि आप वास्तव में इस पर जा रहे हैं। क्या मैं पूछ सकता हूँ कि आप किस पर काम कर रहे हैं?"

"क्यों नहीं।" अजनबी ने जवाब दिया, "वैसे मेरा नाम जॉन है।" दोनों ने हाथ मिलाया।

"और मेरा ग्रेग। यह खुशी की बात है। आपको बाधित करने के लिए खेद है, लेकिन मैंने हाल ही में अपने विचारों को लिखना शुरू कर दिया है और आप इसे करने के लिए भी चिंतित थे।"

"कोई बात नहीं।" जॉन ने समझाया, "मुझे बाहर जाने से पहले केवल एक घंटा या उससे भी ज्यादा समय लगता है।"

"मैं रिसॉर्ट में एक भाषण देने वाला हूँ और मैं अपने अंतिम विचारों पर काम कर रहा हूँ।"

"आप क्या बोल रहे हो?"

"विफलता के माध्यम से सफलता।"

ग्रेग ने हँसते हुए कहा, "आप मजाक कर रहे हैं। विफलता प्रतीत होती है। मेरा मध्य नाम कुछ समय पहले तक विफलता ही था।"

"और मेरा आशा है।" जॉन ने मुसकराते हुए जवाब दिया।

"वास्तव में?"

"हाँ, जॉन हॉप ब्रायंट। वास्तव में, मैं एक गैर-लाभकारी ऑपरेशन 'आशा' चलाता हूँ। यह दुनिया भर के लोगों को अपने लिए बेहतर जीवन बनाने में मदद करता है।"

बाद में ग्रेग ने अपने नए दोस्त पर एक गूगल चेक किया और जाना कि जॉन ब्रायंट एक परोपकारी उद्यमी थे। 22 जनवरी, 2008 को उन्हें तत्कालीन राष्ट्रपति जॉर्ज डब्ल्यू. बुश द्वारा वित्तीय सीमा पर अमेरिकी राष्ट्रपति परिषद् का उपाध्यक्ष नियुक्त किया गया था और 'ऑपरेशन होप' अमेरिका का पहला गैर-लाभकारी सामाजिक निवेश बैंकिंग संगठन था, जो अब पचास अमेरिकी समुदायों में और दक्षिण अफ्रीका में काम कर रहा है, जिसने गरीबों को सशक्त बनाने के लिए निजी क्षेत्र से 40 करोड़ डॉलर से अधिक की कमाई की है।

ग्रेग ने अपनी सामान्य पूछताछ के साथ शुरुआत की, "तो मुझे बताइए, मैं इस विषय पर एक पुस्तक लिख रहा हूँ। क्या आपको रास्ते में कुछ चुनौतियाँ मिली हैं?"

"बिल्कुल।" ब्रायंट ने तुरंत जवाब दिया, "फिर भी, मैंने सीखा है कि सफलता आती है, बस…"

"एक सेकंड रुकें।" ग्रेग ने अपने नए परिचित को थोड़ी देर के लिए रोक लिया,

"मुझे इसे लिखने दें।" उन्होंने अपने भरोसेमंद नोटपैड को जेब से निकाला और उनके नए दोस्त ने बोलना जारी रखा।

"सफलता उत्साह के नुकसान के बिना
विफलता में असफलता को जानने से आती है।"

"यह बहुत अच्छा है!" ग्रेग ने कहा, "और यह उन लोगों के साथ एक आम विषय प्रतीत होता है, जिनके साथ मैंने साक्षात्कार लिया है।"

"देखो।" ब्रायंट ने पेशकश की, "हमें यह समझने की जरूरत है कि इनसानों के रूप में हम गलतियाँ करते हैं; लेकिन इसका मतलब यह नहीं है कि हम खुद एक गलती हैं। यह एक बहुत बड़ा अंतर है।"

ग्रेग ने चुनौती दी, "बहुत से लोग सोच सकते हैं कि आपके लिए यह कहना आसान है कि आप रेत में अपने पैर की उँगलियों के साथ बैठे हैं।"

जॉन ने जवाब दिया, "मुझे आपके साथ कुछ साझा करने दो। मैं छह महीने की अवधि के लिए गया, जब मैं पूरी तरह से बेघर था। मैं समझता हूँ कि यह कुछ भी नहीं है। मुझे यह भी पता चला कि गरीबी आपकी जेब में नहीं, बल्कि यह आपके दिमाग में होती है।"

ग्रेग ने अपने पैड पर लिखा कि ब्रायंट ने आगे कहा था—

आपके दृष्टिकोण का 10 प्रतिशत यह निर्धारित करता है
कि आप किस प्रकार जवाब देते हैं
और 90 प्रतिशत यह कि आप किस प्रकार जवाब देना चुनते हैं।

"मजेदार बात यह है कि बेघर होने के नाते मुझे प्राप्त होने वाले सबसे महान् उपहारों में से एक था।"

"ऐसा क्यों?"

"इसने मुझे एक अलग परिप्रेक्ष्य से चीजों को देखना सिखाया। बेघर हो जाने के बाद मैं एक नई मानसिकता से रू-ब-रू हुआ—अरे, तुम मेरे साथ और क्या कर सकते हो। मैं सबसे नीचे हूँ, जनाब; तुम क्या करने जा रहे हो? मुझे बताओ तो? जब मैं दरवाजे से बाहर गया था, तब मेरे पास पहले से ही कुछ नहीं था।"

ग्रेग उनके बात करने के विस्तार में खुद हँसने में मदद नहीं कर सके। उनकी व्यक्तिगत खोजों के बारे में उन दोनों के आदान-प्रदान की कहानियों के रूप में समय भी जल्द ही उड़ गया।

ब्रायंट ने अपनी दृष्टि और मिशन को जबरदस्त जुनून व दृढ़ विश्वास के साथ साझा किया। उन्होंने कहा, "तोड़े जाने में और गरीब होने के बीच एक अंतर है। तोड़ना

एक अजीब आर्थिक स्थिति है; लेकिन गरीब होने से मन की एक अक्षमता और आपकी आत्मा की उदासीन स्थिति है, और आपको कभी भी गरीब होने की नहीं सोचना चाहिए।

"हर धन निर्माता दो चीजों के बारे में बिल्कुल स्पष्ट है—एक दृष्टि और दूसरा मिशन। गरीबों के लिए मेरी दृष्टि उन्हें अलग-अलग देखने में मदद करना है। मैं इसका खुलासा करने, शिक्षित करने, सशक्त बनाने और अंततः उन्हें प्रेरित करने में मदद करके ऐसा कर सकता हूँ। खुद को देखने के लिए और वास्तव में वे कौन हैं, आत्मा में समृद्ध। वे दुनिया की वैश्विक बैलेंस शीट पर स्थित संपत्तियाँ हैं, देनदारियाँ नहीं हैं, क्योंकि मैंने बार-बार देखा है कि एक सूचित विकल्प दिया गया है। गरीब एक लिखित वक्तव्य नहीं चाहते हैं, लेकिन बस, एक वक्तव्य चाहते हैं। वे स्वयं के लिए गरिमा चाहते हैं। जब आप बेहतर जानते हैं तो आप बेहतर काम करते हैं।"

जैसे ही जॉन ब्रायंट विदा कहने के लिए खड़े हुए, उन्होंने ग्रेग को अपना कार्ड दिया और कहा, "यह वही है, जो मुझे चाहिए था। आपने मुझे मेरे भाषण के लिए उकसाया! अगर कभी मेरी सेवा की आवश्यकता हो तो कृपया मुझे जरूर बताएँ।" वह जाने के लिए मुड़ गए, फिर रुके। "आप एक महान् कार्य पर हैं। डटे रहिएगा। कभी भी हार नहीं मानना!"

ग्रेग ने ब्रायंट से हाथ मिलाया, उनके समय के लिए धन्यवाद दिया, फिर लिखा—

प्रत्येक धन निर्माता को दो चीजों के बारे में
बिल्कुल स्पष्ट होना चाहिए—एक दृष्टि और एक मिशन।

ग्रेग ने इस बात से प्रभावित होना जारी रखा कि कितने सफल लोग अपने अनुभव साझा करने के इच्छुक हैं और यह पूछने के लिए कि वे किसी अन्य सेवा के लिए कैसे उपलब्ध हो सकते हैं। यह समझते हुए कि एक घंटा उनके हाथ से निकल गया था, उन्हें अपने रात के खाने की व्यवस्था के लिए जल्दी से जाना पड़ा।

परिचारिका ने कहा, "मैं अब आपको बैठने को कहूँगी।" लोगों की नजरों को अनदेखा करते हुए वे दो लोगों के लिए बनी एक टेबल की ओर जा रहे थे। ग्रेग बैठे और अपनी गरदन को नीचे रखने की कोशिश करते हुए मेनू में देखा, क्योंकि वे यह देखना नहीं चाहते थे कि उनका रहस्यमय अतिथि कौन हो सकता है।

जैसे ही उन्होंने अपने चयन पर विचार किया, एक परिचित आवाज ने उन्हें बधाई दी।

"हैलो, ग्रेग।"

उनका दिल जोरों से धड़कने लगा और ऊपर देखने से पहले वे थोड़ा झिझके। उनकी आवाज नहीं निकल रही थी। वे विश्वास नहीं कर सके कि वह उनके साथ रहने के लिए इस तरह से यात्रा करेगी।

जबरदस्त भावना के साथ उन्होंने कहा, "हाय मिया, तुम्हें देखकर बहुत अच्छा लगा।"

जैसे ही वह उसे गले लगाने के लिए उठे, उनका नैपकिन उनकी पैंट पर गिर गया और वहाँ अजीब तरह से लटक गया।

वे बस हँसे और कहा, "तुम बहुत भोंदू हो।"

अगले कुछ घंटे अगले कुछ दिनों में बदल गए, क्योंकि उन्होंने अपनी यादों को दोबारा हासिल किया, नई कहानियों को साझा किया और एक-दूसरे के लिए अपने जुनून को ताजा कर दिया।

उनके वार्त्तालाप में, जो लगता था कि कभी खत्म नहीं होगा, मिया ने समझाया कि मि. बकलैंड ने व्यक्तिगत रूप से उनसे संपर्क किया था और उन्हें ग्रेग की यात्रा के बारे में सूचित किया था। यह वह संचार था, जिसने उन्हें अपने रिश्ते को एक और प्रयास देने के लिए प्रेरित किया था। जोनाथन बकलैंड ने इतनी उदारतापूर्वक उनके इस मिलन-स्थल की व्यवस्था करने में मदद की, यह जानकर कि युवा जोड़े को क्या चाहिए।

अपने पूर्व प्यार को खोजने के अलावा मिया इस नए आदमी ग्रेग के भी प्यार में पड़ गई। जिस आदमी को उसने छोड़ा था, वह अदूरद्रष्टा और आत्म-केंद्रित था। वह वह आदमी नहीं था, जिससे वह बेइंतेहा प्यार करती थी। उसकी आँखों के माध्यम से ग्रेग ने अब महसूस किया कि वह अपने मूल आत्म से कितने दूर थे और रास्ते में उन्होंने उसे कितना दर्द दिया था।

मि. बकलैंड ने उन्हें खुद को फिर से खोजने में मदद की थी। जोनायन बकलैंड आत्म-महत्त्व की छवि के माध्यम से देख सकते थे कि ग्रेग ने स्वयं में छिपी हुई क्षमता को चित्रित किया और पहचान लिया था, जो बेहद सफल होना चाहता था।

अब वह अपने पुराने आत्म से मिला था, लेकिन थोड़ा सयाना होकर, उद्देश्य और मिशन के साथ नव वयस्क के रूप में। उन्होंने उम्मीद जताई कि वह उन लोगों की अविश्वसनीय कहानियों को साझा करके दूसरों को उनकी वास्तविक क्षमता को फिर से खोजने में मदद कर सकता है। बकलैंड ने उन्हें क्या उपहार दिया था।

मिया उनसे पूरी तरह सहमत थी। उसने कहा, "जाहिर है, बहुत से लोग हैं, जो आपकी परवाह करते हैं। मैं निश्चित रूप से आप में से अधिकांश को दावा करना चाहती हूँ और यही वह है, जो मैंने आशा की और प्रार्थना की थी कि हम फिर से इस तरह एक साथ हो जाएँ।"

"मैं···भी।" ग्रेग कहने में कामयाब रहे, लेकिन उनके शब्दों ने उन्हें दबा दिया था।

"आप जानते हैं कि मि. बकलैंड के अलावा मुझे और किसने बुलाया?"

बेशक, उसके पास कोई सुराग नहीं था, इसलिए मिया ने आगे कहा, "आपका भाई डेविड। वह मुझे यह बताना चाहता था कि उसने अपनी शराब की लत को छोड़ने के लिए मदद लेने का फैसला किया है और वह चाहता था कि मैं आपको यह बात बताऊँ।"

ग्रेग ने माँग की, "उसने मुझे खुद क्यों नहीं बताया?"

उसने जवाब दिया, "क्या तुम पागल हो?" जब उन्होंने विरोध करने की कोशिश की, तब उसने अपनी उँगली को उनके होंठों पर रख दिया। वे जानते थे कि वह किसी भी मामले में सही नहीं थी। "क्योंकि आप दोनों बहुत करीब हैं, भले ही आप सगे भाई नहीं हैं, आप जितने करीब हो सकते हैं, उतने करीब हो सकते हैं। वह आपको प्यार करता है, ग्रेग। वह जानता है कि उसने आपको बहुत नीचे गिरा दिया है और वह खुद को शर्मिंदा महसूस करता है।"

"तो वह इसके बारे में क्या करने जा रहा है?"

"वह पहले चरण के रूप में अट्ठाईस दिनों के पुनर्वसन में जा रहा है। वह उसे वहाँ से शुरू करेगा और देखें कि आगे क्या होता है।"

"ठीक है, मैं रहूँगा।" महत्त्वाकांक्षी लेखक शब्दों से बाहर हो गए, लेकिन एक मुसकराहट उनके चेहरे पर तैर गई।

"आप चुप रहेंगे और बहुत आभारी होंगे और आप अपनी प्रार्थनाएँ कहेंगे।" उसने सलाह दी, "डेविड को फिलहाल आपकी सबसे ज्यादा जरूरत है।"

अपनी वापसी पर और दिल में ढेर सारी कृतज्ञता भरे ग्रेग तुरंत बकलैंड के कार्यालय की तरफ चले गए।

"आपकी यात्रा कैसी रही?" जब ग्रेग अंदर गए बकलैंड ने पूछा।

"आप जानते हैं कि चीजें कैसे चलती हैं। आप वह हैं, जो इसे स्थापित करते हैं! धन्यवाद।"

दोनों ने गर्मजोशी के साथ हाथ मिलाया, जैसा उन्होंने कभी व्यक्त नहीं किया था। यह एक साधारण कार्य के साथ लग रहा था। वे अब सिर्फ सहयोगी ही नहीं रह गए थे, बल्कि दोस्त भी बन गए थे।

इससे पहले कि वे एक साथ मिल सकें, कई सप्ताह बीत गए। इस समय के दौरान ग्रेग ने अपनी पुस्तक पर काम करने का सचेत निर्णय लिया और इससे भी उत्साहित रूप से उन्होंने मिया के साथ अपने रिश्ते पर काम करने के लिए प्रतिबद्धता दरशाई।

अपने मिशन के दौरान खोजे गए आम भाजकों में से एक यह था कि लगभग हर महान् उद्यमी के साथ उन्होंने लंबे समय से स्थायी संबंध बनाए थे।

मि. बकलैंड ने इसे दूसरे तरीके से सामने रखा, "एक व्यक्ति विवाहित होने तक

पूरा नहीं होता है।" इस अभिव्यक्ति के साथ विचार पर अपना जोरदार घुमाव भी जोड़ते हैं, "और फिर, वह समाप्त हो जाता है!"

ग्रेग हँसे। जाहिर है, स्पष्ट विनोद के रूप में उन्होंने इस घटना को इस तथ्य से जोड़ा कि सफल उद्यमी भी अपने व्यावसायिक जीवन में क्षणों को दूर करने के लिए प्रतिबद्धता रखते थे। किसी भी तरह से उन्होंने इसे देखा, एक उद्यमी एक उद्यमी ही है और उन्होंने डॉन ग्रीन की उस निश्चित स्थिरता के रूप में संदर्भित करने की शक्ति को समझा।

अगले कुछ महीनों में ग्रेग ने सफलतापूर्ण सिद्धांतों के बारे में अपनी पुस्तक की पांडुलिपि पर परिश्रमपूर्वक काम किया। वह तब से हर पल में सीख रहे थे, साथ ही उन्होंने प्रकाशन की दुनिया में संबंध बनाना शुरू कर दिया। उन्होंने सड़क पर एक चर्चा बनाने की उम्मीद की कि वह कुछ विशेष कार्य पर थे और उन्होंने उम्मीद जताई कि प्रमुख खिलाड़ी इसका हिस्सा बनना चाहते हैं।

वे सबसे अच्छी परियोजना बनाने पर अपना ध्यान केंद्रित कर रहे थे। उन्होंने जो ज्ञान पाया था, उसे लागू किया, जिससे वे साल के अंत तक पुस्तक को खत्म करने का लक्ष्य निर्धारित कर रहे थे।

यह साक्षात्कार के लिए चार ठोस महीनों की अनुमति देगा, साथ-ही-साथ एक पांडुलिपि संपादक को लाने के लिए लचीलापन, उसे किसी-न-किसी धब्बे के साथ मदद करने के लिए, जिसमें कुछ विशेषज्ञ सलाह की आवश्यकता होती है। ऐसा लगता है कि सब ठीक हो रहा था, जब तक···

कुछ नहीं हुआ। असल में, कुछ भी उनके हिसाब से होता नहीं लग रहा था। शून्य के करीब अपनी आय धारा के साथ और अर्थव्यवस्था के दिनों में गहरी परेशानी में पड़ने के साथ वे कम या ज्यादा, टूट गए थे।

इसके अलावा, उन्होंने माना था कि प्रकाशन समुदाय में मूवर्स और शेकर्स अपनी विशेष परियोजना का हिस्सा बनना चाहते हैं। फिर भी उन्हें पता चला कि यह मामला नहीं था।

जैसे ही वे वहाँ से निकल जाते थे, हरेक दरवाजा उनके पीछे बंद हो जाता था। बड़े प्रकाशन संस्थान एक अज्ञात नए लेखक के बारे में एक सिद्ध ट्रैक रिकॉर्ड के बिना पुस्तक प्रकाशित करने के लिए कम उत्साही थे। कहने के लिए कि वे सतर्क और संदेहजनक थे, एक अल्पसंख्यक तर्क होगा।

यह कैसे हो सकता है? उन्होंने स्वयं से पूछा। क्या मुझसे कोई चूक हो रही है? यह उम्रदराज स्थिति है। 'क्रेडिट के बिना क्रेडिट नहीं मिल सकता, अनुभव के बिना अनुभव नहीं मिल सकता।'

वे एक साहित्यिक एजेंट को दिलचस्प बनाने में सफल रहे, जिसने बदले में संपादकों और प्रकाशकों के साथ उनकी मुलाकात की व्यवस्था की; लेकिन प्रत्येक मुलाकात के बाद उन्हें अस्वीकृति और कमजोर भावना के साथ छोड़ दिया गया। आखिरी की तुलना में प्रत्येक कंपनी की अधिक आलोचना थी। उन्होंने कभी कल्पना नहीं की कि पुस्तक प्रकाशित न करने के कई कारण हो सकते हैं।

एक चीज, जिसने उन्हें इस प्रक्रिया के माध्यम से लगातार कोशिश करते रहना जारी रखा, वह उनका भरोसेमंद नोटपैड था। इसमें कई साक्षात्कारों के साथ अपने साक्षात्कारों से जुड़ी महान् अंतर्दृष्टि के शब्द थे, जिन्होंने स्वयं के संघर्षों का अनुभव किया था।

चार अलग-अलग दशकों में पहली बार चार बार शीतकालीन ओलंपियन बनने का प्रयास करते हुए रूबेन गोंजालेज ने उसे इस तरह रखा—

“पहले एक सपना आता है, और फिर संघर्ष के बाद जीत होती है। समस्या यह है कि ज्यादातर लोग संघर्ष काल में हार मान लेते हैं और कभी नहीं समझते कि जीत कैसा महसूस कराती है। महान् लोगों के पास दो प्रकार के साहस होते हैं। सबसे पहले, उनके पास सफलता की कोई गारंटी नहीं होने पर काररवाई करने के लिए, विश्वास करने की तैयारी करने के लिए शुरू करने का साहस है। दूसरा, एक बार जब वे अपने रास्ते पर हैं, वे सहन करने के लिए दृढ़ता से साहस विकसित करते हैं। दृढ़ता एक कुंजी है।”

अपनी नोटपैड के पृष्ठों पर पियरिंग करते हुए ग्रेग ने रूबेन गोंजालेज के संदेश को इस तरह लिपिबद्ध किया।

आपको दो प्रकार के साहस की आवश्यकता है—

पहला, शुरू करने का साहस।

दूसरा, न छोड़ने का साहस!

ऐसा करके ग्रेग को एहसास हुआ, लोग यह खोज सकते हैं कि ओलंपियन को ‘सफल होने का साहस’ कहा जाता है।

“यह कितना सच है?” ग्रेग ने जोर से कहा, हालाँकि कोई भी उन्हें सुनने के लिए वहाँ नहीं था। उन्होंने डॉन ग्रीन द्वारा उनके लिए लिखे गए परिचय-पत्र की शक्ति के बारे में सोचा और महान् उद्यमियों के साथ साक्षात्कार लेने में उनकी मदद करने में कितना सफल रहा। लेकिन साथ ही उन्हें याद आया कि उनके लिए कितना साहस हुआ था, शुरू करने और कॉल करने के लिए।

उन्होंने स्वयं से कहा, “कभी हारना नहीं।” और नेपोलियन हिल के ‘थिंक एंड ग्रो रिच’ को वापस सोचकर और अपने संकल्प को नया कर दिया, “आप सफलता से मात्र तीन कदम दूर हैं।”

वह अपनी पत्रिका में एक पृष्ठ पर गए, जो अच्छी तरह से इस्तेमाल किया गया था और कोनों पर पहनना शुरू कर दिया था। इस पर हार्पो स्टूडियो में ओपरा विनफ्रे के रेडियो प्रोग्रामिंग के निर्माता जॉन सेंट ऑगस्टीन के साथ उनकी एक बैठक में से नोट्स थे।

उनकी कहानी ग्रेग के दिमाग में दोहराए गए गीत की तरह दौड़ गई। अपने प्रारंभिक वर्षों में जॉन सेंट ऑगस्टीन ने रात्रि कालीन सुरक्षा अधिकारी के रूप में काम किया। एक दिन खोया और पाया वाले डिब्बे के माध्यम से खोजकर वह उसी पुस्तक में ठोकर खा गया, जिसे जोनाथन बकलैंड ने ग्रेग, 'थिंक एंड ग्रो रिच' दिया था। अपने ड्यूटी टाइम के अंत तक उन्होंने पहले कुछ अध्यायों को पढ़ा और अपनी जिंदगी को एक नई दिशा में आगे बढ़ाया।

वर्षों बाद इस पाठ से उन्होंने जो कुछ सीखा था, उसे लागू करने के बाद खुद को जीवन भर की स्थिति के साथ पाया। इसे जानने के बिना उन्होंने मनोरंजन के लिए अपने जुनून को जोड़कर भी अपना सफलता समीकरण लागू किया था, वह भी सार्वजनिक बोलने के लिए अपनी प्रतिभा के साथ। उन्होंने विभिन्न स्टूडियो में नौकरियाँ लेकर काररवाई की, जब तक वे अंतत: उद्योग में सबसे महान् संगठनों में से एक का हिस्सा नहीं बन गए।

जैसा कि यह सब आश्चर्यजनक हो सकता है, ग्रेग का ध्यान इस पर था कि सेंट ऑगस्टीन ने अपने साक्षात्कार के दौरान क्या कहा था। पेज पर उनके शब्द पढ़ते हैं—

असामान्य परिणाम प्राप्त करने के लिए आम बातों को आम तरीके से करें।

निर्माता ने सुझाव दिया कि अलग-अलग नतीजों को पाने के लिए चीजों का मिश्रण करने की कोशिश करने की बजाय लोगों को वही काम करना चाहिए। जब तक कि वांछित परिणाम प्राप्त न हो जाए, तब तक यह सही बात थी। जॉन का निरंतर परिणाम उनके मिशन की प्राप्ति थी, "यह सुनिश्चित करने के लिए कि दुनिया भर के लोगों को ऐसी जानकारी तक पहुँच प्राप्त हो, जो न केवल उनका मनोरंजन करे, बल्कि उन्हें जीवन के अधिक अनुभव के लिए प्रेरित करे।"

खुद के बारे में बात करने की बजाय ग्रेग ने याद किया कि सेंट ऑगस्टीन ने इसे इस प्रकार समझाया है, "पेशेवर बेसबॉल खिलाड़ियों या गोल्फर्स ने हर बार एक नया शॉट या एक नया स्विंग करने की कोशिश की। वे कभी भी अपने खेल को बेहतर नहीं बना सकते थे। सफलता का रहस्य दिमाग में लगातार परिणाम के साथ दैनिक कार्यों की श्रृंखला का प्रदर्शन कर रहा है।

"आप पहले से ही यह जानते हैं।" उन्होंने कहा, "मुद्दा यह है कि ज्यादातर लोग पूरी तरह से जानते हैं कि उन्हें क्या करने की जरूरत है। हमें उस ज्ञान को लागू करना

शुरू करना चाहिए और हमारी व्यक्तिगत सफलताओं या झटके के लिए कुछ जवाबदेही लेनी चाहिए।"

जब उन्होंने सोचा कि क्यों लोग जल्द ही हार मान लेते हैं तो अपनी गहरी नींद वाली रेडियो आवाज में उन्होंने घोषणा की थी, "लोगों को बस अपनी इच्छा-शक्ति को रीढ़ की हड्डी से प्रतिस्थापित करने की जरूरत है। बहुत से लोग बैठते हैं और चीजों को अपने जीवन में बदलने की इच्छा रखते हैं, फिर भी इस सपने को वास्तविकता बनाने के लिए आवश्यक काररवाई नहीं करते हैं।"

ग्रेग ने अपने नोटपैड पर इसे भी लिख डाला—

अपनी इच्छा-शक्ति को रीढ़ की हड्डी से बदलें।

उन्होंने पैड को बंद किया और उसे अपनी जेब में वापस रख लिया। उन्हें पता था कि उनकी निराशा प्रक्रिया का हिस्सा थी और वह करीब आ रही थी। आपके जीवन के एक हिस्से में प्रगति आपके जीवन के हर पहलू में प्रगति या सफलता की गारंटी नहीं देती है। 'पाठ्यक्रम पर ही रहो।' उन्होंने सोचा।

"बस, ध्यान रखें कि आप सोने से केवल तीन फीट दूर हैं।"

वे जानते थे कि उन्हें शिकायत करने से खुद को रोकना है। अधिक दरवाजों पर दस्तक देने, उन दैनिक कार्यों को जारी रखने के लिए यह सब जरूरी था और जिस तरह से वह ऐसा कर सकते थे, उस अवसर पर सुधार कर रहे थे। वह यह भी जानते थे कि प्रार्थना काररवाई के साथ चली गई और रिश्ते, व्यक्तिगत वित्त, नौकरी और कॅरियर से संबंधित किसी भी समस्या के समाधान के लिए आगे बढ़ने में मदद मिलेगी और आगे बढ़ने के लिए उन्होंने जो चुना था, उसमें अंतिम सफलता की ओर खुद को अग्रसर किया।

उनकी माँ उनके साथ एक पुरानी कहावत साझा करती थीं, 'भगवान् आपको सँभालने से ज्यादा नहीं देंगे।'

और इस समय ग्रेग विडंबना से मुसकराए। उनकी इच्छा थी कि भगवान् को उन पर इतना विश्वास नहीं है।

□

सफलता की सीढ़ी पर कभी भी शीर्ष पर भीड़ नहीं होती है।

—नेपोलियन हिल

12

खुद पर विश्वास रखना

जैसे ही पुस्तक का पहला प्रारूप समापन पर आ रहा था, ग्रेग अभी भी इनकारों और ठंड प्रतिक्रियाओं की चिंता से ग्रस्त हैं। यह जानकर कि उनके हाथों में सच्चा सोना था, वह नहीं समझ पा रहे थे कि बाहर क्यों दूसरों को यह नहीं दिख सका।

उस निराशा को संतुलित करती हुई डेविड एंजेल की एक कॉल आई, जो दक्षिणी कैलिफोर्निया दवा और अल्कोहल पुनर्वास केंद्र से एक लंबे समय बाद घर पर लौट आया था।

"उन्होंने मेरे प्रवास को अट्ठाईस से नब्बे दिनों तक बढ़ा दिया।" डेविड ने बताया, "मुझे लगता है कि यह एक विशेष मामला था!"

"मैं तुम्हें नहीं बता सकता कि तुमने अपना दिन कैसे बनाया है, डेव। तुम्हारी ध्वनि अलग और बहुत बेहतर है।"

"हो सकता है, क्योंकि लगभग सौ दिनों से मैंने पी नहीं है। इससे बहुत फर्क पड़ता है। और मैं शांत होना चाहता हूँ ग्रेग, दुनिया में किसी भी चीज से ज्यादा।"

डेविड ने पुनर्वास कार्यक्रम में बिताए समय को साझा किया कि उसने खुद और व्यसन की बीमारी के बारे में क्या सीखा था। उन्होंने दुनिया में अपने सबसे अच्छे दोस्त को भी चेतावनी दी कि सफलता की संभावना अभी भी छोटी थी कि यह निर्भर थी एक सकारात्मक दृष्टिकोण रखने के लिए डेविड के शांत रहने के कार्य से, कम-से-कम दिन में एक समय।

ग्रेग ने सोचा कि यह उनके जीवन की तरह ही उल्लेखनीय रूप से सुना, जैसे ही डेविड महसूस करते थे, दोनों एक-दूसरे से मिलने के लिए सहमत हुए। जितनी जल्दी डेविड अपने पैरों पर अधिक स्थिर हो जाएँ, अच्छा रहेगा। ग्रेग अपनी पुस्तक को

सफलतापूर्वक पूरा करने की उनकी बड़ी जिम्मेदारी से निकल सकते हैं और शायद फिर से आय करना शुरू करें।

वे मिया की ओर मुड़ गए। उसके दर्द और निराशा को, जो वे नवीनतम अस्वीकृति से महसूस कर रहे थे, मिया ने सुझाव दिया कि वह उनके सलाहकारों में से एक के साथ बात करेगी, जो उनकी स्थिति पर कुछ प्रकाश डाल सकते हैं। उसने तुरंत फोन उठाया।

"चार्ली 'जबरदस्त' जोन्स, सुनो, मैं तुमसे कुछ पूछना चाहता था। कृपया ईमानदार रहें। आप मेरी भावनाओं को चोट नहीं पहुँचाएँगे। पृथ्वी पर मैं क्या यहाँ भूल रहा हूँ? इससे कोई फर्क नहीं पड़ता कि हम प्रोजेक्ट के बारे में कितने प्रश्न भेजते हैं। हम उन्हें एक बड़े पुराने के साथ वापस ले आते हैं। 'नहीं, धन्यवाद' उन पर मुद्रित।"

"ठीक है, यह अच्छी खबर है!" उसके शिक्षक ने कहा।

"तुम्हारी किस बारे में बोलने की इच्छा थी? हम हर किसी के द्वारा नीचे लाए जा रहे हैं।" ग्रेग ने कहा, "मैं एक विफलता की तरह महसूस करता हूँ।"

चार्ली अंदर कूद गया, "सफलता का रहस्य जानना चाहते हैं?"

"हाँ, जाहिर है।" ग्रेग ने जवाब दिया।

"अच्छा निर्णय है। जानना चाहते हैं कि हम कहाँ से अच्छे निर्णय लेते हैं?"

"जरूर।"

"अनुभव?"

"समझदारी की बात है।" छात्र ने कहा।

"पता है, हमें अनुभव कहाँ से मिलता है?"

"कहाँ से?"

"खराब निर्णय से।" जोन्स ने एक विनोदी स्वर में जवाब दिया।

"मेरे अच्छे दोस्त एड फोरमैन का कहना है कि असफलता कुछ नहीं होती है। बस, सीखने के दौरान प्राप्त अनुभव होता है।"

"मैं उसे जानता हूँ; वह कांग्रेस के लिए इसे बनानेवाला पहला व्यक्ति है, टेक्सास और न्यू मेक्सिको के दो अलग-अलग राज्यों से।"

जोन्स ने अपने दोस्त के बारे में बात करना जारी रखा, "जब वह एक युवा था, उसने 'जायंट' नामक एक फिल्म देखी थी।"

"मैंने वह देखा है, जेम्स डीन के साथ, है न?"

"हाँ, वही है। जिस तरह से वह उसे बताता है, वह तीन बार वापस चला गया, क्योंकि वे इस विचार से इतने प्रभावित थे कि तेल क्षेत्रों में हड़ताली धन का विचार करने चले गए थे, जैसे कि उस मूवी में किसी चरित्र ने किया था। एक छोटे सूटकेस और आशा की एक मीट्रिक टन के साथ सशस्त्र और सोत्साह वह दक्षिण की ओर बढ़ गया।"

"क्या उसे तेल मिला?"

"नहीं, लेकिन उसने सोने की खान को थपथपाया। शाब्दिक रूप में कुछ समझ में नहीं आया, लेकिन उसने भाग्य आजमाने के लिए एक रास्ता खोजा और खनन अधिकारियों को समुद्री जल बेच रहा है। उन्होंने ड्रिल को लुब्रिकेट करने के समाधान का प्रयोग किया, जब वे नीचे गए; लेकिन जैसे ही उन्होंने किया, वह छेद भी भर गया, ताकि उन्हें वापस बाहर पाने की आवश्यकता हो। एक समूह सामान को हटाने के लिए उसे पैसे देगा, जब वे ड्रिलिंग कर रहे थे और दूसरा उसे भुगतान करेगा, फिर उसे अपनी साइट पर पहुँचाने के लिए।"

ग्रेग की आँखें एक के बाद एक गुजरनेवाले ट्रकों की छवि पर गईं, जो तरल से भरा था। पैसा बनाने के बारे में बात करो···आना और जाना।

चार्ली ने आगे कहा, "कहानी चलती है। आई.आर.एस. ने हवा पकड़ ली। यह युवा 'व्हिपेर स्नैपर' है। यह खेतों से सब पैसा बना रहा है और यह बेवकूफी भरा सुनाई दे रहा था। वह लाखों बना रहा था। उसकी उम्र में यह अनसुना-सा है। सरकार ने एक जाँचकर्ता भेजा, यह देखने के लिए कि वह क्या कर रहा था। यह जानते हुए कि उसके पास कुछ भी छुपाया हुआ नहीं था, उसने एजेंट को कार्यालय डेस्क के साथ स्थापित किया और उसे साथ रहने के लिए आमंत्रित किया।"

"क्या उन्हें कुछ मिला?"

"कुछ भी नहीं, लेकिन वे निश्चित रूप से चाहते थे और इसलिए एड परेशान था, जैसा कि आप कल्पना कर सकते हैं। वहाँ से उन्होंने निष्कर्ष निकाला, सरकार की बहुत ज्यादा शक्ति थी और वह इसके बारे में कुछ करना चाहते थे।"

ग्रेग ने कहा, "यही कारण है कि वह कांग्रेस के लिए भाग गया।"

"बिल्कुल!" कहानीकार ने उछाल दिया, "वर्षों तक सेवा करने के बाद टेक्सास, वे न्यू मेक्सिको चले गए, जहाँ एक बार फिर वह भाग गया।"

"ओह, इस तरह वे दो अलग-अलग राज्यों में चुने गए थे।" ग्रेग ने कहा।

"ध्यान देने लायक है, जब आप जानते हैं कि आप क्या कर रहे हैं, वह ठीक है और आप दूसरों के लिए सेवा कर रहे हैं, कभी भी किसी और व्यक्ति को आपके कार्यों को निर्देशित मत करने दो। एड फोरमैन का दावा है, उन्होंने उस अनुभव से अपने जीवन के सबसे मूल्यवान् सबक सीखे और जब तक आप कुछ सीख रहे हैं, तब तक आप आगे बढ़ते हैं। आप सुनिश्चित कर सकते हैं कि सफलता आसपास ही किसी मोड़ पर है।"

"मुझे लगता है कि मुझे मेरी पुस्तक मोड़ के पास रखे कचरे के डब्बे में फेंक देनी चाहिए।" ग्रेग ने कुछ क्रोध में और निराशा के साथ कहा, जो उसके तौर-तरीके के साथ उसके पीछे वापस घूम रही है।

"आगे बढ़ो। शायद यही वह जगह है, जहाँ यह होना चाहिए।" जोन्स ने सुझाव दिया।

प्रतिक्रिया पर आश्चर्यचकित ग्रेग ने अचानक अपने 'बेचारा मैं' वाले रवैए को दूर फेंका और झेंपते हुए उससे पूछा, "तुम्हें सच में लगता है कि मुझे अपनी परियोजना को दूर फेंक देना चाहिए?"

"मैं शर्त लगाता हूँ कि लगभग सभी महान् लेखकों ने आपके जैसा ही महसूस किया है, एक समय में या किसी अन्य समय पर। वे खुद वहाँ थे। वास्तव में, मुझे आपको सार्वकालिक महानतम लेखकों में से एक के बारे में एक कहानी सुनानी है, जिसने वही किया था, जो अभी आप करने वाले थे। उनका नाम नॉर्मन विन्सेंट पीले है।"

"उन्होंने 'सकारात्मक सोच की शक्ति' नामक पुस्तक लिखी है।"

"सच है, फिर भी उसे अस्वीकृति, आत्म-संदेह और असुरक्षा का सामना करना पड़ा था। एक समय में या किसी अन्य कारण से सब में डर भर जाता है। सफल होने वालों के और न होने वालों के बीच एकमात्र अंतर है, वह यह कि सफल लोग आगे बढ़ते रहते हैं अपने डर के बावजूद।"

"वास्तव में?"

"बेशक। जो मैं आपको पढ़कर सुनाने वाला हूँ, वह श्रीमती पीले द्वारा लिखित पत्र है। उन्होंने सिर्फ आपके लिए यह लिखकर भेज दिया है।"

ग्रेग ने पूछा, "क्या! मैं ही क्यों?"

चार्ली ने जवाब दिया, "मैंने उन्हें आपके और आपकी यात्रा के बारे में बताया और पूछा था कि क्या वह आपसे मिल सकती हैं। दुर्भाग्य से, वह फिलहाल नए आगंतुकों से नहीं मिलती हैं; लेकिन उन्होंने आपके लिए इस पत्र को भेजा, जिससे मुझे लगता है कि आप आनंद लेंगे। तो आप देखेंगे, आप ऐसा करने वाले पहले लेखक नहीं हैं, जैसा आप करते हैं। इसमें वह कहती हैं—

मैं कैलिफोर्निया गाइडपोस्ट कार्यालय, राई, न्यूयॉर्क के लिए आपके घर से आने की आपकी इच्छा की प्रशंसा करती हूँ। मुझे आपके बारे में जो भी जानकारी है, उसके आधार पर लगता है कि आपकी जिंदगी में बहुत बाधाएँ हैं और आप बस, हार मानने के कगार पर हैं। खैर, मुझे लगता है कि मैं आपको एक सच्ची कहानी बता सकती हूँ, जिससे आप सीख सकते हैं और बाद में जब आप फिर से निराश हो जाओ और उम्मीद से बाहर निकलने लगो, तब आप यह कहानी याद रखना और मन-ही-मन में दोहरा लेना और अपना लक्ष्य पाने हेतु आगे बढ़ते रहना।

जैसा कि आपको निश्चित रूप से पता होना चाहिए, मेरा नाम रुथ स्टेफोर्ड पीले है। मैंने हाल ही में अपने 101वें जन्मदिन का जश्न मनाया। मैं याद कर सकती हूँ, जैसे यह कल की बात हो। जब मेरा 100वाँ जन्मदिन मनाया गया था और मैंने अपने दोस्तों से वर्षों से कहा हुआ था कि जब मैं 100 वर्ष की उम्र तक पहुँचूँगी, हमारे पास एक बड़ी पार्टी होगी और ऐसी शानदार, जो हमने कभी भी नहीं की थी।

कार्यक्रम टाइम्स स्क्वायर स्थित मैरियट में आयोजित किया गया था, सैकड़ों दोस्तों के साथ जो न्यूयॉर्क गए थे और जिन्हें मेरे साथ होना चाहिए था। वह घटना अद्‌भुत थी।

मुझे जो सम्मान प्राप्त होगा, वह 'लाइफटाइम ऑफ पॉजिटिव थिंकिंग' जैसी पुस्तक होगी, फिर भी कैडलसेक की मदद से मैंने जो कहानी लिखी थी, वह मैं आपको बताना चाहती हूँ। यह साहस न छोड़ने के बारे में है, वह भी तब, जब आप सोने के अपने बरतन से केवल तीन फीट दूर हो।

मेरे पति नॉर्मन को अपना पूरा जीवन भुगतना पड़ा, जिसे हम आज एक हीनभावना कहते हैं।

यह खयाल हमेशा मुझे परेशान करता है, क्योंकि मैंने हमेशा उन्हें एक बेहद प्रतिभाशाली और संवेदनशील व्यक्ति के रूप में देखा, जिनके उपहारों ने उनके जीवन का अच्छी तरह से अनुवाद किया है।

प्रचारक, परामर्शदाता, पिता, पति और दोस्त। फिर भी, चाहे हजारों से पहले बोल रहे हों। एक न्यूयॉर्क शहर में भीड़ के लिए सम्मेलन या प्रचार, नॉर्मन ने जो कुछ किया, वह बहुत आत्मविश्वास से युक्त नहीं था। इसलिए मैंने खुद को प्रोत्साहित करने के लिए कड़ी मेहनत की कोशिश की और उनके उपहारों का प्रयोग किया।

जब नॉर्मन ने पहली कुछ पुस्तकें लिखना शुरू किया तो शुरुआत में एक विफलता की तरह महसूस किया। विशेष रूप से एक में उन्होंने ईसाई धर्म के सिद्धांतों की व्याख्या करने की कोशिश की और वह भी आसानी से समझ में आ जानेवाली भाषा में। 'बाइबिल' के आधार पर पूरी पांडुलिपि से सरल तकनीकों पर चर्चा की, जिसने लोगों को अपना नवीनीकरण करने के लिए प्रोत्साहित किया, ताकि वे आभारी हों और बेहतर दृष्टिकोण व विश्वास के शक्तिशाली छंदों के लिए

शास्त्र खोजें। नॉर्मन संतुष्ट नहीं थे, जो उन्होंने लिखा था। वह कचरा पात्र के लिए पास गए और पांडुलिपि को उसमें गिरा दिया। यह निश्चित था कि यह अच्छा नहीं था।

मुझे पांडुलिपि मिली, उसे कुछ साफ कर दिया और इसे एक प्रकाशक को भेजा। पुस्तक 'ए गाइड टू कॉन्फिडेंट लिविंग' अगले कुछ वर्षों में पच्चीस प्रिंटिंग के माध्यम तक प्रकाशित हुई। वह एक पठनीय पुस्तक थी, इस संदेश के साथ कि भगवान् की मदद से आप कुछ भी कर सकते हैं।

बेशक, नॉर्मन दूसरी पुस्तकें लिखने के लिए चले गए, जिनमें से एक 'सकारात्मक सोच की शक्ति' आज तक प्रिंटिंग में रही है।

यंग मैन, मैं आशा करती हूँ और प्रार्थना करती हूँ, इसके दौरान जब आपकी इच्छा हो तो आपको प्रोत्साहित किया जाएगा। जीवन के एक बिंदु पर सबके साथ छोड़ने वाला पल जरूर आता है।

—रुथ स्टेफोर्ड पीले

फोन के दूसरी ओर से ग्रेग की चुप्पी तेज गूँजती है, जैसे वह इतने शक्तिशाली संदेश से उत्साहित थे, वह तुरंत नम्र हो गए थे।

"चार्ली, मुझे आपको बताना है कि यही वह था, जो मेरे सुनने के लिए बेहद जरूरी है।"

"मुझे पता है। यही कारण है कि मैंने इसे आपको पढ़कर सुनाया, बुद्धू।" उनके महान् परामर्शदाता ने जवाब दिया।

ग्रेग जोन्स की सरलता पर हँसने में मदद नहीं कर सके।

"हाँ, मैं आपके जीवन में एक महान् जीवन साथी या सलाहकार होने की शक्ति देख सकता हूँ। वह कहानी उल्लेखनीय है।"

"अस्वीकृति पर काबू पाने और किसी के खुद पर विश्वास करने की शक्ति पर कहानी सुनना चाहते हैं? रुकिए, डॉन ग्रीन को कॉल करें और पूछें कि आपके पास वे हिल के इस पत्र की एक प्रति भेज दें, जो उन्होंने तब घर भेजी थी, जब वह बाहर वही कार्य कर रहे थे, जो आज आप कर रहे हो। बस, सौ साल का अंतराल है!"

रिसीवर रखने से पहले ग्रेग ने जोंस को धन्यवाद दिया और अपने भरोसेमंद नोटपैड के पास पहुँचे तथा लिखा—

डर के बावजूद कार्य करो।

फिर उन्होंने उस नंबर को डायल किया, जो उन्हें हमेशा याद रहता था।

"हाय डॉन, ग्रेग बोल रहा हूँ। बस, अभी चार्ली जोंस के साथ ही बात कर रहा था। वैसे उन्होंने आपके लिए अभिवादन भेजा है।"

"वह कैसा है?" ग्रीन ने पूछताछ की।

"अच्छा, मुझे लगता है। उन्होंने मुझे पेट में सिर्फ एक-दो घूँसे मारे। मैं इन सभी अस्वीकरण के बारे में अपने लिए बहुत खेद महसूस कर रहा था, जब तक उन्होंने मुझे सीधा नहीं कर दिया। मैंने कभी नहों सोचा था कि मुझे एक पुस्तक प्रकाशित करने के लिए इतना संघर्ष प्रकाशित करना पड़ेगा। उन्होंने कहा, मुझे एक पत्र के बारे में बात करनी है, जो मि. नेपोलियन हिल ने घर भेजा था, जब वे सड़क पर अपना काम स्थापित कर रहे थे।"

"उन्होंने कई पत्र भेजे हैं; लेकिन मुझे लगता है कि वह जिसका जिक्र कर रहे हैं, वह अगले कार्यालय में होगा। एक सेकंड रुको।" ग्रेग सुन सकते थे। उन्होंने अपने सहायक को बुलाया, "एनीडिया, क्या तुम मुझे हिल के पत्रों का फोल्डर लाकर दे सकती हो?"

"चार्ली, कृपया मेरे लिए मिसेज पीले द्वारा लिखा गया पत्र पढ़ो। वह अद्‌भुत था।" ग्रेग ने कहा।

"हाँ, वह खुद बहुत खास है।"

डॉन ने कहा, "वह यहाँ है, क्योंकि उसने वह पाठ खोज लिया था, जिसे वह साझा करना चाहता था।" ग्रेग ने उसे अपने सहायक को धन्यवाद देते सुना। हालाँकि हिल की पुस्तक की लाखों प्रतियाँ बिकीं और लाखों लोगों की जिंदगी बदलने में उसने मदद की, जिससे उन्हें बड़ी सफलता मिलती है। कई लोग नहीं जानते कि बाजार में लाने के शुरुआती वर्षों में वे किस माध्यम से गुजरते हैं।"

"यह विश्वास करना मुश्किल लगता है। यह एक किंवदंती जैसी है।"

"वे कभी नहीं कर पाते, अगर वे हार मान लेते या सबसे महत्त्वपूर्ण बात, अगर लोगों की आलोचना और अस्वीकृति का असर उन पर हो जाता। वह बेहतर जानते थे। वास्तव में, आपने जो उल्लेख किया है, वह उन्होंने पहले किया था—'ज्ञान पाना' (जानना)।"

ग्रेग सहमत हुए, "मुझे ऐसा लगता है। मुझे पता है कि यह परियोजना कितनी अच्छी है और आप सब भी।"

डॉन चकित हो गए, "ठीक है, यह नेपोलियन के लिए जाने से अधिक है। जो पत्र मैं आपको पढ़कर सुना रहा हूँ, वह यह व्यक्त करता है कि आपके पास पहले से ही जो कुछ है, उसका दसवाँ हिस्सा है। यह उसने अपनी पत्नी को लिखा था।"

ENCOURAGEMENT

"We will soon be having lots of money. Leave it to me to get it, but meanwhile encourage me and tell me you think I can do it. You have no idea what it is like when not a soul on earth encourages you, and all the negative forces pour in on you. It takes super-human strength of will to throw them off. I would give anything if I had someone, even though they did not mean it or believe it, to tell me that they KNEW I COULD SUCCEED. I would like to hear this every day, and sometimes twice a day. I keep telling myself this, but it is not as if it came from an outsider. That other self in me keeps denying it when I say it. I suppose you understand what I am talking about, or DO YOU? If you do then you can sympathize with me, and perhaps you will help me. All I need is a little encouragement right now, and I will go over in a big way and bring home the bacon."

Letter written by Napoleon Hill on February 18, 1925 to Mrs. Florence Hill from Cleveland, Ohio.

"क्या वह नोट, जो मेरे पास है, उन चीजों की सराहना करने को कहता है।"

ग्रेग ने मिया, डेविड, उनके परिवार, उनके नए बनाए हुए दोस्तों और सलाहकार के बारे में सोचा, वह सबकुछ, जो उन्होंने सफलता के सिद्धांतों के बारे में ज्ञान के लिए खोज करने में सीखा था। "मैं इस तरह का इतना समर्थन पाने के लिए बहुत भाग्यशाली हूँ। मि. हिल के पास कुछ मोक्सी था, है न?"

"हाँ, वास्तव में।" ग्रीन ने जवाब दिया, "वे भी पी.एम.ए. की शक्ति को समझ गए।"

नए आए छात्र ने पूछा, "आपका क्या मतलब है?"

"ठीक है, अगर आप एक पल के लिए रुकते हैं तो जेम्स ओलेसन, हमारी नींव के अध्यक्ष, हमारे वार्षिक बोर्ड के लिए उनसे यहाँ मुलाकात है। वह इस विषय के एक विशेषज्ञ हैं।"

इससे पहले कि ग्रेग स्वीकार करते, उसने एक क्लिक और पृष्ठभूमि में संगीत की आवाज सुनी, जब फोन होल्ड पर रखा गया था।

"हैलो, मैं जिम बोल रहा हूँ।" एक दोस्ताना आवाज ने देश के दूसरे कोने से उसका अभिवादन किया।

"हैलो सर, मैं ग्रेग हूँ।" उन्होंने सम्मानपूर्वक जवाब दिया (और उन्हें ऐसा करने में अच्छा लगा)।

"मुझे पता है, तुम कौन हो। डॉन यहाँ कार्यालय के चारों ओर आप के बारे में शेखी बघारता रहता है।" उस व्यक्ति ने कहा, "वह कहता है कि तुम पी.एम.ए. के बारे में जानना चाहते हो।"

"हाँ, डॉन ने कहा कि आपका उस पर एकाधिकार है।"

"तुम यह कह सकते हो। मैं अपने जीवन को एक सकारात्मक मानसिकता के साथ जीता हूँ, जैसा कि हिल ने कई साल पहले सुझाव दिया था।"

"क्या ऐसा कहना करने से ज्यादा आसान नहीं है ?" वेस्ट कोस्ट के छात्र ने पूछा।

"हाँ, यह एक उदाहरण है एक सकारात्मक मानसिक रवैए के विपरीत होने का। क्या ऐसा नहीं है ?"

"मेरे खयाल से।" ग्रेग धीरे से बुदबुदाए, "ठीक है, मैं काट दूँगा। अब से मैं भी पी.एम.ए. दर्शन का पालन करूँगा। मेरा मतलब है, यह निश्चित रूप से सही विकल्प है।"

"निश्चित रूप से कहता है।" ओलेसन सहमत हुए, "मैंने अपना पूरा कॅरियर समर्पित कर दिया है उन लोगों के साथ साझा करने के लिए, जो उनके आसपास होते थे और जिंदगी के प्रति जिनका नजरिया समान था।"

ग्रेग ने पूछा, "वास्तव में ?"

"वे कहते हैं कि आपको नकारात्मक दृष्टिकोणवाले लोगों से दूर रहना चाहिए, लेकिन मैं कहूँगा कि आपको उनसे भागना चाहिए। बल्कि मैंने पाया है कि यदि आप अपने आप को प्रसन्न और सकारात्मक दृष्टिकोणवाले लोगों से घिरा पाते हैं तो वे लोग आपके सपनों का समर्थन करेंगे। इससे आपके सपने हकीकत बन जाते हैं।"

ग्रेग ने अपने नोटपैड को ठीक से पकड़ा और लिखा—

नकारात्मक दृष्टिकोणवाले लोगों से दूर रहो।

"क्या होगा, यदि आपके आसपास खुश लोग न हों, जैसे अपनी पुस्तक को प्रकाशित करवा पाने की कोशिश करते समय नेपोलियन हिल को सामना करना पड़ा था ?"

"यह आसान है। जब तक आप पा न लें, तब तक झूठ-मूठ का स्वाँग करें।"

ग्रेग ने कहा, "मुझे लगता है कि मैं स्वाँग करने में मास्टर हूँ।"

"मेरी पसंदीदा मि. हिल की कहानी वह है, जब वह एक पुस्तक प्रदर्शनी में अपनी

पुस्तक बेचने जाते थे। शहर में हर किसी के द्वारा अस्वीकार करने के बाद उन्होंने अपने आखिरी समय का इस्तेमाल आसपास के होटल में एक सुइट किराए पर लेने के लिए किया।

"यहाँ एक ऐसा लड़का है, जो घर जाने के लिए टिकट किराए पर नहीं ले सकता था, किंतु अपने आखिरी धन से सुइट किराए पर ले रहा था।"

नए लेखक ने पूछा, "उसने ऐसा क्यों किया?"

"जिस तरह से उसने इसे समझ लिया, वह एक्सपो में गया और उनके काम की समीक्षा करने के लिए आए प्रकाशकों को अपने कमरे में आमंत्रित किया। जब वे शानदार सुइट देखेंगे तो उन्हें पता चलेगा कि वह जानता था कि वह क्या कर रहा था और उसे किसी भी पैसे की जरूरत नहीं थी। इसलिए वे उसे मौके पर ऑफर करेंगे। इस प्रकार, उसे हजारों डॉलर बनाने का मौका मिलेगा।"

"शानदार कहानी; लेकिन मैं आपसे पूछता हूँ, क्या आप खुद से सवाल करते हैं?"

ऑलेसन ने कहा, "सभी अवसर पर।" और उनके कॉल को एक-दूसरे के करीब लाने के लिए उन्होंने एक उपयोगी सोने का डला बनाया। ग्रेग ने लिखा था—

लोग अपनी मान्यताओं पर संदेह करते हैं,
लेकिन उनके संदेह पर विश्वास करते हैं।
अपने आप पर विश्वास रखो
और दुनिया आप पर विश्वास करेगी।

□

दिमाग की कोई सीमा नहीं है
उनको छोड़कर,
जिन्हें हम स्वीकार करते हैं।

—**नेपोलियन हिल**

13

अवसर

इतने सारे लोगों से प्राप्त हुए सभी प्रोत्साहन और ज्ञान के बावजूद संदेह की बहुत मानवीय भावनाएँ और ग्रेग के लिए निराशा लगभग भारी थी। उसका बैंक खाता लगभग खाली हो गया था। लेकिन मिया अब उनके सिर पर एक छत को और अधिक उचित अपार्टमेंट रखने में मदद कर रही है।

क्या मैं कभी लेखक बनूँगा? क्या मैं ठीक कर रहा हूँ या यह सिर्फ एक और कल्पना है, जिसे मैंने बनाया है? वह स्वयं से पूछ रहे थे।

मिया ने उन्हें एक अनजान पल में पकड़ा, क्योंकि उन्होंने गड़बड़ी के बावजूद पांडुलिपि पर काम किया था। इसे हलके ढंग से रखने के लिए अपार्टमेंट में कार्यक्षेत्र बना लिया था।

"तो वास्तव में क्या चल रहा है?" उसने पूछा।

ग्रेग ने कराहकर कहा, "यह सिर्फ जिस तरीके से मैं चाहता हूँ, वह काम नहीं कर रहा है।"

मिया ने कहा, "शायद आपका समय मुश्किल हो रहा है, यह स्वीकार करते हुए कि चीजें वास्तव में काम करने जा रही हैं। लेकिन हो सकता है, वैसे न हो रही हों, जैसा कि आप उन्हें ठीक समय से चाहते हैं।"

उन्होंने अपनी आँखों को घुमाया और उसकी ओर चेहरा मोड़ दिया। वे खुले दरवाजे पर खड़ी थीं।

"अरे, अपने बेचारेपन को दूर करो और इस कमरे को साफ करो।" वह बोली, "अपने आसपास देखो। हलका महसूस करो, जाने दो। अपना काम स्वयं को करने दो, जो काम आपको करने की जरूरत है।"

ग्रेग उसकी बात नहीं सुन रहे थे। "कोई आश्चर्य नहीं कि कोई भी इस परियोजना को नहीं ले रहा है। यह कोई अच्छी बात नहीं है।" उन्होंने कहा, "मुझे लगता है कि मैं वैसे भी ऐसा करने योग्य हूँ।"

"क्या आप समाप्त् हो गए हैं?" मिया ने उसी स्वर में पूछा, जैसे कोई तीन साल की उम्र के बच्चे से बात करता है।

"हाँ, लेकिन यह निराशाजनक।"

"नहीं, बहुत हुआ।" मिया बीच में बोल पड़ी, "अपनी आत्म-बेचारगी को काट दो, आत्म-बहिष्कृत टिप्पणियाँ कम कर दो। अब तुम ठीक हो कि हर निराशा अपने सिस्टम से बाहर कर सको। चलो, एक मिनट के लिए फिर से समूह बनाते हैं।"

ग्रेग ने कहा, "मुझे इसकी आवश्यकता नहीं है।" वे अपने पैरों पर पैर चढ़ाकर बोले, "तुम मेरी माँ नहीं हो। अगर मुझे तुमसे सलाह चाहिए तो मैं खुद माँग लूँगा, तो मैं चाहता था, इसके लिए पूछा है।"

"आपके पास है। आपने मुझे अपने जीवन में पूछा। मैंने यहाँ होने का फैसला किया। हमने साथ रहने का फैसला किया है। मैं आपके साथ बहस नहीं कर रही हूँ, ग्रेग; लेकिन मैं आपकी आत्मनिर्भरता में नहीं जा रही हूँ। आपको अपने कान खोलने और डरे हुए मस्तिष्क से बाहर निकलने की जरूरत है।"

तभी टेलीफोन बज उठा, जिसने दोनों को एक शानदार पूर्ण पैमाने की लड़ाई से बचा लिया।

"हाय ग्रेग, मैं डॉन ग्रीन बोल रहा हूँ। आप कैसे हैं?"

ग्रेग ने जवाब दिया, "हमेशा की तरह बहुत अच्छे नहीं।"

"ठीक है, जल्दी से इसे खत्म करो, क्योंकि आपको किसी व्यक्ति को फोन करने की जरूरत है। वह हिल फाउंडेशन का मित्र है और हिल के काम का एक बड़ा प्रशंसक है। मैं अपने सहायक को कहूँगा कि आपको उसकी जीवनी भेज दे। मैं चाहता हूँ, आप उसके साथ आएँ और उसे अपनी कहानी बताएँ। चुनौतियों का सामना करने के बारे में बात करें। इस लड़के के पास एक महान् संदेश है।"

ग्रेग ने कुछ हद तक पुनर्निर्मित स्वर में कहा, "कर लेंगे।"

"मैं चीजों के चलने के तरीके के बारे में थोड़ा सा नीचे गया हूँ, उसके लिए माफ करना। यह उस बिंदु पर है, जहाँ मैं एक के लिए इंतजार कर रहा हूँ, खुद को दिखाने के लिए साइन करें।"

ग्रीन ने कहा, "तो आप इसे कभी नहीं देख पाएँगे। ज्यादातर लोग दर्शन के साथ जाते हैं। जीवन के माध्यम से उन्हें कुछ देखने की जरूरत है, इससे पहले कि वे विश्वास कर सकें, जब सच में, वे बस···

कुछ में विश्वास करने की जरूरत है। उन्हें यह सच पता होना चाहिए और तभी वह कुछ खुद को दिखाएगा।"

छात्र ग्रेग अपने अच्छी तरह से इस्तेमाल नोटपैड को लेने के लिए उठे। एक कोने में गंदे कपड़े धोने से भरा एक डफल बैग सिकुड़ा हुआ था, उनके कार्यक्षेत्र का। उसे वास्तव में आगे बढ़ने की जरूरत थी।

मिया के अपार्टमेंट को व्यवस्थित करके जाओ। उसका ध्यान नोटपैड पर वापस लाओ। ग्रेग ने लिखा—

इससे पहले कि आप इसे देख सकें, आपको इस पर विश्वास करना चाहिए।

"धन्यवाद, डॉन। मुझे वास्तव में अभी यह सुनना जरूरी है।" ग्रेग ने प्रशंसा के साथ कहा।

ग्रीन ने फोन रखते हुए कहा, "मुझे बताना कि यह कैसे होता है?"

एक से अधिक पेज लिखने की कोशिश करने के लिए ग्रेग अपने लैपटॉप के सामने बैठ गया।

अगली सुबह वह एक पूरी तरह से अलग दिन के दर्शन कर रहा था, वह भी एक बहुत बेहतर दृष्टिकोण के साथ।

ग्रेग ने खुद को एक फिसलन भरी ढलान पर महसूस किया, लेकिन वह अभी तक गिरे नहीं थे। सबसे महत्त्वपूर्ण बात यह है कि उन्होंने मिया को अपनी आँखों से नए नजरिए के साथ भी देखा। वह पहले से कहीं ज्यादा सहायक थी। वह बदले में था, पहले से ही उसके आदमी में बदलाव देखा। इस बार, जब वह गिर गया, वह और अधिक जल्दी और उसका दृष्टिकोण वापस उछाल लेगा और वह पहले से कहीं अधिक मजबूती से वापस आ गया।

"मि. डडले?" ग्रेग ने रिसेप्शनिस्ट से पूछा, जब उसने अपना अगला साक्षात्कार व्यवस्थित करने के लिए बुलाया।

"वह आपसे सुनने की उम्मीद कर रहा है। वास्तव में, वह यात्रा कर रहा है टेक्सास में अभी और सुझाव दिया है कि मैं आपको अपना फोन नंबर दूँगा।" उसने जवाब दिया।

टेलीफोन डायल करते हुए उन्होंने इस बात पर परिलक्षित किया कि चीजें कैसे बदली हुई थीं। मूल रूप से किसी की जैकेट चुराए जाने से कुछ महीने पहले, लेकिन बाद में इसे पूरा करने के लिए इसे मालिक को वापस करने का फैसला किया। आज उनके पास एक शाब्दिक "कौन, कौन ̈है।"

व्यक्तिगत सेल फोन निर्देशिका द्वारा दोहराए जाते थे। उन सभी अविश्वसनीय लोगों की मदद करने के लिए अपनी कहानियों को साझा किया था। अब उसका मिशन और

उनका कर्तव्य था कि उनकी कहानियाँ हर किसी के लिए उपलब्ध कराएँ।

"यहाँ जो˙˙˙।" डडली ने जवाब दिया और ग्रेग को वापस झटका दिया।

वर्तमान कॉल से पहले उसने थोड़ा पृष्ठभूमि जाँच की थी। उनके साक्षात्कारकर्ता, जो डडली सह-संस्थापक, अध्यक्ष थे और डडली प्रोडक्ट्स के सी.ई.ओ., दुनिया के सबसे बड़े उद्यमियों में से एक, जातीय बाल देखभाल और सौंदर्य देखभाल उत्पादों के निर्माताओं, साथ ही कॉस्मेटोलॉजी प्रशिक्षण के एक प्रदाता थे। एक मूल से सिर्फ 10 डॉलर का निवेश डडली ने लाभदायक बनाया था।

3 करोड़ डॉलर का साम्राज्य। विनिर्माण सुविधाओं के साथ शुरुआत अपने स्वयं के रसोईघर में, अपनी पत्नी और बच्चों के साथ कर्मचारियों के रूप में, डडली अब 80,000 वर्ग फीट के कॉरपोरेट के साथ एक कंपनी चला, मुख्यालय और विनिर्माण सुविधा नियोजित 400 लोग। डडली एक सफल उद्यमी था। वह अंतरराष्ट्रीय स्तर पर एक प्रेरणादायक वक्ता के रूप में जाना जाता था। एक मानवतावादी, जिन्होंने बहुत अधिक खर्च किया, उसका समय समुदाय को वापस दे रहा है।

"हाय, जो ग्रेग सैन डिएगो में यहाँ। मैं तुम्हारा दोस्त हूँ, तुम्हारा अच्छा दोस्त। डॉन ग्रीन भी हमारे जैसा है।"

"मैंने आपके बारे में बहुत कुछ सुना है कि आप क्या कर रहे हैं।" डडले ने कहा, "दुनिया को एक पुस्तक की जरूरत है और आप उस पर काम कर रहे हैं। हम सभी को खुद को समय-समय पर याद दिलाने की जरूरत है, सिर्फ इसलिए कि हम नीचे खटखटाए जाते हैं। मतलब, हमें नीचे रहना है।"

क्या यह लड़का उसकी जासूसी कर रहा था? वह कैसे हुआ?

पता है कि ग्रेग किसके माध्यम से जा रहा था?

डडले ने कहा, "मुझे आपसे साझा करने के लिए कुछ कहानियाँ मिली हैं। कल्पना कीजिए, 1960 के दशक में एक काला, अशिक्षित, घर-घर जाकर बेचनेवाला विक्रेता था, किंतु एक भाषण बाधा के साथ। मुझे मानसिक रूप से मंद लेबल किया गया था। असल में, मेरी एक प्रेमिका थी, जिसका साथ मुझसे छूट गया था; क्योंकि वह बेवकूफ लड़कों को नहीं जानती थी।"

"आप मुझसे मजाक कर रहे हो। दुनिया में कैसे किया, उसे सँभालें?"

डडली ने जवाब दिया, "मैंने एक रणनीति विकसित की, जिसने मेरी मदद की, अँधेरे समय के माध्यम से। यह एक निजी मंत्र है, जो इस तरह गाया जाता है।"

एक महान् संदेश आ रहा है। ग्रेग ने अपना अगला वाक्य लिखा—

मैंने किया, मैं कर रहा हूँ, मैं करूँगा।

"मतलब, मैं कर सकता हूँ, मैं करूँगा, मैं कर रहा हूँ! हमें नकारात्मकता से दूर रहना है। ज्यादातर लोग आपके काम करने के बारे में नकारात्मक होंगे, यदि आप जो कर रहे हैं, वह सही होगा। तथ्य यह है कि यदि लोग आपकी आलोचना नहीं करते हैं तो संभावना है कि आप शायद पर्याप्त नहीं कर रहे हैं। वे सोचते हैं कि आप जो कर रहे हैं, वह बुरा है। वे सिर्फ डर रहे होते हैं कि वे आपको खो देंगे या आप उनसे दूर हो जाएँगे।"

ग्रेग एक लंबे पल के लिए चुप था। वह इस महान् उद्यमी के विचारों को आत्मसात् कर रहा था।

"हर दरवाजे पर जा-जाकर वह एकदम बदल गया था, ऐसा कि दूसरों की जिंदगी बदलने में मदद कर सकता था। जब मैं एक बच्चा था तो एक ग्रामर स्कूल में था। मेरे शिक्षकों ने मेरी माँ से कहा कि मैं मानसिक रूप से मंद हो गया हूँ और मेरा कुछ भी नहीं हो सकता। मेरी माँ ने मुझसे कहा, 'मैं तुम पर विश्वास करती हूँ। हाँ, मुझे पता है कि तुम धीमे हो, तुम्हारे शिक्षकों को पता है कि तुम धीमी बिल्ली हो, यहाँ तक कि तुम जानते हो कि तुम सामान्य गति से धीमे हो, लेकिन अच्छी खबर यह है कि भले ही तुम धीमे हो, एक बार जब तुम कुछ प्राप्त करते हो, यह चिपक जाता है।'"

ग्रेग डडले के संक्रामक उत्साह पर हँसे।

उन्होंने ग्रीन के बिना जारी रखा।

"मेरी माँ ने मुझ पर विश्वास किया और मुझे विश्वास था कि मेरी माँ, जिसने मुझे अपने आप में विश्वास करने में मदद की। मैं भाग्यशाली था कि अपने प्यार से मैंने शादी की और अत्यधिक शिक्षित बच्चों की पढ़ाई में भी सर्वश्रेष्ठ रहे। इसे याद रखें, बस इसी तरह नेपोलियन हिल ने कहा, "हर झटके और चुनौती में है। यह एक बराबर या अधिक अवसर है। मैंने सीखा कि तेजी से सबकुछ में लाभ होता है। तेजी से होने का एक फायदा है और एक धीमा होने में, एक लंबा होने वाला और एक होने में कम। कुंजी यह जानना है कि आपका लाभ क्या है और इसका उपयोग करें। लेकिन यहाँ रहस्य है—यदि आप नहीं करते हैं तो कोई और करेगा और इसे आपसे दूर ले जाएगा।"

ग्रेग ने अपने नोटपैड पर डडले के कथन का सारांश लिखा--

अपना लाभ ढूँढ़ें और इस्तेमाल करें,
अन्यथा कोई इसे आपसे दूर ले जाएगा।

डडली ने आगे कहा, "प्रश्न यह है कि आप किसमें अच्छे हैं?"

आत्मविश्वास की एक नई भावना महसूस करते हुए नवयुवक ने पूछा, "अपने अनुभव के वर्षों के माध्यम से आपकी सफलता की आपकी परिभाषा क्या होगी?"

फोन दूसरे छोर पर चुप हो गया और ग्रेग डर गए कि उन्होंने कुछ गलत कहा

होगा। फिर एक महान् ऊर्जा के साथ डडले ने उत्तर दिया, "दुनिया वास्तव में मेरे वर्षों के माध्यम से बदल गई है। जब मैं एक छात्र था, ग्रेड स्कूल से मुझे केवल एक अलग परिसर में भाग लेने की अनुमति दी गई। हमारे घर में हमारे पास कोई टी.वी., रेडियो या फैंसी कपड़े नहीं थे। हम चौदह सदस्य थे, एक छोटे केबिन में रह रहे थे और हमने इसे सबसे अधिक बनाया है। एक चीज, जो कभी नहीं बदली है, वह है कि किसी भी पृष्ठभूमि के लोग कुछ भी कर सकते हैं, जो वे चाहते हैं। जब तक वे भावुक होते हैं और भीड़ से अलग खड़े होने के इच्छुक होते हैं।"

उसने गहरी साँस ली और जारी रखा, "बाजार में आजकल एक व्यक्ति को अपना काम करना चाहिए। हम हमारे लिए देखभाल करने के लिए अन्य लोगों पर लंबी गिनती नहीं कर सकते। आपको अपनी वह स्थिति बनानी है, जो आपके लिए सही है। नौकरी देनेवाला बनें, नौकरी लेनेवाला नहीं।"

इससे पहले कि ग्रेग जवाब देते, उन्होंने तुरंत महसूस किया कि सब ठीक-ठाक था। उन्हें एक सुनहरा अवसर दिया गया था—अपने सफलता समीकरण का पालन करने का अवसर और अब उसे अपने सलाहकारों के कथन का पालन करना चाहिए और कैसे लागू करना है, सीखना चाहिए था। उन्होंने डडले से ज्ञान के एक टुकड़े के लिए कहा, ऐसा, जो कि उसके बाद हर पीढ़ी के पास होगा।

डडली की प्रतिक्रिया यह थी, "प्रेरणा संबंधी पुस्तकों से ज्ञानार्जन कर अपनी बुद्धि तीव्र करें। कड़ी मेहनत करें, शानदार काम करें और दिन के अंत में नौकरी देनेवाला बनें, नौकरी लेनेवाला नहीं। दूसरे शब्दों में, अपने अवसर खुद बनाएँ।"

ग्रेग ने अपने नोटपैड पर फिर लिखा—

नौकरी देनेवाला बनें, नौकरी लेनेवाला नहीं।

अपने अवसर खुद बनाएँ।

उस रात वह फोन कॉल आ गया, जिससे वह डर रहे थे।

उन्होंने पिछले सप्ताह डेविड के पास पहुँचने की कोशिश की थी, किंतु असफल रहे। उन्होंने कुछ संदेश छोड़े, लेकिन उन्हें वापस कॉल का जवाब नहीं मिला। इससे पहले दोनों लगभग रोज बात कर रहे थे। डेविड बैठकों में जा रहा है, जीवन का एक नया तरीका स्थापित कर रहा है, अल्कोहल या दवाओं के बिना अपने कॅरियर में अगले कदमों के बारे में सोच रहा है।

डेविड की प्रगति पर ग्रेग खुश थे। वे उसमें संचारित नई ऊर्जा महसूस कर सकते थे और उसकी आवाज में आत्मविश्वास भी देख सकते थे। वह खुद को उससे मिलने से रोक नहीं सके। एक शांत मित्र और भाई के साथ समय बिताने के लिए वे प्रतीक्षा नहीं

कर सके; लेकिन फिर अचानक, कुछ भी नहीं...

वे खुश थे कि जब उन्होंने फोन उठाया तो मिया उनके साथ थी। उन्होंने कॉल का जवाब दिया, "डेव!" उन्होंने अभिवादन किया, "तुम कहाँ हो, मेरे दोस्त?"

पहले वाक्य के साथ यह स्पष्ट था कि डेविड ने पी रखी थी, "मैं वैगन से गिर गया।" उसने स्वीकार किया।

ग्रेग लगभग निःशब्द थे। उनका डर, निराशा से भर गया और क्रोध में उन्होंने कहा, "एक अच्छी रात की नींद पाएँ और कल सुबह मुझे फोन करें, डेव। और हाँ, कल पीना नहीं।"

□

परेशानियों की अपेक्षा न करें, क्योंकि उनके पास
निराश नहीं करने की प्रवृत्ति है।

—नेपोलियन हिल

14

रवैया

डडले से साक्षात्कार और डेव के गिरने ने ग्रेग को फिर से तुरंत काररवाई में ला दिया। उनके पास पर्याप्त नकारात्मकता थी, जो उनकी चेतना में दिखने लगी थी। वह अब पुस्तक लेखन को साकार रूप देने के लिए प्रतिबद्ध थे और वह इससे भी ज्यादा आश्वस्त थे कि जो इस पुस्तक को प्रकाशित करेगा, वह एक सर्वश्रेष्ठ विक्रेता होगा और अब ऐसा लगता था, जैसे अन्य लोग भी ऐसा ही सोचने लगे हैं।

अपने आकस्मिक मिलन की मुठभेड़ों से सभी संदेश लेते हुए उन्होंने एक विषय बनाया, जो निश्चित रूप से पुस्तक को एक बड़ी सफलता देगा।

यह तब तक लंबा नहीं था, जब तक कि वह और उसके एजेंट ने बैठकें नहीं की थीं, न्यूयॉर्क शहर में सबसे बड़ी प्रकाशन कंपनियों के साथ—वही लोग, जिन्होंने पहले उन्हें दूर कर दिया था।

पूर्वी तट की उड़ान खुद में एक घटना थी, लेकिन यह था एक पी.एम. शिखर सम्मेलन, जिसमें उनकी रुचि थी। मैडिसन स्क्वायर गार्डन के सामने उन्हें शीघ्र ही एहसास हुआ कि वह जल्द ही उस उद्योग की सर्वोच्च प्रतिष्ठित प्रकाशन कंपनी, जो कि विश्व-प्रसिद्ध इमारत के पेंटहाउस सुइट में स्थापित है, के प्रतिनिधियों से मिलेगा। उनका दिल जोरों से धड़क रहा था।

कॉन्फ्रेंस करने के लिए एक बड़ी गोल मेज थी और वहाँ पर प्रचार विभाग के अध्यक्ष ग्राफिक डिजाइन के निदेशक और नए अधिग्रहण के उपाध्यक्ष बैठे थे। क्या अविश्वसनीय अनुभव था!

अंत में, ग्रेग ने महसूस किया कि उन्हें एक बड़ा ब्रेक मिलने वाला था। बैठक के दौरान उन्होंने पुस्तक के तरीके का वर्णन किया, प्रवाह के लिए विचारों का सुझाव दिया

जाएगा और चर्चा के प्रभावी वितरण के लिए उनकी अवधारणाएँ थीं। ऐसा लग रहा था कि हर किसी को वह परियोजना पसंद आई थी। बैठक से बाहर निकलते हुए मार्गे, उन्हें एजेंट, ने उनके कंधे पर अपनी बाँह रखी और कहा, "कुछ बड़ा करने और पाने के लिए तैयार हो जाएँ।"

ग्रेग रोमांचित थे। अंतत: सबकुछ सही रास्ते पर जा रहा था।

उस रात सोना असंभव था। उनका दिमाग दौड़ रहा था और कल्पना कर रहा था उस अग्रिम राशि की, जो वह प्राप्त करने वाले थे। अगले दिन फोन अपने कमरे में था।

"यह मार्गे है। हमें एक प्रस्ताव मिला है।"

विश्वास से परे उत्साहित ग्रेग अपने पैरों पर उछल पड़े।

"यह क्या है?"

"वास्तव में, इसने मुझे आश्चर्यचकित कर दिया है।" उन्होंने शांत स्वर में कहा, "मैंने इतने वर्षों में ऐसे कम प्रस्ताव को नहीं देखा है। यह शर्मिंदगी भरा है या यह एक टाइपो की गलती भी हो सकती है।"

ऐसा लगा मानो ग्रेग का गला सूख गया हो और पाँव में जान न रही हो। उन्होंने पूछा, "हमारा अगला कदम क्या रहेगा?"

"ठीक है, मैंने यह देखने के लिए पहले से ही एक संदेश छोड़ दिया है कि क्या यह एक गलती थी और जब वापस जवाब आता है तो मैं आपको बता दूँगी। माफ कीजिएगा! मैंने बस, सोचा था कि आप जानना चाहते हैं।"

नया लेखक चुपचाप बैठ गया। वह थोड़ा सा समय भी घंटों की तरह लग रहा था और दिमाग में सारा दिन का वृत्तांत घूम रहा था, प्रत्येक शब्द, जो सम्मेलन में बोला जा रहा था।

कुछ भी ठीक नहीं है। कमरे में हर कोई वास्तव में दिलचस्पी से काम कर रहा था, ऊर्जा उभर रही थी और प्रतिक्रिया पूरी तरह से उनकी व्याख्या का समर्थन कर रही थी।

पृथ्वी पर कैसे लोग इस तरह की परियोजना पर कूद नहीं सकते थे? उन्होंने सोचा। हमारे पास अविश्वसनीय अंतर्दृष्टि है, जो दुनिया के नेताओं से, ज्ञान के महान् मस्तिष्कों से ली गई है, जिनका उल्लेख नेपोलियन हिल फाउंडेशन का समर्थन करना नहीं है। यह समझ में नहीं आता है।

एक कार्यकारी निर्णय लेते हुए उन्होंने किसी को भी फोन न करने का फैसला किया, इस समाचार के साथ कि कोई भी जब तक वह प्रस्ताव की अधिक जानकारी नहीं दे।

पुस्तक तक पहुँचने के लिए वह प्रकाशकों को उत्साहित कर रहे थे। उन्होंने अपनी पांडुलिपि के शब्दों को प्रतिबिंबित करना शुरू कर दिया। इन सभी लोगों के पास उनके

पहले क्या हो गया था, जो उन्होंने पाया या उनकी सफलता हासिल की।

उन्हें एक बार फिर समानता की याद दिला दी गई थी, अपने स्वयं के संघर्ष और जिनके बारे में वह लिख रहे थे। ऐसा लगता है, कहानी उनके लिए इतनी ज्यादा नहीं लिखी जा रही थी। प्रतिबद्धता और उत्साह की एक नई भावना से भरे हुए उन्होंने अपनी दृढ़ता हासिल की। उन्होंने स्नान किया, अपनी पसंदीदा शर्ट पहनी और कुछ याद किया कि उसके साक्षात्कारकर्ताओं ने उन्हें अपनी यात्रा के साथ क्या बताया था।

अगर आप कुछ बदलना चाहते हैं
तो उसे देखने का नजरिया बदलें।

यह एक सज्जन बॉब प्रॉक्टर के साथ हाल की बैठक से लिया गया था। वे व्यक्तिगत कोचिंग साम्राज्य के संस्थापक हैं, जिसे 'लाइफ सक्सेस' कहा जाता है।

प्रॉक्टर ने विपरीत परिस्थितियों पर काबू पाने की एक अविश्वसनीय कहानी साझा की थी। उन्होंने कहा कि जब उन्होंने अंततः अपनी पहली पुस्तक पूरी की थी तो उसे उसने बिना नाम, पता या संपर्क के एक टैक्सीकैब में छोड़ दी थी। जब यह बात उन्होंने अपनी पत्नी को बताई, वह उनके शांत आचरण पर हैरान थीं। उन्होंने पूछा, "आप जरा भी परेशान क्यों नहीं हो?" उनकी प्रतिक्रिया जो थी, उन्होंने ग्रेग को सबसे ज्यादा अपने रद्दी में से निकाला और फिर से लिखने के लिए उस पुस्तक को तैयार किया, जो अब एक अंतरराष्ट्रीय सर्वश्रेष्ठ विक्रेता के साथ समाप्त हो गई।

जब ज्यादातर लोग हार मान लेते और भावनात्मक निराशा देते थे, उन्होंने इसकी बजाय देखने के लिए पूरी तरह से आशावादी दृष्टिकोण चुना और किसी भी स्थिति में पुस्तक को एक नए परिप्रेक्ष्य के साथ फिर से लिखना शुरू किया। मूल पांडुलिपि का नुकसान उनके लिए एक आशीर्वाद साबित हुआ था।

प्रोक्टर ने ग्रेग को भी बताया था, "एक अतिरिक्त छोटा सा ज्ञान का टुकड़ा है, जिस पर मैं विश्वास करता हूँ और जीता हूँ। वह है आपका दिन और रवैया, जो आपके उठने के पहले पाँच मिनट बाद निर्धारित किया जाता है।"

अपनी नोटपैड को देखते हुए ग्रेग को एहसास हुआ कि उन्होंने कभी यह नहीं लिखा था। अतः उन्होंने उस विचार को दर्ज किया—

आपके पहले पाँच मिनट आपके दिन को निर्देशित करते हैं।

इस सरल सत्य को लागू करते हुए ग्रेग ने तुरंत बदलाव महसूस किया। बजाय विफलता महसूस करने के उन्होंने इस तरह महसूस किया कि वे विफलता से बहुत दूर थे। वास्तव में, दुनिया में सबसे बड़े प्रकाशन संस्थानों में से एक उनकी पुस्तक प्रकाशित करना चाहता था। अपनी पुस्तक जारी करने के लिए यह सिर्फ एक आश्चर्यजनक रूप से कम प्रस्ताव था, जो रॉयल्टी के खिलाफ अग्रिम भुगतान दे रहा था। उन्हें यह मानना

था कि यह शायद एक लेखक के रूप में किसी भी ट्रैक रिकॉर्ड की कमी के आधार पर कम होगा।

सकारात्मक संभावनाओं के चलते एजेंट भी इतना उदास था, क्योंकि उसे पुस्तक के हिट होने की उम्मीद थी, जिसके परिणामस्वरूप सामने से एक बड़ा 'पे-चेक' आएगा, ऐसा लग रहा था।

ग्रेग ने अपनी निराशा को कृतज्ञता में बदल दिया कि उन्हें अभी प्रकाशित लेखक होने के लिए अपना पहला प्रस्ताव मिला था।

वह जानते थे कि हर किसी को बुलाकर उसने अच्छी खबर साझा की। भावनात्मक रोलर कोस्टर समझाते हुए वह मार्गदर्शन के लिए पूछना चाहते थे, या जैसा कि जोनाथन बकलैंड ने कहा, "मंत्रणा करना चाहते थे कि उनका अगला कदम क्या होना चाहिए।"

मि. बकलैंड ने कहा, "बधाई हो! अब, जब आपके पास आपका आत्मविश्वास वापस लौटकर आ गया है, आप जानते हैं कि कम-से-कम एक प्रकाशक है, जो वह पुस्तक चाहता है। मैं आपको जारी रखने के लिए चुनौती देता हूँ और यह समझने के लिए कि यह प्रक्रिया का सिर्फ एक हिस्सा है।"

"धन्यवाद, मि. बी।" प्रशिक्षु ने जवाब दिया, "जिस तरह से मैं इसे देखता हूँ और खुद को बताना जारी रखता हूँ कि अगर सबकुछ आसानी से आता तो मैं शायद इसकी सराहना नहीं कर पाता।"

"यह एक अच्छा रवैया है और बहुत सच है। इसके अलावा, कृपया पता रखें—समय में, आप सफल होंगे और भले ही यह हो सकता है कि प्रकाशक नहीं बनें, आप आखिरकार साथ जाएँगे। एक और बात याद रखें कि यह सिर्फ तुम्हारे बारे में नहीं है। यह इन सभी महान् संदेशों को साझा करने के बारे में भी है, सफलता की कहानियों की एक विश्व स्तरीय टीम से। याद है कि आप उन्हें पाठ्यक्रम के साथ रहने के लिए भी देय हैं।"

उत्साह की एक नई भावना के साथ, ग्रेग ने जारी रखने के लिए एक कोर्स निर्धारित किया। परियोजना और नम्रता से अपने एजेंट से प्रारंभिक प्रस्ताव में गिरावट के लिए कहा। यह जानकर कि वहाँ कहीं कुछ बेहतर था।

हालाँकि अब तक ग्रेग ने खुद को कुछ महीने दिए थे पुस्तक को पूरा करने के लिए और कई बार वह फिसल गए थे, फिर सब खत्म हो गया; लेकिन उनका सपना अभी भी बहुत जिंदा था। अपनी स्थिति पर प्रतिबिंबित करना और अपने नोटपैड के माध्यम से पन्ने पलटने लग गए। एक नाम पर उन्हें झटका लगा। वह उन्हें लगभग भूल गए थे—डेविड एम. कॉर्बिन, एक पुरस्कार विजेता आविष्कारक, स्पीकर और एक प्रक्रिया के निर्माता, जिन्हें 'इल्यूमिनेट' कहा जाता है।

उन्होंने एक कहानी को याद किया, जो कॉर्बिन ने उनसे साझा की थी, जो पेशेवर आँख की देखभाल करने वाले एक समूह के साथ काम करने के बारे में थी। हालाँकि डॉक्टरों को पता था कि उनके ग्राहकों को गुणवत्तावाले चश्मे की जरूरत है, उन्होंने यह भी स्वीकार किया कि वे विक्रेता के मुकाबले ज्यादा बेहतर डॉक्टर थे।

जो कॉर्बिन ने किया था, वह बस एक इशारा था कि वे इनकार करने की सामूहिक अवस्था में थे। इन ग्राहकों को उनके चश्मे की जरूरत थी और किसी को उन्हें बेचना था। कॉर्बिन ने डॉक्टरों को दिखाया कि विक्रेता होने पर ध्यान केंद्रित करने की बजाय उन्हें समस्याओं पर ध्यान केंद्रित करना चाहिए। इस मामले में उन्हें एक नया दृष्टिकोण विकसित करना चाहिए कि वे सेवा में थे, अपने मरीजों की सहायता करते थे कि उन्हें अपनी जीवन-शैली बेहतर बनाने के लिए क्या-क्या खरीदना चाहिए।

जिस तरह से आप कुछ देखते हैं, उसे बदलने के बारे में बात करें। ग्रेग ने नोट्स के माध्यम से पृष्ठ बदलते हुए कॉर्बिन के साथ उनकी बैठक के बारे में सोचा—

सकारात्मकता को बढ़ाएँ,
नकारात्मकता को दूर करें।

जैसे जॉनी मर्सर का एक पुराना गीत है, उसकी तरह और एक मोड़ के साथ। हालाँकि एक सकारात्मक मानसिकता बनाए रखने में कॉर्बिन का रवैया बड़ा आस्तिक था, वह उचित क्षेत्रों पर ध्यान रखने के फायदे भी समझते थे, जिन्हें कुछ काम की जरूरत थी। आप नकारात्मकता को प्रदर्शित करने के लिए अपने पी.एम.ए. का उपयोग करते हैं, उसके साथ सौदा करते हैं और आगे बढ़ने के लिए सोचते हैं!

यह अच्छी सलाह है, मेरा मतलब है—'मंत्रणा'। ग्रेग ने सोचा, अपनी गलती जानकर और यह जानकर कि महान् ज्ञान किसी भी लायक नहीं है, अगर लागू नहीं किया जाए। उन्होंने अपना नोटपैड हटा दिया और अपने सेल फोन को जेब से बाहर निकाला।

"चार्ली, मैं ग्रेग बोल रहा हूँ। एक बात पूछूँ तुमसे?"

"बेशक।" सलाहकार का जवाब आया, "आपके मन व मस्तिष्क में क्या चल रहा है?"

"ईमानदारी से मुझे बताना कि कौन सी ऐसी कमी है, जिसकी वजह से यह पुस्तक की परियोजना कामयाब नहीं हो पा रही है? क्या ऐसा कुछ है, जो मुझे करना चाहिए?"

जोन्स ने जवाब दिया, "वास्तव में, अगर पूरी ईमानदारी से कहूँ तो हाँ, कुछ कमी है।" जोन्स ने थोड़ा झिझककर जवाब दिया।

भले ही वह ग्रेग ही थे, जिन्होंने पूछा था, किंतु फिर भी प्रतिक्रिया की तीव्रता पर वह लगभग डर गए। "कृपया मुझे बताएँ।" उन्होंने रिसीवर में कहा।

"केन ब्लैंचर्ड और मैं एक नई पुस्तक पर काम कर रहे हैं।" जोन्स ने कहा, "और

जब हम अपनी कुछ टिप्पणियों की तुलना कर रहे थे तो अचानक मेरे मन में एक विचार कौंधा। आपके हाथों में शुद्ध जादू है और आपने एक महान् कथा का लेखन किया है, वह भी अविश्वसनीय रूप से सफल लोगों से प्राप्त अविश्वसनीय ज्ञान के साथ। फिर भी एक चीज है, जिसकी कमी उस लेखन में खल रही है।"

फोन की दूसरी तरफ ग्रेग एकदम शांत थे—अपनी खुद की रोशनी की प्रत्याशा में।

"आपको अपने लेखन के साथ कुछ मदद की जरूरत है। आप बहुत अच्छे युवा हैं और आप में काफी कुछ खास है; लेकिन मैं आपको बताना चाहूँगा कि केन और मैं भी मदद पाने के लिए बाहर निकलते हैं। मुख्य बात यह है कि यह परियोजना आपके हिसाब से बड़ी हो गई है और सबसे महत्त्वपूर्ण बात यह है कि अब आप इसका श्रेय उनको देते हैं, जिनके साक्षात्कार अपने लिए कुछ सहायता प्राप्त करने के लिए और उनकी कहानियाँ सर्वोत्तम तरीके से अलंकृत कर साझा भी की गई हैं।"

जोन्स ने आगे कहा, "मैं चाहता हूँ कि आप एक सहयोगी लेखक ढूँढ़ने पर विचार करें, जो आपको इस पुस्तक को सर्वश्रेष्ठ बनाने में मदद कर सकता है। नेपोलियन हिल फाउंडेशन के लिए यह करो; उन लोगों के लिए यह करो, जिनका आपने साक्षात्कार लिया है और अपने लिए यह करो। यही सब है, जो आना चाहिए।"

फिर उन्होंने अपनी बात समाप्त करते हुए कहा, "जैसा कि आप जानते हैं, मैं इस बात को सर्वश्रेष्ठ मानता हूँ कि सफलता का तत्त्व विश्वास है और मैं चाहता हूँ कि आप इसे समझ सकें। मुझे विश्वास है कि आप सही दिशा में, सही ढंग से काम करेंगे।"

'कोई दबाव नहीं।' ग्रेग ने खुद से कहा। यह जानकर कि अभी वही उसे बताया गया है कि उसका लेखन उत्तम कोटि का नहीं, बल्कि सामान्य है और आकर्षक नहीं है तो अब, जैसा उसे बताया गया है कि कौन हो सकता है वह अंतिम लापता पहेली का टुकड़ा? वह चाहता था कि वह जल्दी मिल जाए।

"मुझे लगता है कि एक बार जब आप कुछ प्रकाशित करने के लिए तैयार हो जाते हैं तो आपको उसे स्वीकार करने के लिए भी पर्याप्त मजबूत होना चाहिए।" उसने कहा। यह कुछ ऐसा था, जो वह मिया के साथ साझा करने के लिए उत्सुक था।

□

सफलता के लिए किसी स्पष्टीकरण की आवश्यकता नहीं है;
विफलता निष्फलता के बहाने को अनुमति नहीं देती।

—नेपोलियन हिल

15
संगति

अगली सुबह जब ग्रेग उठे तो उन्होंने सबसे पहले अपने एक सलाहकार का नंबर डायल किया, जिस पर वे सबसे अधिक भरोसा करते थे।

"हाय डॉन, यह मैं हूँ, ग्रेग। कल मैंने अपने दोस्त चार्ली के साथ बात की···"

इससे पहले कि वह बात खत्म करता, ग्रीन ने उसकी बात को बीच में ही काट दिया, "हाँ, मुझे उसने कल फोन किया था। तब पता चला। तो अब तुम क्या सोचते हो?"

ग्रेग ने कहा, "वे जो कह रहे थे, अब यह समझ में आता है। यह परियोजना सिर्फ मेरे बारे में कभी नहीं रही है। यह तो संदेश के बारे में है—यह सबसे महत्त्वपूर्ण बात है। मैं इस उद्योग में किसी को भी नहीं जानता, जो हमें समर्थन देने के लिए काफी मजबूत हो और जिसके बारे में हम बात कर रहे हैं।"

"मैंने सोचा था कि आप यह कह सकते हैं। हाँ, मैं आपको एक नंबर देता हूँ।"

बस, यूँ ही। कॉल की स्पष्ट प्रत्याशा के मद्देनजर इस बारे में डॉन ग्रीन सोच रहा था कि कौन सबसे अच्छा उम्मीदवार होगा?

"उसका नाम शैरोन लेक्टर है। वह हमारे साथ काम कर रही है, कुछ अन्य परियोजनाओं के साथ। उसे एक चर्चा दें और देखें कि क्या यह वह चीज है, जो वह भी करना चाहती है। वैसे, मुझे पता है कि वह इस पुस्तक में बहुत कुछ जोड़ सकती है।"

लेखक ग्रेग ने पूछा, "क्या मैं उसका काम जानता हूँ?"

"मुझे यकीन है, तुम जानते हो। उन्होंने 'रिच डैड, पुअर डैड' नामक पुस्तक का सह-लेखन किया और रिच डैड श्रृंखला में चौदह अन्य पुस्तकें भी लिखीं। संयुक्त आधार पर मुझे लगता है कि उन्होंने दुनिया भर में करीब 2.7 करोड़ पुस्तकें बेचीं। इससे

पहले उन्होंने बच्चों के लिए पुस्तकों के आविष्कारक के साथ काम किया, जिससे कंपनी को विकसित करने और बेचने में मदद मिली।

उनके पास बहुत सारे प्रकाशन अनुभव हैं और वे भी श्रेय देती हैं 'थिंक एंड ग्रो रिच' को, जो उन्हें सफलता पाने की प्रेरणा देती है। आओ, इसके बारे में सोचो। हाल ही में संयुक्त राज्य अमेरिका के राष्ट्रपति द्वारा अपनी सलाहकार परिषद् में उन्हें वित्तीय साक्षरता के पद पर नियुक्त किया गया था।"

"क्या बात है! यह अविश्वसनीय है। मैंने बस, जॉन होप ब्रायंट से मुलाकात की है। वे उस परिषद् के उपाध्यक्ष हैं। वह वास्तव में एक छोटा सा संसार है। मैं उसे अभी, तुरंत पुकारता हूँ।"

ग्रीन ने कहा, "कोई दुर्घटनाएँ नहीं हैं, ग्रेग। शैरोन एवं जॉन ब्रायंट अच्छे दोस्त हैं और वे दोनों पूरी दुनिया में वित्तीय साक्षरता बढ़ाने के लिए प्रतिबद्ध हैं। भले ही वह अभी आपके साथ काम नहीं कर पाई, फिर भी मुझे यकीन है कि वह आपको अच्छी सलाह दे सकती है, जो आपको करना चाहिए उसके बारे में।"

ग्रेग मन-ही-मन हँसे। वह शब्द फिर से 'सलाह' था। शायद यह वह जवाब था, जिसकी उसे आवश्यकता थी। 'विश्वास' और 'स्थिरता' जैसे शब्द मनोबल को बनाए रखने के लिए बने हैं।

टेलीफोन मीटिंग बहुत ही अच्छे ढंग से समाप्त हो गई। शैरोन शायद समझ गई थीं कि वास्तव में पुस्तक को किस चीज की आवश्यकता प्रदान करनी थी। उन्होंने स्थिति को बहुत अच्छी तरह से समझ लिया और ग्रेग से उन्हें पांडुलिपि का अधूरा प्रारूप भेजने के लिए कहा। उन्होंने ग्रेग से आगे कहा, "चिंता मत करो, ग्रेग। बस, आगे बढ़ते रहो। डॉन को आप पर बहुत ज्यादा विश्वास है। हिम्मत मत हारो।"

कुछ तनाव भरे दिनों के बाद ग्रेग ने उन्हें फोन किया, यह पूछने के लिए कि उनके काम के बारे में वे क्या सोचती हैं।

"सबसे पहले तो मुझे यह कहना है कि मुझे लगता है कि आपके पास सोने की खान है।" उन्होंने कहा। फिर टिप्पणी दी, "मजाक को एक तरफ रखकर मैं आपसे यह कहना चाहूँगी, ग्रेग कि आपके पास समृद्ध सामग्री है, उसकी जिसे आप पूरा करना चाहते हैं। बस, उसके लिए तेज दृष्टि चाहिए। आपके पास अद्‍भुत सलाह के साथ महान् कथाओं का एक अनमोल गुच्छा है। बस, आपको पाठक को अपने दिमाग में रखने की जरूरत है। जब आप लिख रहे हों तो ऐसे लिखें, जैसे आप अपने पाठक से बात कर रहे हों। यह कथा के प्रवाह को बेहतर बनाने में मदद करेगा। मैं भी सोचती हूँ कि हमें नेपोलियन हिल के मूल ज्ञान में और अधिक झाँकने की जरूरत है। आज के नेताओं की ये महान् सफलता की कहानियाँ आपके पास हैं।"

मूल रूप से वर्णित सफलता के कई सिद्धांतों को 'थिंक एंड ग्रो रिच' ने साझा किया और ये लोग ज्यादातर एक ही समूह से हैं, वही जनसांख्यिकीय। हमें इसका थोड़ा मिश्रण करने की जरूरत है और साथ ही एक नरम स्वर जोड़ने की भी, साथ ही अधिक विविधता भी शामिल करें, ताकि दर्शक पुस्तक का अनुभव कर सकें, न कि केवल उन्हें पढ़ सकें।"

शैरोन की अंतर्दृष्टि और संपर्क संयोजन जल्दी-जल्दी प्रवाहमय होने लगे। उसने ग्रेग के लिए कारवाई की योजना बनाई, जो कि उनकी मदद की पेशकश करते हुए आगे काम करेगी और परियोजना को वापस पाने में स्वतंत्र रूप से उनकी मदद करेगी। तब ग्रेग ने सवाल उठाया। उन्होंने पूछा कि "क्या वह पुस्तक खत्म करने में उसके साथ काम करने के लिए तैयार हैं?"

वह बिना किसी हिचकिचाहट के शैरोन के कदम उठाने और पुस्तक की परियोजना पर संशोधित करने को सहमत हो गई। "हम इन उद्यमियों और नेताओं को पाठकों के दिलों में लाना चाहते हैं। मेरे मन में उनके लिए बहुत सम्मान है। उन्होंने अपने मिशन पर ध्यान केंद्रित किया। उन्होंने अपनी कंपनियों और उनकी कंपनियों के ग्राहकों को पहले रखा और अपने अहंकार को बीच में आने की अनुमति नहीं दी। वे यथार्थवादी लोग हैं, जो आंतरिक सलाह के आधार पर चलते हैं। पाठकों को उनके ज्ञान और उनकी इच्छा से संबंधित होकर पता चलेगा कि उन्होंने बड़ी सफलता के लिए अपने रास्ते में कठिन समय के साथ कैसे व्यवहार किया।"

शैरोन ने प्रारंभ से शुरू किया और पूरी परियोजना को फिर से लिखना शुरू कर दिया—वास्तव में, पुस्तक आकार में दोगुनी हो गई। जब ग्रेग ने नई पांडुलिपि को अच्छी तरह से पढ़ा तो वह उस बदलाव का प्रभाव महसूस कर सकते थे। उस पुस्तक के योगदानकर्ता अपने ज्ञान को साझा करते वक्त जीवंत हो उठे थे।

और फिर एक तरफ थोड़ा सा स्त्रियोचित पहलू भी था।

"ग्रेग, हमें और अधिक महिलाओं का साक्षात्कार करने की जरूरत भी है।" उन्होंने कहा, "आज की पीढ़ी में कई सफल महिला नेताओं ने प्रथम अन्वेषक का निर्माण किया। हो सकता है, वे सब वैसी ही हों, जिन्हें उन चुनौतियों का सामना करना पड़ा। जो शायद सामना करने वालों के समान हों और जिन लोगों का आपने पहले ही साक्षात्कार ले लिया है, लेकिन महिलाओं का अपना एक अलग दृष्टिकोण होता है। उन चुनौतियों का जवाब देकर जीत हासिल करने का एक अद्वितीय दृष्टिकोण और उस परिप्रेक्ष्य के अंतर्गत यह जो अंतर है, वह साझा करने लायक है। तो अब आपके लिए समय आ गया है कि आप एक और बिजनेस आइकॉन के साथ साक्षात्कार का समय सुरक्षित करें।" उसने एक विनोदी रूप से व्यंग्यात्मक स्वर में कहा, "और हाँ, वह एक महिला है।"

उसके बाद ग्रेग एक और साक्षात्कार के लिए निकल गए थे।

ग्रेग ने टेनेसी में ज्यादातर हवाई यात्रा की और अपनी आगामी बैठक के लिए थोड़ा सा शोध कर लिया। उसके बगल में एक अच्छा दिखनेवाला, काले बालोंवाला युवा धूप का चश्मा पहने बैठा था। उसने सोचा कि यह व्यक्ति या तो एक फिल्म स्टार हो सकता है या फिर कोई और।

निश्चित रूप से एक बात तय थी कि इससे कोई फर्क नहीं पड़ता कि ग्रेग कहाँ था या नहीं, वह क्या कर रहा था या नहीं; लेकिन अगर उसने किसी ऐसे व्यक्ति को देखा, जो उसे दिलचस्प लग रहा हो तो उसके लिए वे खुद अपना परिचय देने को आगे बढ़ते थे।

"हाय, मैं ग्रेग हूँ।" उन्होंने कहा और उनसे मिलाने के लिए अपना हाथ बाहर निकाला। उन्हें एक हॉलीवुड कनेक्शन की उम्मीद थी।

"माइक लाइन।" उस व्यक्ति ने कहा, जब दोनों अभिवादन का आदान-प्रदान कर रहे थे।

उड़ान में अभी तीस मिनट बाकी थे। ग्रेग को यह समझ आ गया कि माइक हॉलीवुड से बहुत दूर था। फिर भी उसकी कहानी उन्हें रोमांचकारी होगी, ऐसा लग रहा था।

ग्रेग यूरोप से कनेक्टिंग फ्लाइट पकड़ने के रास्ते पर थे और अंतरराष्ट्रीय अंतरिक्ष प्रशिक्षण कार्यक्रम में भाग लेने के लिए जा रहे थे।

उस महत्त्वाकांक्षी लेखक को यह जानकर प्रसन्नता हुई कि उसका नया परिचय इतिहास में एकमात्र ऐसे व्यक्ति को स्वीकार किया जाना था, जो कॉलेज की डिग्री के बिना भी कार्यक्रम में आमंत्रित था। ऐसा इसलिए था, क्योंकि वह उस इमारत के मध्य में था, जिसे 'स्पेस एलीवेटर' कहते हैं।

ग्रेग ने पूछा, "स्पेस एलीवेटर क्या है?" वह अंदाजा लगाना चाहते थे कि ऐसा कुछ कैसा दिखता होगा।

माइक ने उन्हें इस तरह से समझाया, "जैसे कि अच्छी तरह से अभ्यास किया गया हो, जिस तरह टेलीविजन और पत्रिका के लिए कई साक्षात्कार के वक्त बताया जाता है। कल्पना करें कि एक गेंद के साथ आपके सिर के चारों ओर एक स्ट्रिंग लगी हुई हिल रही है और वह स्ट्रिंग तनी हुई रहती है, ठीक है?"

ग्रेग ने हामी भरते हुए (जैसे समझ आ रहा हो) सिर हिलाया।

"लिफ्ट के लिए योजना एक ही तरह से काम करती है। विचार यह था कि महासागर के सबसे शांत भाग में एक फ्लोटिंग स्टेशन का निर्माण करना है। वहाँ से हम

अंतरिक्ष में हजारों मील दूर एक रॉकेट छोड़ेंगे। उस क्षेत्र में एक बार हम एक लंबा केबल तार, जो कि बहुत सारी नैनोट्यूब्स से बना है, छोड़ते हैं। वे ट्यूब्स बहुत ज्यादा पतली और हलकी होती हैं, लेकिन स्टील से भी ज्यादा मजबूत होती हैं। फिर हम गुरुत्वाकर्षण बल द्वारा केबल को नीचे खींचने देते हैं।"

जब माइक कहानी सुना रहा था तो केबिन के एनी लोग भी कान लगाकर सुनने लगे। हवाई जहाज में फिर से एक मिनी सेमिनार जैसा बन गया था। यह एक आदत ऐसी बन गई थी ग्रेग की, जिसका उन्होंने आनंद लेना शुरू कर दिया था—खास तौर पर, साथी यात्रियों के साथ में।

"जैसे ही एक बार केबल अस्थायी गोदी (बंदरगाह का वह हिस्सा, जहाँ पर जहाज से माल चढ़ाया व उतारा जाता है।) से जुड़ता है, वह अपना खुद का सहारा बन कार्य करता है (जैसे कि स्ट्रिंग के अंत में गेंद की तरह)। इसके बाद हम नैनोट्यूब्स में एक प्रकार की गाड़ी लगाएँगे। रिबन व अंतरिक्ष के लिए मार्गदर्शन करने के लिए एक लेजर प्रणाली का उपयोग होता है, इसलिए इसे 'स्पेस एलीवेटर' कहते हैं (अंतरिक्ष लिफ्ट)।"

ग्रेग ने चारों ओर देखा और वह यह देखकर प्रसन्न था कि वह अकेला ही नहीं था, जिसके चेहरे पर एक आश्चर्यजनक अभिव्यक्ति थी, बल्कि ऐसे बहुत से व्यक्ति थे। उस केबिन में उपस्थित लगभग सभी लोग हतप्रभ थे।

"यह अविश्वसनीय है।" उन्होंने प्रोत्साहित किया। वे और अधिक जानना चाहते थे, "मुझे आपसे यह और पूछना है—आपके अनुसार आपके इस अद्भुत विचार के लिए बाहरी दुनिया क्या सोचती है?"

"मेरे खयाल से, ज्यादातर लोग यह सोचते होंगे कि मैं पागल हूँ।"

हर कोई, जो उसकी बात सुन रहा था, उसकी इस टिप्पणी पर जोर से हँस पड़ा।

ग्रेग ने पूछा, "क्या आप हैं?"

"हरगिज नहीं। मुझे पता है कि यह अगला वैज्ञानिक कदम है। इसके पीछे अवधारणा यह है कि एक बार केबल जगह पर होने के बाद हम लोग आसानी से सस्ते सौर संग्राहकों को छोड़ सकते हैं, जो जनता के लिए ऊर्जा लाने का एक और विकल्प है। यह उन लोगों को शक्ति लाएगा, जो अन्यथा इसे प्राप्त करने में सक्षम नहीं होंगे।"

वहाँ एक बार फिर से एक ही संदेश सुनाया गया, जो कुछ समय पहले परियोजना के लिए अपनी निश्चितता के बारे में पूछे जाने पर बताया था; किंतु माइक ने जो जवाब दिया, वह वर्षों तक ग्रेग के साथ रहेगा।

ग्रेग ने सफल होने की रणनीतियों को सीखने का मुद्दा बना दिया था कि लोगों ने कैसे अपनी ऊर्जा तब भी बनाए रखी है, जब दूसरे उन्हें बाहर निकालना चाहते थे।

माइक ने एक मूर्ख अभिव्यक्ति के साथ कहा, "मुझे भी आपसे पूछने दो। अगर

आप जानते थे कि आपके पास कैंसर का इलाज था तो आपको ऐसा करने से क्या रोक रहा था? वह नहीं, जो आपको चलने नहीं देता; वह भी नहीं, जो आपको प्रेरित नहीं करता; बल्कि वह, जो आपको रोकता है। अगर यह आपको पता चल जाता तो आप दुनिया बदल सकते थे?"

ग्रेग ने सबसे ईमानदार स्वर में जवाब दिया, जो उन्होंने कभी नहीं कहा था, "कुछ भी तो नहीं।"

अपने नोट्स में लिखते हुए उन्होंने अपना पहला प्रश्न खुद को लिखा—

तुम क्या जानते हो?

माइक ने अपना विचार खत्म करते हुए कहा, "मैं ऐसा महसूस करता हूँ कि कोई भी मेरे इस सपने को सच करने से मुझे कभी भी नहीं रोक सकता। बहुत बाधाएँ हो सकती हैं, बहुत झटके और देरी हो सकती है; लेकिन इससे कोई फर्क नहीं पड़ता। यह वही है, जिसे मैं अपना जीवन दे रहा हूँ।"

जैसे ही विमान ने जमीन को छुआ, दोनों ने संपर्कों का आदान-प्रदान किया और ग्रेग अपनी अगली बैठक की ओर अग्रसर थे।

टेनेसी की यात्रा। कई लोग याद कर सकते हैं—

डॉलीवुड, ग्रेसलैंड या ग्रैंड ओल ओप्री की यादें। ग्रेग के लिए यह यात्रा एक पूरी तरह से अलग परिप्रेक्ष्य के कारण थी, जो कि उन पर एक अविश्वसनीय निशान छोड़ जाएगी कि उस दिन के बाद से उन्होंने सफलता को कैसे देखा। जब वे नैशविले होटल पहुँचे तो काँप रहे थे। वे ठंडी, सर्द हवा महसूस कर रहे थे, जो उनके गालों को छूकर जा रही थी। यह सामान्य कैलिफोर्निया की धूप नहीं है, जैसा मैंने देखा है। उन्होंने अपने मन में सोचा अपने मुँह से निकलती भाप को देखकर, जो एक ड्रैगन की आग की तरह उनके मुँह से श्वास के साथ उड़ रहा था।

वह खुद का परिचय पेश करतीं, उससे पहले ही ग्रेग ने उन्हें पहचान लिया। वह डेबी फील्ड थीं, जिन्हें 'मिसेज फील्ड कुकी एंपायर' के नाम से सबसे अच्छी तरह से जाना जाता था।

ग्रेग ने कहा, "मेरे साथ बैठक में भाग लेने के लिए धन्यवाद। यह बहुत खुशी की बात है।" उसने उनका एक लड़के की तरह स्वागत किया, क्योंकि उनकी पसंदीदा चॉकलेट चिप कुकीज उसके दिमाग पर थी।

"मेरे लिए भी बेहद खुशी की बात है। मुझे कुछ भी करने के लिए, नेपोलियन हिल फाउंडेशन का हिस्सा बनने के लिए सम्मानित किया गया है।" उसने गर्मजोशी से जवाब दिया।

होटल के रेस्तराँ में कुरसी पर बैठते हुए उन्होंने सीधे पूछताछ शुरू कर दी। उसे

साझा करने के लिए उसे उकसाया कि उसने कैसे यह मताधिकार से शुरू किया?

"जब मैं एक युवती थी, हमारे घर में एक नियम था। हमारे खाने की प्लेट में जो कुछ भी परोसा जाता, वह सबकुछ हमें खाना होता था। एक शाम हमें कुछ परोसा गया, जो मैं खाना नहीं चाहती थी। मुझे याद है, मध्य रात्रि तक मैं वहाँ बैठी रही और फिर मेरी माँ हर बीतते मिनट के साथ और अधिक उग्र हो गई।"

"फिर तुमने क्या किया?"

उसने बताया, "मैं वहाँ बैठी रही।" फिर कहा, "मैंने पानी की एक घूँट भरी और खत्म करने से पहले थोड़ा रुकी। अंत में, मेरी माँ अंदर चली गई और मैं भी अपने बिस्तर पर सोने चली गई।"

ग्रेग ने कहा, "यह एक अच्छी कहानी है; लेकिन इसका आपके कुकी साम्राज्य के साथ क्या तालमेल है?"

उसने कहा, "सबकुछ; क्योंकि तब से मैंने अपना खाना बनाना शुरू कर दिया। यद्यपि हमारे पास चुनने के लिए 'सस्ती' सामग्री थी, मैंने पाया कि मुझे बेकिंग करना बहुत पसंद था। जब मुझे बेबीसिटिंग से मेरा पहला पैसा मिला तो मैंने वह बाजार जाकर फिल्म देखकर खर्च करने की बजाय (जो अधिकांश बच्चे करते हैं) सबसे अच्छी खाद्य सामग्री खरीदने में लगाया, जैसे नेस्ले चॉकलेट के टुकड़े, सबसे बढ़िया मूँगफली का आटा तथा और भी बहुत कुछ। फिर मैं घर आ गई और मैंने अपनी जिंदगी की सबसे पहली कुकीज बनाई।"

"अब मुझे अपने दोस्त रॉन ग्लोसेर को जाकर बता देना है, जो कि हर्शे से है कि आपने उसे धोखा दिया।" ग्रेग ने मजाक किया, जो एक और सवाल के साथ समाप्त किया, "क्या आपके परिवार को वे कुकीज पसंद आई थीं?"

"क्या उन्होंने किया? हर किसी ने किया और वैसे रॉन एक बहुत प्यारा आदमी है। मैं पिछले साल एक बिजनेस कॉन्फ्रेंस में उनसे मिली थी।"

उसने आगे कहा, "तब से वास्तव में मुझे सनक चढ़ गई और एक दिन बिजनेस में जाने का मैंने अटल फैसला कर लिया। इसके अलावा, मैंने केवल सर्वोत्तम सामग्री का उपयोग करने का खुद से वादा किया और कुछ भी हो जाए, पर कभी उत्तमता से समझौता नहीं करना...पूर्णता से काम करना है।"

बहुत अच्छी तरह से जाना कि ज्ञान आ रहा था। ग्रेग ने अपनी कलम उठाई और अगला विचार लिखने के लिए तैयार हो गए।

"मैंने पूरे श्रीमती फील्ड्स ब्रांड को एक सरल दार्शनिक वाक्य के साथ बनाया।"

काफी अच्छा है—कभी नहीं है।

ग्रेग ने टिप्पणी की, "यह चीजों को देखने का एक शानदार तरीका है। मैं आपको

यह नहीं बता सकता कि मैंने कितनी बार चीजें करने की कोशिश की है और अब मैं प्रतिबिंबित करता हूँ, लेकिन कभी भी वह प्रयास कामयाब नहीं हुआ।"

डेबी फील्ड्स ने अपने हाथ उठाए और अपने कंधे 'मैं क्या करूँ' की मुद्रा में उचकाए। उसने कहा, "हमने अपने मानकों को इतना ऊँचा रखा है कि त्रुटियों पर भी अति उत्कृष्ट विचार किया गया था।"

"जब आपने अपना पहला स्टोर खोला था तो आप कितने वर्ष की थीं?"

"विश्वास करो या नहीं, मैं केवल बीस वर्ष की थी। मैं विवाहिता थी और बहुत ज्यादा घबराई हुई थी; लेकिन मुझे पता था कि मैं कुछ अच्छा कर रही थी।"

"आपकी माँ की प्रतिक्रिया क्या थी? क्या उन्हें गर्व था?" ग्रेग ने पूछताछ की।

"वापस पीछे मुड़कर देखने पर मैं निश्चित रूप से कह सकती हूँ कि मैं अपनी सफलता का श्रेय अपनी माँ को देती हूँ।"

"वे इतनी ज्यादा सहायक थीं?"

"बिल्कुल विपरीत। वे हमेशा मुझे कहती रहती थीं कि मैं असफल हो जाऊँगी कि यह व्यवसाय चलाना बहुत कठिन होगा और मैं चाहती हूँ कि तुम हार जाओ और तुम्हें सफलता कभी न मिले।"

इस अप्रत्याशित प्रतिक्रिया पर ग्रेग की आँखें आश्चर्य से चौड़ी हो गईं।

डेबी ने आगे कहा, "मैंने अपने उत्प्रेरक के रूप में उनके संदेह का इस्तेमाल किया। उनकी आवाज आगे बढ़ने के लिए निरंतर अनुस्मारक के रूप में मेरे कानों में गूँजती रहती थी। बीती बातों की जाँच करने पर उसने मेरे लिए एक जबरदस्त प्रेरक का काम किया।"

ग्रेग ने कहा, "चीजों को देखने का यह एक शानदार तरीका है।" अभी भी वह उनके जवाब से थोड़ा आश्चर्यचकित थे। नेपोलियन हिल के सबक में से एक ग्रेग के दिमाग में आया। श्रीमती फील्ड्स ने विपत्ति की राह चुनी थी। उनकी माँ में आस्था की कमी थी और उसने उनकी जिद को एक लाभ में बदल दिया।

उन्होंने जवाब दिया, "निश्चित रूप से विकल्प को मारता है। जब आपको पता है कि आप कुछ ऐसा कर रहे हैं, जो आपको पसंद है तो आपको कभी भी, किसी भी व्यक्ति को अपने रास्ते में नहीं आने देना चाहिए।"

ग्रेग को एहसास हुआ कि उस छोटे से वाक्य में, ठीक उसी वक्त, उन्होंने संक्षेप में बता दिया था कि इतने सारे लोग असफल क्यों हो जाते थे। ऐसा नहीं था कि उनके लक्ष्य बहुत अधिक थे या उनमें सफल होने की महत्त्वाकांक्षा का अभाव था। बस, यह कुछ ऐसा था कि उन्होंने दूसरों को उनकी सीमाएँ निर्धारित करने की अनुमति दे दी थी। ग्रेग ने अपने नोटपैड में लिखने के लिए याद किया—

कभी भी अन्य लोगों को अपने रास्ते में खड़े न होने दें।

विपदा को लाभ में बदल दें—उनके संदेह को उत्प्रेरक बना लें।

डेबी ने बताया, "मेरे लिए मुझमें मेरी माँ के विश्वास की कमी ही मेरी सभी प्रेरणा की जरूरत थी। उस दिन से आगे मैंने खुद को 100 प्रतिशत देने का वादा किया, जब तक कि मैंने अपना सपना सच नहीं बनाया। सपना सच हो गया—याद रखने के लिए कि काफी अच्छा है।"

ग्रेग ने वाक्य समाप्त किया, "कभी नहीं है।"

फिर उन्होंने पूछा, "वैसे, आपने नाम क्यों चुना, श्रीमती फील्ड्स? खासकर, जब आप केवल बीस वर्ष की थीं, जब आपने पहली खुदरा दुकान खोली।"

"मैं विश्वास करती थी कि मैं क्या कर रही थी और लोगों को बता देना चाहती थी कि मैं अपने उत्पाद के पीछे खड़ी थी।" उन्होंने सपाट स्वर में जवाब दिया।

"यदि आपके पास कुछ ऐसा है, जो सार्थक है तो अपना नाम डाल दें।"

इससे पहले कि उन्हें एहसास होता, एक घंटे से अधिक समय बीत गया था। वे उन कठिनाइयों की कहानी के बाद और कहानियाँ साझा कर रही थीं, जिन्होंने उन्हें अपने लक्ष्यों को प्राप्त करने की ओर आगे बढ़ाया।

फील्ड्स ने बताया कि उनके लिए जीवन रेत में जल्दी-जल्दी चलने जैसा था, जहाँ आपको लगातार चलने की जरूरत होती है। हमेशा एक पल की सूचना पर अपनी दिशा बदलने के लिए तैयार रहें, और क्या हो सकता है कि डर में कभी हार न आए। आपको आगे बढ़ने के लिए अभी सही रास्ता मिल गया है।

ग्रेग ने मन-ही-मन सोचा, मैंने कितनी बार संघर्ष की पहली अवस्था में ही हार मान ली है! मैंने कितनी बार दूसरों को मेरे सपनों को कुचलने दिया है? और ज्यादा नहीं, वह उस दृढ़ संकल्पवाली महिला को घूर रहा था। वह अब अन्य लोगों के संदेह के कारण खुद को लकवाग्रस्त नहीं करेगा। इसके बजाय उसने खुद से वादा किया कि वह एक उत्प्रेरक बनेगा, एक ऐसा उत्प्रेरक, जो अपने संदेह को प्रेरणा-स्रोत में बदलेगा, जो प्रतिकूलता को लाभ में बदल देगा।

डेबी फील्ड्स समझ गईं कि जीवन से अधिक लाभ प्राप्त करने के लिए आपको और करना चाहिए। चुनौती और सफलता की उनकी कहानी एक ब्लूप्रिंट की उपलब्धि की कहानी थी, जिसे उन्होंने सहज ढंग से समझाया। ग्रेग को शैरोन की बात अब बेहतर समझ आ रही थी कि क्यों पुस्तक में वह स्त्री परिप्रेक्ष्य को शामिल करना चाहती थी।

यह स्पष्ट था कि इससे कोई फर्क नहीं पड़ता कि वे कैसे व्यक्ति से मिलते हैं या वे किस व्यापार की रेखा में थे। सभी की मूल रूप से एक ही कहानी थी, बस, विभिन्न दृष्टिकोणों से थीं, अलग-अलग तरीकों से बताई गईं और विभिन्न भावनात्मक चुनौतियों

के साथ। ग्रेग को डेबी एक पूर्व साक्षात्कारकर्ता इवेंडर होलीफील्ड की याद दिला गईं, जिन्होंने कहा, "उच्चतम मानकों को सेट करें।"

वहाँ कोई मुफ्त सवारी नहीं थी और न ही कोई आसान कदम थे। ग्रेग को एहसास हुआ कि सफलता एक दृष्टि होने के बारे में है, उसके प्रति आगे बढ़ने के इच्छुक होने से है और जब आप जानते हैं कि आप अपने जीवन-मार्ग से अलग नहीं हैं तो आप हार नहीं मानते हैं।

कुछ लोगों को एक उत्साही अनुभाग मिलता है, दूसरों को उसके विपरीत मिलता है और यह तय करने के लिए प्रत्येक व्यक्ति पर निर्भर करता है कि कौन सा सेवा करने या सुनने के लायक है।

हवाई अड्डे के होटल से उन्होंने डेविड को कॉल की। इन दिनों उन्हें कोई उम्मीद नहीं थी—अच्छी, बुरी या निराशापूर्ण; लेकिन उन्होंने फैसला किया कि वे लगातार अपने भाई के पास जाएँगे और उसके लिए वहाँ रहेंगे। कोई फर्क नहीं पड़ता कि क्या होता है या नहीं।

डेविड ने कहा, "मैं अभी भी दिन गिन रहा हूँ, भाई। मैं दो सप्ताह से शांत हूँ, फिर एक दिन में एक समय।"

"क्या आप वह कर रहे हैं, जो आपको करना चाहिए था?"

"हाँ। एक पेय नहीं उठाना प्राथमिक बात है। मेरे पास हर एक दिन के लिए एक सफलता की कहानी है, जिसे मैं नहीं पीता हूँ।"

खुद के होने के बावजूद ग्रेग मुसकराए, "एक दिवसीय सफलता। मुझे पसंद है। मैं सफलता को एक दिन जरूर हासिल करूँगा।"

□

जब आप अपने अवचेतन मन को पुकारते हैं,
आपको वैसा ही करना चाहिए, जैसा आप चाहते हैं,
यदि आप पहले से ही भौतिक चीजों के
कब्जे में थे, जो आप माँग रहे हैं।

—नेपोलियन हिल

16

साहसपूर्ण बदलाव

किसी भी प्रेरक संगोष्ठी में जो अभिवादन आपको मिलता है, उससे बेहतर कुछ नहीं होता है। आप सचमुच ऐसी ऊर्जा महसूस कर सकते हैं, जैसे आप दालान में दौड़ते हुए करते हैं।

"हाय!" एक व्यक्ति ने अभिवादन किया, "मेरे दोस्त, आपका स्वागत है!"

एक और चिल्लाया। ग्रेग ने सभी के साथ थोड़ा असहज महसूस किया, जब उनके आसपास के उत्साही लोग उन्हें घेरकर बात कर रहे थे, विशेष रूप से विचार करते हुए उन्होंने महसूस किया कि उन्हें हाल ही में इन्हीं लोगों ने नकार दिया था। वह निश्चित रूप से स्वयं को इस जगह से दूर महसूस कर रहे थे।

एक अजनबी ने एक ऊर्जावान् स्वर में कहा, "हमें खुशी है कि आप हमारे साथ हैं।" जिसने रिचर्ड सिमन्स को अपना सर्वश्रेष्ठ प्रदर्शन करने के लिए उकसाया और यद्यपि ये लोग आजीविका से भरे हुए थे, किंतु कम-से-कम सिर्फ कहने के लिए ही सही, पर ग्रेग उनकी ईमानदारी समझ सकते थे।

"हाय!" ग्रेग ने कहा, "ऐसा लगता है कि मुझे सही जगह मिल गई है।"

उन्होंने अपनी शर्ट पर एक स्टिकर लगाया था, जिस पर लिखा था—'हाय, मैं ग्रेग हूँ।'

"यदि आप प्रसन्न, सकारात्मक, समाधान खोज के समूह के पात्रों की तलाश में हैं तो आपने निश्चित रूप से सही पाया है।" एक आदमी ने उत्तर दिया।

युवा लेखक ने कहा, "मैं आपके मुख्य वक्ता की तलाश में हूँ। मूल संस्थापक में से एक हैं फ्रैंक मैग्वायर, जो संघीय एक्सप्रेस के सदस्य हैं। क्या आप जानते हैं कि मैं उन्हें कहाँ खोज सकता हूँ?"

“सीधा, इस तरफ से।” वह आदमी उन्हें एक कमरे में बैठक की ओर ले गया। “वह लाइनअप में आखिरी बार चला जाता है। प्रत्येक व्यक्ति उसकी कहानी सुनने के लिए उत्साहित है।”

“मैं भी।” ग्रेग ने जवाब दिया।

दरवाजे के पास से निकलते हुए वह तुरंत जान गया था कि मैग्वायर कौन था। बहुत सारे लोग इकट्ठा हुए थे। सभी लोग उसके साथ चित्र या आकृति चित्र चाहते हैं। उससे एक के बाद एक सवाल पूछे जा रहे थे, मोर्चे पर आगे पहुँचने की बजाय, जो उसकी पूर्व शैली और दृष्टिकोण था। ग्रेग चुपचाप बैठे थे, जब तक आखिरी व्यक्ति ने मैग्वायर के साथ एक निजी पल नहीं बिताया था। यह ग्रेग का पहला साक्षात्कार था, जो उन्होंने अपने उस्तादों की सहायता के बिना किया था। वे देखना चाहते थे कि अगर लोग खुलेंगे तो लगेगा, जैसे जब उन्होंने बाहरी पार्टी द्वारा पेश किया था, तब उन्होंने किया था। क्या वह सबसे आम भाजक है?

जब वे अपनी बारी का इंतजार कर रहे थे तो एक शांति जैसी महसूस कर रहे थे, जो अभी भी थी, जो उनके लिए अभी भी नई थी, एक भावना कि भले ही अभी भी कई सवाल थे, जिनके जवाब देने थे और पर्वत थे, जिन पर चढ़ाई करनी थी, वे बिल्कुल सही रास्ते पर थे।

“मि. मैग्वायर?” उन्होंने सम्माननीय अतिथि की ओर जाते हुए कहा और अपना हाथ बाँधकर बोले, “मेरा नाम ग्रेग है। आपसे मिलकर बहुत खुशी हुई, सर।”

“मुझे भी आपसे मिलकर बहुत खुशी हुई।” फ्रैंक मैग्वायर ने शालीनता एवं नर्म आवाज में कहा, “क्या हम पहले मिल चुके हैं?”

“हाँ, हम मिले हैं। हमने सिर्फ हाथ मिलाया है।” नवयुवक ने मजाक में कहा।

“हाँ!” सामने से जवाब आया, “यह अच्छा कहा। बताइए, मैं आपकी किस तरह से और क्या सेवा कर सकता हूँ?”

वाह! फिर से ऐसा हुआ—एक और नेता उसकी सहायता करने की पेशकश कर रहा था और यह आदमी बकलैंड के दोस्तों में से भी एक नहीं था। यह कैसे संभव है कि इनमें से हर एक व्यक्ति एक ही बात पूछता है?

“मुझे आपके समय के कुछ मिनट चाहिए। क्या आपने कभी 'थिंक एंड ग्रो रिच' नामक पुस्तक के बारे में सुना है?” ग्रेग ने पूछा।

“आप क्या बात कर रहे हैं!” मैग्वायर ने प्रसन्नतापूर्वक कहा, “उस पुस्तक ने मेरी जिंदगी बदल दी।”

“जी, ठीक है, मैं एक महिला के साथ एक नई परियोजना पर काम कर रहा हूँ। उसका नाम शैरोन लेक्टर है। उसकी और नेपोलियन हिल फाउंडेशन की मदद से मैं यह

कर रहा हूँ। मैं यह पूछना चाहता था कि…"

"आप डॉन ग्रीन के साथ काम कर रहे हैं?" मैग्वायर ने बीच में ही टोका।

ग्रेग ने पूछा, "आप उन्हें जानते हैं?"

"एक महान् व्यक्ति और एक महान् संगठक।" फ्रैंक ने उत्तर दिया।

"मैं आपकी सहायता के लिए क्या कर सकता हूँ?"

यहाँ यह सिद्धांत चलता है। नवयुवक ने सोचा—ऐसा लगता है कि वह एक ही गोले में है। कोई आश्चर्य नहीं कि उसका भी दूसरों के समान ही दृष्टिकोण था। क्या यह आश्चर्यजनक नहीं है कि उनके सभी साक्षात्कारकर्ता समान क्षमता के साथ सहयोग करते हैं? इस बात से कोई भी इनकार नहीं कर रहा है और अब ग्रेग को गर्व महसूस हुआ कि कब उन्होंने किसी ऐसे व्यक्ति को खोजा, जिसे वे जानना चाहते थे। वह कोई था, जिसे उनके सलाहकार भी जानते थे।

"क्या आप मुझे अपनी कहानी बताएँगे?"

फ्रैंक ने एक गहरी साँस ली और कहा, "नाम फ्रांसिस जेवियर मैग्वायर है।"

ग्रेग ने पूछा, "कोई भी आपको इंटरनेट पर देख सकता है और आपकी उपलब्धियों के बारे में जान सकता है। फिर भी, मैं जो जानना चाहता हूँ, वह यह है कि आपको किस तरह की चुनौतियों का सामना करना पड़ा है।"

"मैं कभी भी चुनौतियों के बिना नहीं रहा हूँ। जीवन एक बड़ी चुनौती है, या इसे इस तरह से रखें—जीवन चुनौतियों को दूर करने का एक बड़ा अवसर है।"

"क्या आप हमेशा चीजों को ऐसे ही देखते थे या आपने कुछ सीखा है?" ग्रेग ने पूछा।

"नहीं, जब मैं एक दुबला-पतला छोटा बच्चा था तो सब मुझे अपने पास से भगा देते थे। एक दिन मैंने फैसला किया कि मैं उस भूमिका को अब और नहीं रहूँगा और मैं खेल के अंदर कूद गया। एक बार ऐसा हुआ कि मैंने यह भी फैसला किया कि अगर मैं जीवन के खेल में खेलूँगा तो मैं केवल बड़ा खेलूँगा। इसलिए मैं खड़ा हुआ और वापस लड़ना शुरू कर दिया।"

ग्रेग ने कहा, "तो आप 'थिंक एंड ग्रो रिच' के प्रशंसक हैं?"

"ओह, क्या आप मजाक कर रहे हैं? हिल उन सभी चीजों के निर्माता थे, जो हम सुनते हैं, देखते हैं और आज व्यक्तिगत विकास के बारे में पढ़ते हैं। वह आदमी एक अपूर्व बुद्धि का प्रतिभाशाली व्यक्तित्व लिये था। मेरा पसंदीदा अध्याय वह है, जिसमें सोने की खोज करनेवाले ने सोना प्राप्त करने के ठीक पहले अपना प्रयास छोड़ दिया था।"

ग्रेग अब आश्चर्यचकित नहीं थे कि जिस कहानी ने उनके जीवन की दिशा और

सोच बदली थी, उसने किसी और की जिंदगी को भी प्रभावशाली ढंग से बदला है।

मैग्वायर कहते चले गए, "हर कोई, जिसे मैं कभी जानता था और जिसने किसी-न-किसी रूप में महानता के कुछ रूपों को हासिल किया है, उन सबने कभी भी हिम्मत नहीं हारी और सभी चुनौतियों का सामना किया है। जब हमने संघीय एक्सप्रेस बनाना शुरू किया तो हमें बताया गया कि हम इसे कभी नहीं बना पाएँगे; लेकिन हमने हिम्मत नहीं छोड़ी। जब कर्नल सैंडर्स को बताया गया कि वह कभी चिकन फास्ट फूड नहीं बेच पाएँगे, तब भी उन्होंने किसी की नहीं सुनी और हार नहीं मानी और जब मैंने 1960 के दशक में जैक केनेडी के लिए काम किया था तो कोई नहीं सोच सकता था कि वह राष्ट्रपति पद के लिए नामांकन दाखिल करेंगे; लेकिन उन्होंने कभी हार नहीं मानी।"

आसपास खड़े अन्य लोग भी इकट्ठा होना शुरू हो गए और मुख्य नोट प्रस्तुतकर्ता के चारों ओर एक गोल घेरा-सा बना लिया, जहाँ उन्होंने अपना विचार व्यक्त करना जारी रखा।

"हर मामले में मैं व्यक्तिगत रूप से शामिल हूँ और मैंने जो कहानियाँ पढ़ी हैं, उन लोगों में वे लोग शामिल हैं, जिन्होंने महानता हासिल की है।"

ग्रेग को लगा कि गुस्से में ज्ञान वितरित होने वाला है तो उन्होंने अपना नोटपैड निकाला और लिखा—

आत्मसमर्पण करने से इनकार कर दो।

"फिर भी, यह सिर्फ तब सच है, जब आप अपने जीवन के उद्देश्य का पालन कर रहे हैं। क्या आपको नहीं लगता? मेरा मतलब है, अगर आप कुछ ऐसा कर रहे हैं, जिसे आप तुच्छ मानते हैं और उपहार नहीं देते हैं तो क्या यह उचित नहीं है कि आपको एक नया रास्ता शुरू करना चाहिए? एक अलग दिशा में जाना चाहिए?" ग्रेग ने पूछा।

"महान् बिंदु।" मुख्य टीपलेखक ने कहा, "और यह बिल्कुल सच है। बिल्कुल जैसे नेपोलियन हिल ने अपनी पुस्तक में वर्णित किया है। इससे पहले कि इन सुझावों में से कोई काम करेगा, आपको अपना विशिष्ट मुख्य उद्देश्य खोजना होगा—आपका भाग्य। फिर, एक बार आप वह प्राप्त कर लें तो कभी उस भाग्य पर से ध्यान न हटाएँ। याद रखें, यदि आप सपने देख सकते हैं तो आप इसे कर सकते हैं। एक बार जब आप जानते हैं कि आप किसके लिए नियत हैं तो असफलता असंभव हो जाती है।"

ग्रेग तन्मयतापूर्वक शांत खड़े थे, ताकि इतने शक्तिशाली संदेश के हर शब्द को अपने अंदर समाहित कर सकें।

मैग्वायर बोलते रहे, "दूसरे शब्दों में, आपका दिमाग आपको ऐसा कुछ सोचने की अनुमति नहीं देगा, जो आप पूरा नहीं कर सके। इसलिए जब आप उस छवि को अपनी कल्पना में डालते हैं, चाहे वह कार्डबोर्ड बॉक्स में चिकन बेचना हो या मध्य रात्रि

में पैकेज वितरण का कार्य हो या संयुक्त राज्य अमेरिका के राष्ट्रपति के लिए नामांकन दाखिल करना हो। यदि आप यह सपना देखते हैं तो यह पहले से ही एक वास्तविकता है, जो सिर्फ आपका वहाँ पहुँचने के लिए इंतजार कर रही है।"

ग्रेग ने अपने संदेश में लिखा, जो कि उन्हें मुख्य वक्ता से मिल गया था—

एक सपना एक ऐसी वास्तविकता है, जो
आपके वहाँ पहुँचने का इंतजार कर रही है।

"बहुत शुरुआत से फ्रेड स्मिथ के साथ काम करना वैसा ही है, जैसे आप लोगों ने फेडेक्स के साथ शुरू किया?"

"वे एक अद्भुत दार्शनिक हैं। सन् 1973 में उनके पास एक दृष्टि थी कि फेडरल एक्सप्रेस दुनिया भर पर राज करेगा, एक ऐसी सेवा प्रदान करेगा, जिसके लिए कोई और सक्षम नहीं था और हालाँकि उद्यम पूँजीपतियों एवं उनके करीबी सहयोगियों ने कहा कि वह पागल था, फिर भी उसने कभी हिम्मत नहीं छोड़ी। वे हमेशा जानते थे कि कैसे बड़ा खेलना है, तब तक बेशक उन्होंने कभी भी बड़ा खेलने का रास्ता खोजना चुना।"

"आप उसके साथ कैसे शामिल हो गए?"

"के.एफ.सी. से प्रस्थान के बाद फ्रेड ने 'बिजनेस वीकली' में मेरे बारे में एक लेख देखा और मुझे बुलाया। उसने कहा कि वह मुझसे बात करना चाहता था। मैं उसे छोटे से 'हॉलिडे इन' में देखने गया। वह इस नैपकिन को लेकर एक भाषण दे रहा था। उस पर एक पहिए की धुरी बनी थी। मैंने कहा, 'फ्रेड, मुझे आपसे कुछ पूछना है। मैं समझना चाहता हूँ कि आप क्या कह रहे हैं। आप रात्रि के मध्य में पूरे देश में वितरण के लिए पैकेज भरना चाहते हैं और रात के मध्य में देश और उन्हें यहाँ मेम्फिस में लाते हैं?'

"उसने कहा, 'हाँ, यह सही है।' थोड़े चिंतित स्वर में मैंने जवाब दिया, 'मुझे यही लगा था कि आपने यह कहा था। और तब आप उनके चारों ओर चक्र बनाना चाहते हैं और उन्हें सूरज निकलने से पहले की सुबह तक वापस भेजना चाहते हैं?' उसने जवाब दिया, 'यह सही है।'''

"मैंने कहा, 'फ्रेड, मैंने आज तक इतना बेवकूफी भरा विचार नहीं सुना है।' और फिर उसने मेरी तरफ देखा तथा कहा, 'एक गत्ते के डिब्बे में चिकन बेचने की तुलना से भी ज्यादा बेवकूफी भरा विचार?'"

हँसते हुए ग्रेग ने कहा, "यह आश्चर्यजनक है। क्या वह वास्तव में वही है, जो उसने कहा? आपके सवार होने से पहले फेडेक्स कितने समय तक आसपास था?"

"ऐसा नहीं था। मैं पहले लोगों में से एक था।"

"क्या आप खुद को एक सह-संस्थापक कहेंगे?"

मैग्वायर ने शांत स्वर में शालीनता से कहा, "नहीं, वहाँ कोई सह-संस्थापक नहीं

है। फ्रेड एकमात्र संस्थापक हैं। बिल्कुल के.एफ.सी. की तरह। जब तक कि आप श्वेत सूट पहने एक व्यक्ति नहीं हैं, तब तक आप संस्थापक नहीं हैं।"

"आप उन लोगों को क्या कहेंगे, जो खोज के वक्त अकेला महसूस करते हैं? आप उन्हें क्या सुझाव देंगे, जो उन्हें प्रेरित कर सकता है, जब एक बार वे समझ जाते हैं कि वे क्या चाहते हैं?" ग्रेग ने पूछा।

"सबसे बड़ी गलती, जो लोग करते हैं, वह उनका यह सोचना होता है कि वे अकेले हैं, जो इस अनुभव से गुजरे हैं। सच्चाई यह है कि हम सभी इन अनुभवों को साझा करते हैं। हम सभी हमारे बच्चों से प्यार करते हैं। फिर भी, हम सभी उनकी परवरिश करते समय एक ही अशांति के माध्यम से गुजरते हैं। हम सभी के पास ऐसे व्यवसाय हैं, जो विभिन्न चक्रों से गुजरते हैं।"

"मुझे एक उदाहरण दो, जिसमें चुनौतियों के दौरान भी अपना रास्ता बनाने का प्रवाह है।"

ग्रेग की ओर झुकाव और अपने शरीर को स्थानांतरित करते हुए मैग्वायर ने अपना अंतिम संदेश साझा किया, "फेडेक्स के उदाहरण का प्रयोग करते हुए हमारे राजस्व के 50 प्रतिशत दस्तावेजों से और अन्य 50 प्रतिशत पैकेज से था। एक दिन हमने पेपर में देखा और फैक्स मशीन नामक इस नई चीज के बारे में पढ़ा। उसको जानकार हमारे राजस्व का आधा हिस्सा हटा लिया गया था। हम तब आसानी से छोड़ सकते थे। यही वह है, यह खत्म हो गया है, हम इसके साथ कर चुके हैं।

"लेकिन फ्रेड नहीं। उन्होंने टायरों को लात मार दी, रचनात्मक हो गए और इस प्रमुख बाधा के सामने एक बेहतर कंपनी स्थापित की, जिसे हमारे रास्ते में फेंक दिया गया था। हमने कई बार अलग-अलग तरीके से ऐसा किया।"

किसी भी संकेत के बिना समूह, जो आसपास इकट्ठा हुआ था, ने मैग्वायर की विदा के समय सराहना की, जैसे ही वह युवा लेखक जाने के लिए खड़ा हुआ।

इससे पहले कि वह जा सके, मैग्वायर ने अपनी बाँह ग्रेग के कंधे पर रखी और उनके कान में फुसफुसाए, "जहाँ आप खड़े हैं, वहाँ से तीन फीट के भीतर सोना है, अतः आत्म-दया से दूर रहें, शिकार खेलना बंद करें और जो भी आप करें, आप खुदाई करते रहें। अब आपकी बारी है।"

□

इच्छा-शक्ति और इच्छा जब सही ढंग से संयुक्त होते हैं
तो एक अनूठी जोड़ी बनाते हैं।

—नेपोलियन हिल

17

मैदान छोड़कर न जाएँ

जैसे ही वह गलियारे में चला गया, ग्रेग का दिमाग एक बार फिर से चलने लगा। जब वह अपना नोटपैड दूर कर रहे थे तो वह सचमुच दरवाजे के बाहर एक आदमी से टकरा गया, जिससे उस अजनबी की कॉफी थोड़ी सी फैल गई थी।

"क्षमा करें।" चौंककर अतिथि ने विनोदी स्वर में कहा, वह घटना से बेफिक्र प्रतीत हो रहा था। "मेरी गलती थी। मुझे देखना चाहिए था कि आप कहाँ चल रहे थे। क्या आप इस घटना का आनंद ले रहे हैं?"

ग्रेग इस टिप्पणी पर मुसकराए और कहा, "असल में, मैं इसे देखने में असफल होने जा रहा हूँ। मैं आज़ मुख्य वक्ता के साथ बात करने आया था, पर वह पहले ही चले गए।"

"तुम्हें रुकना चाहिए। अगला व्यक्ति भी वास्तव में अच्छा है। वह प्रत्यक्ष बिक्री की शक्ति पर बोलता है।" उस आदमी ने जवाब दिया, क्योंकि उन्होंने पहले हुई टक्कर से अपनी पलटी टाई सीधी कर दी थी।

"वह दूसरों को अपने सपने हासिल करने में मदद करके सफलता को महसूस करने के आधार पर एक कार्यक्रम करता है।"

"यह बहुत अच्छा है, लेकिन यह मेरे लिए नहीं होगा। मुझे बहुस्तरीय मार्केटिंग योजनाएँ पसंद नहीं हैं।"

अजनबी ने जवाब दिया, "मैं तुम्हें सुनता हूँ।" एक ही चीज, खुद को सोचा। यह निश्चित रूप से, जब तक मैं सही समूह से मुलाकात नहीं करता और शामिल हो गया। इस व्यवसाय ने पूरी तरह से अपना जीवन बदल दिया है।

"वास्तव में?" ग्रेग ने पूछताछ की।

"हाँ, बिल्कुल। देखो, प्रत्यक्ष बिक्री और नेटवर्क बिक्री सभी के लिए नहीं हो सकती है। हालाँकि, वे हमारे देश और दुनिया भर में बहुत ही सकारात्मक प्रधान बल हैं। आपको क्या लगता है कि ज़्यादा प्रभाव किसका होगा। जो टी.वी. पर कुछ चीज डाली जा रही है या किसी ऐसे व्यक्ति का, जो आपको पता है और भरोसा है कि उससे कोई उत्पाद या सेवा दोबारा मिल जाए?"

"स्वाभाविक रूप से एक दोस्त, ऐसा मुझे लगता है।"

"ठीक है, सही समझ पाए। यह इतना ही आसान है। कल्पना कीजिए कि हर बार जब आप किसी पुस्तक, मूवी या किसी अन्य चीज की सिफारिश करते हैं तो आपको भुगतान किया जाता है।"

ग्रेग हँसे, "तो मैं करोड़पति बन जाऊँगा!"

"इन संगठनों में बहुत से लोग बस, यही हैं। वे दूसरों को हासिल करने में मदद करके सफल हो गए हैं, जो उनके लिए महत्त्वपूर्ण है। उन्हें अपने उत्पाद या सेवा के बारे में उत्साह साझा करके मुआवजा मिलता है। फिर, जब व्यक्ति ने उसे किसी और के साथ साझा करने के लिए कहा तो वे फिर से उत्प्रेरक होने के लिए मुआवजा प्राप्त करते हैं। वह, जिसने चर्चा शुरू की। यही वह है, जिसे वे अवशिष्ट आय कहते हैं—एक बार कुछ साझा करना और उसके लिए बार-बार भुगतान करना।

"बोनस यह है कि आपको उस व्यक्ति द्वारा सलाह दी जाती है, जो आपको व्यवसाय में लाता है और फिर आपके पास आपके द्वारा व्यवसाय में आनेवाले लोगों के लिए सलाहकार बनकर इसे पारित करने का अवसर होता है।"

"हम्म।" ग्रेग ने बस यही जवाब दिया, क्योंकि उन्होंने माना कि उन्होंने क्या सुना था।

"मेरे लिए।" अजनबी ने आगे कहा, "अब, जब मुझे सही कंपनी मिल गई है, जिस पर मैं विश्वास कर सकता हूँ और जो मेरा सफल होने का समर्थन करेगा। मेरी पूरी दुनिया बदल गई है।"

ग्रेग ने संदेह की अभिव्यक्ति के साथ उसे देखा।

"नहीं, वास्तव में।" उस व्यक्ति ने कहा, "मेरे जीवन में सकारात्मक परिवर्तन अद्‍भुत है। कल्पना करना मुश्किल है कि मैं दूसरों को ऐसा करने में मदद करके एक महान् जीवन व्यतीत कर रहा हूँ। सबसे अच्छा हिस्सा वह है, जो कि कई बार मुझे एक अंतर बनाकर महसूस होता है। जबकि वहाँ बहुत सारे लोग केवल उनके लिए क्या कर रहे हैं, इस पर ध्यान केंद्रित कर रहे हैं। मेरी कंपनी इसे जिग जिगलर दर्शन लागू करने का एक मुद्‍दा बनाती है—'आप जो चाहते हैं, उसे प्राप्त करने के लिए अन्य लोगों को पहले जो चाहिए, वह प्राप्त करने में सहायता करें।'"

एक ईमानदार इशारा करते हुए ग्रेग ने उस ज्ञान के लिए अजनबी का धन्यवाद किया, क्योंकि वे एक-दूसरे से हाथ मिलाकर अलग हो गए। ऐसा कुछ था, जिसकी उसने उम्मीद नहीं की थी—पहली बार उसने प्रत्यक्ष बिक्री उद्योग को एक अलग परिप्रेक्ष्य से देखा। उसका दिमाग सामान्य रूप से ज्यादा थकावट की अवस्था में था।

यह वास्तव में मजाकिया था। वास्तव में, क्योंकि वह खुद भी यही काम करने का प्रयास कर रहा था, पर बस, एक अलग माध्यम में। एक पुस्तक लिखें, फिर उसे दूसरों के साथ साझा करने के लिए भुगतान करें और फिर एक बार जब उन्होंने उसे किसी और के साथ साझा किया तो उसे अतिरिक्त पुस्तक बिक्री से फिर से मुआवजा दिया जाएगा।

"व्यवसाय करने का एक अच्छा तरीका है।" वे एक महान् एहसास की अनुभूति के पल में जोर से फुसफुसाए, क्योंकि वे अपनी अगली नियुक्ति के रास्ते पर एक और कैब में बैठ गए थे।

दूसरों की मदद करने के बारे में सोचते हुए उनका दिमाग स्वचालित रूप से डेविड की ओर स्थानांतरित हो गया। उन्होंने अपने सेल फोन को अपने कान पर लगाया। ग्रेग खुश हो गए थे कि डेविड ने दूसरी घंटी पर जवाब दिया था।

"क्या हो रहा है, भाई ?"

"यह एक और दिन है, शांत होने का एक अच्छा दिन, जीवित रहने के लिए एक अच्छा दिन। आप कैसे हैं ?"

ग्रेग अभी भी यकीन नहीं कर पा रहे थे कि डेविड में बदलाव हुआ है। एक बच्चे के रूप में उसका गोद लिया भाई खेल और चुनौतियों को बढ़ावा देने वाला था। पहली बार किसी लड़की को बाहर मिलने के लिए पूछनेवाला, चर्चा टीम में शामिल होने वाला पहला व्यक्ति, जिसने अपने सभी वर्गों में उच्च अंक प्राप्त किए, एक नेता था, अनुयायी नहीं।

पिछले कई वर्षों में शराब पीने की लत के कारण उसकी पृष्ठभूमि के रंग फीके लग रहे थे। पहले से आदतें अब सूक्ष्म थीं, तब तक, जब तक वह खुद अपने जीवन में परिभाषित कारक नहीं था और तब तक वह और अधिक खुला हो गया। ग्रेग शराब से नफरत करता था, जो उसने डेविड के साथ किया था। उससे बेहद घृणा करता आया था, बजाय डेविड को अपने जीवन को तुच्छ मानने के लिए।

अब सिर्फ शानदार, जिंदादिल आवाज, जो सेल फोन पर आई थी, क्योंकि डेविड पुनर्वास से बाहर था और अपने विश्राम के बाद शांत रहने के लिए काम कर रहा था··· यह चमत्कार करने के लिए काफी अलग था। ग्रेग ने खुद को इस अविश्वसनीय घटना के लिए धन्यवाद की एक मौन प्रार्थना की।

डेविड ने उन्हें उन लोगों के बारे में बताया, जो उसे वसूली में मिल रहे थे, अन्य

शराबियों और नशे की लत करने वाले, जिनसे उसको खुद को जीवन जीने की एक नई राह मिली थी, जो इस दूसरे मौके को नहीं जाने देने का दृढ़ संकल्प लिये था या कुछ और मामलों में, तीसरा या चौथा मौका उनकी उँगलियों से गिनने के माध्यम से फिसल जाता था।

इन दिनों ग्रेग और डेविड ने उनके बीच आनेवाली समस्या के बारे में बात नहीं की थी। कितने ही वर्षों की बातें बस, कुछ ही मिनटों में अपनी बातचीत में कर लेते थे। वे दोनों जानते थे कि उस राह में अभी भी बहुत सारे पत्थर होंगे; लेकिन उम्मीद है कि डेविड के पास नए कौशल और नए दोस्त थे, जिससे कि वे बेहतर तरीके से बेहतर विकल्प बना सकें।

डेविड ने उत्साह के साथ कहा, "मुझे एक बैठक में जल्द ही पहुँचना है। मैं वहाँ कुरसियाँ लगाने के काम में मदद करने के लिए जल्दी पहुँच जाता हूँ। किसी ने मुझे बताया कि इस तरह की साधारण चीजें काफी अंतर लाती हैं। आखिरकार, मेरी पहली बैठक में दिखाए जाने से पहले किसी ने मेरे लिए कुरसी डाली थी। यह बस, ऐसे ही नहीं हुआ।"

"नहीं, यह ऐसे ही नहीं हुआ, डेव।" ग्रेग सहमत हुए। केवल उनका भाई मुसकान देख सकता था, जो कार के पीछे की सीट पर बैठकर उनके चेहरे को उजागर कर रही थी।

□

सभी विचार, जो भावनात्मक और विश्वास के साथ मिश्रित किए गए हैं, वे तुरंत अपने भौतिक समकक्ष या प्रतिरूप में अनुवाद करने के लिए शुरू होते हैं।

—नेपोलियन हिल

18

साहस से सफलता तक

अपने कॅरियर की सबसे छोटी टैक्सी यात्रा के बाद केवल आठ ब्लॉक दूर ग्रेग अटलांटा, जॉर्जिया में हवाई अड्डे के पास छोटे होटल में पहुँचे, जहाँ वे घर वापस जाने से पहले अपना अगला साक्षात्कार करने के लिए मिलने को तैयार थे।

जैसे ही वे टैक्सी से बाहर निकल रहे थे, उनका सेलफोन बज उठा।

"यह मैं हूँ।" रिसीवर से एक महिला की चहकती हुई हँसमुख आवाज आई, "मैं लॉबी में हूँ। जब भी आप आएँ, मैं साक्षात्कार के लिए तैयार हूँ।"

ग्रेग समझ रहे थे कि यह मुलाकात विशेष होगी। उन्होंने पहले कभी उस महिला से बात नहीं की थी और वह पहले से ही कह रही थी, "यह मैं हूँ।"

जेनेविएव बोस 'पिंक' नामक एक मैगजीन की संस्थापक थीं, जिसे महिला नेताओं के लिए विकसित किया गया था; जबकि ज्यादातर व्यावसायिक प्रकाशन मुख्य रूप से पुरुष परिप्रेक्ष्य की चीजों पर केंद्रित थे। वह साँचे को तोड़ना और आज की पीढ़ी की महिलाओं के लिए एक नई आवाज प्रदान करना चाहती थीं।

जैसे ही ग्रेग ने लॉबी में उनसे संपर्क किया, उन्होंने अपना हाथ हिलाकर कहा, "हाय, जेनेविएव! मुझसे मिलने की खातिर समय निकालने के लिए धन्यवाद।"

जेनेविएव ने जवाब दिया, "कोई समस्या नहीं। इसे किसी भी चीज के लिए मैं छोड़ना नहीं चाहती थी। वास्तव में, इतने वर्षों से जितने भी साक्षात्कारों का मैं हिस्सा रही हूँ, यह वह है, जिसमें मैं भाग लेने के लिए सबसे ज्यादा उत्साहित हूँ। मैंने 'थिंक एंड ग्रो रिच' पुस्तक पढ़ी थी। जब मैं केवल सोलह वर्ष की थी तो मैंने अपनी सोच में बढ़ोतरी की और उसने मेरी जिंदगी बदल दी। यदि आप इस पर नेपोलियन हिल फाउंडेशन के साथ काम कर रहे हैं तो मुझे पता था कि मुझे इसका हिस्सा बनना था।"

"हाँ, और मेरी सह-लेखक आपकी प्रशंसक हैं। वास्तव में, उन्होंने आपकी पत्रिका के लिए लिखा है। शैरोन लेक्टर नाम है उनका।" ग्रेग ने कहा।

जेनेविएव ने कहा, "बढ़िया, मैं शैरोन से मिलना चाहती थी!" उन्होंने इतनी जोर से कहा कि ग्रेग लॉबी में चारों ओर देखने से खुद को नहीं रोक सके, यह देखने के लिए कि उन्हें और किस-किसने सुना होगा।

"रिच डैड श्रृंखला के साथ उनका काम अविश्वसनीय था। इसके अलावा, उसका नया, पहले अपने परिवार को वेतन दो और यूथप्रिनर परियोजनाएँ, वास्तव में लोगों को उनके वित्त को देखने के तरीके को बदलने में मदद करने जा रही हैं।"

ग्रेग ने फोन को खींच लिया और स्पीड डायल करके फिर लाउडस्पीकर का बटन दबाया, "मुझे उसे भी लाइन पर ले आने दो। शैरोन, मैं ग्रेग हूँ। मेरे साथ कोई है और मुझे लगता है कि आपको उनसे मिलना चाहिए।"

यह जानकर कि वह बोस से मिलने के लिए निर्धारित था, शैरोन ने तुरंत कहा, "जेनेविएव, यद्यपि आप टेलीफोन पर ही हैं, किंतु आपसे मिलकर बेहद खुशी हुई।"

वे सात मिनट ग्रेग को अनंत काल की तरह लग रहे थे, क्योंकि दोनों ने चीयरलीडिंग टीम पर पुराने हाई स्कूल के दोस्तों की तरह बात की थी। फोन पकड़े हुए वे अपनी बाँह को विस्तारित करने में थक गए, क्योंकि दोनों महिलाओं ने अपने वार्त्तालाप को लंबा कर दिया था।

फोन जॉकी की तरह ग्रेग ने कहा, "अरे, मैं भी हूँ यहाँ···याद है?" उन्होंने स्कूलों में वित्तीय साक्षरता को पढ़ाने के महत्त्व के बारे में उनकी बातचीत में बाधा डाली।

"मुझे खेद है।" शैरोन ने कहा, "चलो! क्या हम व्यापार करने के बारे में एक बात करें? हमें बताएँ, जेनेविएव, आपने अपनी शुरुआत कैसे की?"

"मुझे बहुत जल्दी ही सबक मिल गए। मैं आपको बताती हूँ। यह सब सॉफ्टवेयर उद्योग में बहुत साल पहले शुरू हुआ था। मैंने कुछ शुरुआती कारोबार के साथ काम किया, जैसे अधिकांश लोगों ने उन दिनों में किया था और कई नए उद्यमों की तरह हमें पूँजी की जरूरत थी। यद्यपि अधिकांश लोग कुछ भी कर रहे थे और सबकुछ वे सिर्फ पैसा बनाने के लिए कर रहे थे; लेकिन मेरे पास एक अलग कोण से चीजों को देखने के लिए वह मेरा पहला 'अहा!' पल था।"

फोन के लाउडस्पीकर से शैरोन ने पूछा, "आपका क्या मतलब है?"

"अन्य सभी कंपनियाँ प्रतियोगिता से बाहर निकलने की कोशिश करने के लिए गहरी छूट की पेशकश करके अपनी कीमतें घटा रही थीं। वे सभी एक ही जगह में प्रतिस्पर्धा कर रहे थे। ऐसा सब बोल रहे थे, ताकि मुनाफे को कम करने के लिए उसी पूल से ग्राहकों से बिक्री हासिल कर सकें। जैसा कि सामान्य ज्ञान आपको बताता है,

उनके मार्जिन मिनट से भी छोटे हो गए थे।"

ग्रेग ने पूछा, "आप और क्या कर सकते हैं?"

"मैंने अपने नेपथ्य के बाहर देखने का फैसला किया, बजाय परेशान होने के। आप देखते हैं, कोई भी विदेशी बाजार में कोई भी उत्पाद नहीं बेच रहा था। इसलिए मैंने अपना पूरा समय विक्रेताओं को स्थापित करने में बिताया, जो हमें उनके देशों में हमारे सामानों के बाजार के अधिकारों के लिए भुगतान करेंगे। यह बहुत अच्छा साबित हुआ। जहाँ अन्य निर्दयी लोग उनके मुनाफे या इससे भी बदतर, उद्यम पूँजीपतियों को बेचने के लिए हमने अभी अधिकारों को बेच दिया, न कि कंपनी को। इसने हमें वैश्विक बाजार को एक ही समय में कब्जा करते समय बढ़ते रहने के लिए आवश्यक लाभ प्रदान किया। जब हम जो कर रहे थे, उसे दूसरे लोग पकड़ रहे थे, तब तक बहुत देर हो चुकी थी। हमने उद्योग को पहले से ही अपने कब्जे में कर लिया था।"

शैरोन ने कहा, "यह बहुत ही भयानक है। मुझे आपसे कुछ पूछना है। इस परियोजना पर हम काम कर रहे हैं, सभी चीजों पर काबू पाने के बारे में है। सफलता के रास्ते पर आपने अपने डर को कैसे जीत लिया है?"

"शानदार सवाल।" बोस ने जवाब दिया, "मैंने हमेशा एक साधारण सवाल पूछा—ठीक है, दो पूछे। वास्तव में, इससे बुरा क्या हो सकता है? और क्या मैं उस सबसे खराब स्थिति या परिदृश्य को सँभाल सकती हूँ? अगर मैं जवाब के साथ रह सकती हूँ तो मैं इसके लिए जाती हूँ।"

ग्रेग बहुत अजीब ढंग से मुसकरा रहे थे (उनकी मुसकराहट एक कान से दूसरे कान तक खिली थी), जो कि कोई भी एक नजर में समझ सकता था। वे अपने नोटपैड के लिए झुके थे, जिस पर उन्होंने अभी लिखा था—

क्या हो सकता है कि सबसे बुरा क्या है?
क्या मैं इसे सँभाल सकता हूँ?
अगर जवाब 'हाँ' है
तो यह करो!

अपने नोट्स को एक तरफ सेट करते हुए उन्होंने पूछा, "पिंक पत्रिका के लिए आपके मन में विचार कहाँ से आया?"

एक पल के लिए रुकते हुए बोस ने जवाब देने से पहले गहरा विचार किया और कहा, "मीडिया के पास अच्छा और अच्छा नहीं, दोनों के लिए बहुत अच्छी शक्ति है। ऐसा लगता है कि वहाँ महिलाओं के लिए लक्षित अधिकांश पत्रिकाएँ थीं, जिन्हें व्यापारी दल 'कचरा' कहते थे। आप जानते हैं, जो गपशप और अफवाह से भरे हुए हैं। मैं उस छवि को तोड़ना चाहती थी और उस दर्पण को तोड़ना चाहती थी।"

"दर्पण?" शैरोन की लंबी दूरी से आती आवाज ने पूछा।

"हाँ, मेरे एक सलाहकार ने एक बार कहा था कि हम सभी खुद के साथ अपने-अपने दर्पण रखते हैं। इस तरह हम उन प्रतिबिंबों में खुद को देखते हैं और वैसे ही, बदले में, दुनिया हमें देखती है। इसलिए, मैं वास्तविक जीवन में महिलाओं को चित्रित करने के तरीके को तोड़ना चाहती थी। समाचार-स्टैंड प्रिंट से, ऐसा लगता है कि हम केवल फैशन चुनने में सक्षम थे और यह जानकर कि एक सेलिब्रिटी बच्चे ने दैनिक देखभाल घर पर क्या खाया। यह हास्यास्पद है। मैंने सोचा, यह क्यों है कि चेकआउट रजिस्टर में अधिकांश पत्रिकाएँ केवल पतियों को धोखा देने के बारे में बात करती हैं और प्रभावित करने के लिए उत्तेजित रंग पहनने को कहती हैं?"

ग्रेग ने पूछा, "क्या इसका मतलब है कि मुझे आपसे नहीं पूछना चाहिए कि आप मेरी नई शर्ट के बारे में क्या सोचती हैं?"

"यह अच्छी है।" बोस ने एक पल गँवाए बिना जवाब दिया, "यह मेरा मुद्दा है। महिलाएँ सिर्फ प्रशासनिक सहायक और रिसेप्शनिस्ट से ज्यादा बनने में सक्षम हैं। मैं जोर देना चाहती थी कि महिलाओं के पास पूरा पैकेज हो सकता है—एक स्त्री पक्ष, जो कार्यस्थल पर गणना करने के लिए बलवान् होता है। लड़कों के साथ प्रतिस्पर्धा करने के लिए हमें अपनी नारी की ऊर्जा को खोना नहीं है।"

"मुद्दे पर वापस आते हैं," ग्रेग एकाएक बीच में बोल पड़े, जब उन्होंने यह महसूस किया कि बोस के पास, जितनी उन्होंने अपेक्षा की थी, उसकी तुलना में अधिक प्रस्ताव थे, "क्या आपके तरक्की करने के दौरान भी आपको चुनौतियों का सामना करना पड़ा?"

"बेशक! हम सबकुछ करते हैं।" उसने दृढ़ स्वर में कहा। महान् ज्ञान के एक और टुकड़े को विस्तारित होते देखते हुए ग्रेग एक बार फिर अपने नोटपैड पर लिखने के लिए तत्पर हुए और उन्होंने लिखा—

"रहस्य यह है—"

कभी गलतियों द्वारा खुद को परिभाषित न होने दें कि आप कौन हैं।

"हम सभी के जीवन में झटके और बाधाएँ आती हैं। फिर भी, किसी कारण से महिलाएँ पुरुषों की तुलना में उन्हें अधिक व्यक्तिगत रूप से ले जाती हैं। अगर कोई आदमी 2 करोड़ डॉलर खो देता है तो वह कहता है, 'यह एक महँगा सबक था। मेरा बोनस कहाँ है? जब एक महिला 2 करोड़ खो देती है तो वह सामान के खराब टुकड़े की तरह उसे अपने साथ रखती है।'"

"हमें बस, इसे जाने देने और उससे सीखने की जरूरत है?" शैरोन ने पूछा।

"बिल्कुल!" बोस ने कहा, "इससे सीखें और यह मानते हुए कि आपने इसे सही

बनाने के लिए जो भी करना चाहिए था, वह सब किया है। आगे बढ़ने का यही एकमात्र तरीका है। मेरी अन्य पसंदीदा पुस्तकों में से एक डॉ. रेमंड चार्ल्स बार्कर द्वारा लिखित 'द पॉवर ऑफ डिसीजन' है। उसमें वे कहते हैं, 'एक निर्णय नहीं लेना असफल होने या औसत के नियम को जीने का निर्णय है।'"

तत्काल शैरोन ने एक और सवाल पूछा, "समायोजन आपकी दुनिया में कैसी भूमिका निभाते हैं? मेरा मतलब है, क्या आपकी खेल योजना बदलती है?"

"हाँ! यह जरूर एक अहम भूमिका निभाता है। जीवन में कुछ भी करें, सब में ही इसका खास योगदान है। मैं इसे एक बड़े 'रूबिक क्यूब' के रूप में देखता हूँ। इसे तब तक घुमाएँ, जब तक आप जिस संयोजन को ढूँढ़ रहे हों, उसे प्राप्त न कर लें।"

उनकी सभी प्रतिक्रियाओं की सराहना करते हुए ग्रेग ने जेनेविएव बोस के लिए एक गहरे अंतिम प्रश्न को पूछने के साथ समाप्त कर दिया।

"विश्वास आपके जीवन में कैसी भूमिका निभाता है?"

इस सवाल के लिए कोई तीव्र प्रतिक्रिया नहीं थी, न ही कोई प्यारा-सा उपाख्यान था। इसकी बजाय बोस ने एक उत्तर दिया, जो सभी अन्य महान् साक्षात्कारों में समान रूप से गूँज गया था।

"विश्वास सबकुछ है। विश्वास या उसकी मात्रा की कमी सफलता और विफलता के बीच का अंतर निर्धारित करती है। यह इतना आसान है। एक बार जब आप विश्वास में आ गए हैं तो आपको सभी चीजों को संभव बनाने की ताकत मिल जाएगी।"

□

आपके जीवन में ऐसा कुछ भी नहीं होगा,
जिससे कि आप अपनी पहल से प्रेरित नहीं हैं। रचनात्मक दृष्टि वह शक्ति है, जो उस व्यक्तिगत पहल के विकास को प्रेरित करती है।

—नेपोलियन हिल

19

रोलोडेक्स बुद्धि

टेलीविजन पर चैनल बदलते हुए ग्रेग ने अपनी सुबह की कॉफी प्याले में डाली और एक अच्छे सप्ताहांत के पूर्वानुमान पर मुसकराए। दक्षिणी कैलिफोर्निया में मौसम प्रसारक होना टेलीविजन में सबसे आसान काम होता है!

"अमेरिका के बेहतरीन शहरों में एक और ख़ूबसूरत दिन—तिहत्तर डिग्री, कोई वर्षा नहीं, कोई बादल नहीं; लेकिन आज रात का तापमान ठंडा हो सकता है।" एंकर ने फिर परिहास किया, "आप वास्तव में मोजे पहन सकते हैं।"

दरवाजे से बाहर निकलते हुए ग्रेग लगभग अपने नोटपैड को भूल गए और उसे पुनः प्राप्त करने के लिए तुरंत वापस लौट गए। इसने उन्हें पुराने अमेरिकी एक्सप्रेस वाणिज्यिक की याद दिला दी, "इसके बिना घर से बाहर न निकलें।"

उन्होंने सोचा कि डेविड इस भव्य दिन पर क्या कर रहा होगा, जिसे (दिन को) वह अब भगवान् से एक उपहार समझते थे। अगर डेविड आज शांत रहने में सक्षम था और अपने विनाशकारी विश्राम के बाद वसूली के लिए सड़क पर जा रहा था तो यह एक अच्छा दिन था। जैसे यह ग्रेग के लिए भी अच्छा होगा। अगर उन्होंने एक नई बात सीखी तो वे ज्ञान और सफलता के लिए अपनी यात्रा पर एक कदम आगे बढ़ जाएँगे।

हवाई अड्डे तक की सवारी पर एक अनुष्ठान, जिसके वह अच्छी तरह से आदी हो रहे थे। ग्रेग ने नोटपैड के पृष्ठों को कई बार पलटा, जैसा उन्होंने कई बार पहले भी किया था। इस बार, हालाँकि उन्होंने एक पूरी तरह से अलग कोण से सबकुछ देखा।

जैसा कि उन्होंने प्रेरणा के माध्यम से पढ़ा, उन्होंने एक प्रवृत्ति देखी। वे जिस व्यक्ति से मिले थे, वह एक आम नींव साझा करता था। कोई फर्क नहीं पड़ता कि वे कहाँ जुड़े, वे कौन थे या उन्होंने क्या किया। ज्ञान की गुणवत्ता वही थी।

खोज के बारे में उत्साहित वह वर्जीनिया में आने पर शैरोन को बताने के लिए मुश्किल से इंतजार कर पा रहे थे।

उन दोनों को पुस्तक की प्रगति पर जाँच करने के लिए डॉन ग्रीन द्वारा नेपोलियन हिल फाउंडेशन के मुख्यालय में आमंत्रित किया गया था और हालाँकि व्यक्तिगत रूप से मिलकर खुशी होगी, किंतु ग्रेग को प्रिंसिपल के कार्यालय में भी जाने की इच्छा थी। केवल इस बार वह परेशानी से दूर थे; वास्तव में, इस बार उससे साझा करने के लिए अच्छी खबर थी।

उन्होंने कहा, "हाय, दोस्तो।" और उन्होंने एक बुद्धिशीलता-युक्त बैठक में शामिल होने के लिए कमरे में प्रवेश किया।

"मुझे आपको कुछ दिखाना है।"

शैरोन पहले ही आ चुकी थी और जब ग्रेग अंदर आए तो वह नेपोलियन हिल के कुछ लेखों की समीक्षा कर रही थी। ग्रेग ने मुसकान के साथ उसे देखा। जैसे ही उन्होंने सीट ली, उस टेबल पर अपनी नई खोज दिखाने के लिए नोटपैड को उस पर रख दिया।

डॉन ग्रीन ने पूछा, "आपके पास यहाँ क्या है?"

"इसकी जाँच करें। आज मैंने एक प्रवृत्ति देखी कि इन सभी महान् अमेरिकी लोगों की सफलता की कहानियाँ लगभग एक जैसी थीं।"

"मुझे यकीन है कि मुझे पता है, यह क्या है।" ग्रीन ने कहा, "यह आपको प्रेरित करता है और इन सभी लोगों को महान् ऊँचाई पर जाने को प्रेरित करता है। यह वही है, जो हिल कहते थे—उन्हें अपना मुख्य निश्चित उद्‍देश्य मिला।"

"यही वह है।" शैरोन ने जोर से खुश होकर कहा। हवा में उसकी कलम उछल रही थी। "जिस व्यक्ति के साथ हमने बात की है और लिखा है, उसमें डटे रहने की एक ज्वलंत इच्छा है और उसमें साहस को छोड़ने की इच्छा नहीं थी, क्योंकि वे एक ऐसे मिशन पर थे, जो खुद से कहीं अधिक बड़ा था। यह उनके बारे में कभी नहीं था, यह उनके 'क्यों' के बारे में था।"

"उनका क्यों?" ग्रीन ने पूछा।

शैरोन ने आगे कहा, "हाँ, हमने इसे एक हजार बार सुना है। यह 'कैसे' के बारे में नहीं है; यह सब 'क्यों' के बारे में है। यदि आपके पास कुछ करने का पर्याप्त कारण है तो 'कैसे' स्वयं ही उसे दिखाएगा।"

ग्रीन इस रहस्योद्‍घाटन से मुसकराए और अपनी कुरसी पर वापस बैठ गए।

ग्रेग ने कहा, "यह वही है, जो मैंने नोट्‍स को देखकर पाया। इन सभी कहानियों में यह संदेश आम था।"

ग्रीन ने कहा, "यह उससे कहीं अधिक गहरा है, जिसका आपने पहले उल्लेख

किया था, सिर्फ अमेरिका की तुलना से काफी ज्यादा गहरा। तथ्य यह है कि यह दुनिया भर में इस पर एक समान खोज है।"

ग्रेग के चेहरे पर नजर डालने पर उन्होंने कहा, "आप मुझ पर विश्वास नहीं करते हो, है न?"

"खैर!" ग्रेग बुदबुदाए।

एक पल के लिए शैरोन ने यह देखकर आनंद लिया कि ग्रेग ने खुद को एक नाजुक स्थिति में कैसे सँभाला। तब उसने कहा, "हमें पुस्तक में अंतरराष्ट्रीय परिप्रेक्ष्य को जोड़ने की जरूरत है। वैश्विक अर्थव्यवस्था अशांति में है और दुनिया भर के लोग इस कठिन परिस्थिति में सफल होने के तरीके सीखना चाहते हैं। हमें सफलता के लिए प्रयास करने वाले हर किसी से बात करने में सक्षम होना चाहिए।"

जैसे कि उसने योजना बनाई थी, डॉन ग्रीन अपनी मेज पर पहुँचे और बड़े दौरवाले 'रोलोडेक्स' को निकाला, जो एक बड़ा गोलाकार आकृति का, जिसमें लोगों के नाम व फोन नंबरों के साथ कार्ड जोड़े जाते हैं, फिर उसे उस कॉण्टेक्ट की जानकारी का पता लगाने के लिए एक पहिए की तरह घुमाया जाता है।

"आगे बढ़ो।" उसने पेशकश की, "मैं इसे स्पिन कर दूँगा और मैं चाहता हूँ कि आप दोनों दो कार्ड खींचें।"

जैसे ही ग्रीन ने रोलोडेक्स को घुमाया, ग्रेग और शैरोन ने कार्ड खींचकर उन्हें डेस्क पर रख दिया।

"इस पहिए पर मैं अपने अंतरराष्ट्रीय कनेक्शन रखता हूँ। मैं जुआरी नहीं हूँ, फिर भी मैं शर्त लगाता हूँ कि अगर हमने इन लोगों में से प्रत्येक को बाहर निकाला है तो हम इस प्रवृत्ति को देखेंगे कि वे खुद से ही बड़े मिशन पर थे। इससे कोई फर्क नहीं पड़ता कि वे कहाँ से थे।"

अजीब और चिंतित—दोनों मेहमानों को अपने मेजबान के आत्मविश्वास की प्रशंसा करनी पड़ी। ग्रेग ने कहा, "लेकिन वे संचालक अब तक काफी पुराने हो जाने चाहिए, क्योंकि वे अभी भी रोलोडेक्स पर हैं, भगवान् के लिए। मैंने वर्षों से उनमें से एक को भी नहीं देखा है। क्या आपके पास आपके कंप्यूटर में कोई और मौजूदा स्टोर नहीं है? शायद हमें अधिक नवीनतम सफलता सिद्धांतों की आवश्यकता है।"

ग्रीन ने कैलिफोर्निया से आए उस आगंतुक को देखा और कहा, "ग्रेग, जैसा कि आप कल्पना कर सकते हैं, नेपोलियन हिल फाउंडेशन को दुनिया भर से पूछताछ मिलती है—हमारी वेबसाइट पर प्रतिदिन 2,00,000 से अधिक हिट के साथ। तो हाँ, मैं एक कंप्यूटर का उपयोग करता हूँ। मैं बस, अपने तीन-पाँच कार्ड और रोलोडेक्स पसंद करता हूँ।"

ग्रेग चुपचाप बैठे रहे, क्योंकि शिक्षक ने अपना विचार रख दिया था।

"हमें लोगों से अनुरोध प्राप्त होते हैं कि उन्हें नेपोलियन हिल के एक ऑटोग्राफ की तसवीर चाहिए और हमें व्यक्तिगत रूप से संबोधित पत्र भी मिलते हैं, भले ही सन् 1970 में सत्तासी वर्ष की उम्र में उनका देहांत हो गया।

"एक दिन मुझे एक ऐसे व्यक्ति से फोन आया, जिसने कहा कि उसने 'थिंक एंड ग्रो रिच' पढ़ना शुरू कर दिया था; लेकिन जब पुस्तक लिखी गई थी तो उसे पता चला कि उसने पुरानी सामग्री पर अपना समय बरबाद कर दिया था या नहीं किया था। मैंने फोन करने वाले से पूछा, "क्या आप गुरुत्वाकर्षण के नियम को समझते हैं?"

उसने उत्तर दिया, "आपका क्या मतलब है?"

"मैंने उनसे कहा कि यदि एक आदमी एक लंबी इमारत के किनारे से निकलता है तो वह जमीन पर उतरेगा और मार डाला जाएगा या गंभीर रूप से घायल होगा। इससे कोई फर्क नहीं पड़ता कि घटना एक सौ साल पहले या आज हुई थी। कुछ चीजें बदलती नहीं हैं और सफलता के सिद्धांतों में बदलाव नहीं हुआ है। सफलता के रहस्यों पर चर्चा करते वक्त समय अप्रासंगिक है...जो किसी तरह से गुप्त नहीं है। लोकप्रिय पुस्तक 'द सीक्रेट' आकर्षण के नियम के बारे में लिखी एक कालजयी पुस्तक है, जिसे नेपोलियन हिल ने मूल रूप से सन् 1919 में लिखा था। सफलता के सिद्धांतों में बदलाव नहीं होता है; लेकिन वे अकसर नए पाठकों को आकर्षित करने के लिए एक अलग प्रारूप में लिखे जाते हैं।"

शैरोन ने कहा, "ठीक है, मैं काट दूँगी। अगर हम वही प्रतिक्रिया प्राप्त करते हैं तो रात्रिभोज मैं करवाऊँगी।"

"वादा रहा।" ग्रीन ने आत्मविश्वास से कहा, जैसे कि वह पहले से ही परिणाम जानते थे।

उसने सबसे करीबी कार्ड उठाया और नाम पढ़ा, "टैडी। यह कौन है?"

"टैडी ब्लेचर। वह व्यक्ति एक अनमोल रत्न के समान है।" डॉन ग्रीन ने जवाब दिया, "एक आदमी, जो इतिहास में पहला व्यक्ति होना चाहिए, जिसने एक फैक्स मशीन से विश्वविद्यालय की स्थापना की है।"

ग्रेग और शैरोन एक-दूसरे को देखकर परेशान थे।

ग्रीन ने बोलना जारी रखा, "कुछ साल पहले जोहान्सबर्ग, दक्षिण अफ्रीका में अपने कार्यालय से—बिना किसी संरचना, पाठ्यक्रम या कर्मचारियों के—उन्होंने नोटिस भेजना शुरू कर दिया और उन लोगों को निमंत्रण-पत्र भेज दिया, जिनके पास खुद को बेहतर बनाने की इच्छा थी।

"वह उन युवाओं को अपने देश में उन बहिष्कारों से अधिक बनने का अवसर

प्रदान करना चाहते थे, जिन्हें समाज ने उन्हें दिया था। एकमात्र समस्या यह थी कि उनके भाग लेने के लिए कोई कॉलेज नहीं था। 3,500 से अधिक आवेदन, जो स्कूल में भेजे गए, वे कहीं मौजूद ही नहीं थे। डॉ. ब्लेचर और कुछ हद तक सहयोगी, विश्वविद्यालय के निर्माण के लिए एक इमारत उधार लेने में सक्षम थे। वहाँ से जादू हुआ और इस विचार में विस्फोट हुआ कि दक्षिण अफ्रीका में वंचित छात्रों के लिए प्रमुख कॉलेज बन गया है।"

लेखक एक-दूसरे को देखकर मुसकराए, यह जानकर कि अगर उन्हें क्रम पर ले जाया गया तो टैडी को साझा करने की यह एक अच्छी कहानी होगी।

ग्रीन को ब्लेचर की संख्या कहा जाता है। एक हँसमुख आवाज ने जवाब दिया, "मैं टैडी बोल रहा हूँ।"

फोन करने वाले ने अपने दक्षिणी अंदाज में पूछा, "हम कैसे हैं?"

"क्यों मि. ग्रीन, हैलो। मैं आपकी सेवा कैसे कर सकता हूँ?"

"यहाँ मेरे कुछ दोस्त हैं, जो आपसे कुछ पूछना चाहते हैं।"

"जरूर, जरूर! आगे बढ़ो।" ब्लेचर ने जवाब दिया।

शैरोन स्पीकर फोन की तरफ झुक गई और कहा, "हैलो, मि. ब्लेचर, मैं शैरोन लेक्टर हूँ और मेरे साथ ग्रेग रीड हैं। हम समझते हैं कि आपने उन लोगों की मदद करने के लिए एक विश्वविद्यालय शुरू किया, जो आमतौर पर भाग लेने में सक्षम नहीं थे। आपको यह करने के लिए किस चीज ने प्रेरित किया और सबसे महत्त्वपूर्ण बात यह है कि ऐसा करने में आपकी क्या चुनौतियाँ थीं?"

एक क्षणिक विराम के बाद ब्लेचर ने कहा, "ओह, यह हमारे लिए एक बड़ी चुनौती थी। मुझे लगता है कि सभी बड़े सपने देखनेवाले लोगों को इस पर पहले खुद विश्वास करना चाहिए, किसी और से इस विचार को साझा करने से पहले। हमारे पास शुरू करने के लिए बिल्कुल कुछ भी नहीं था; लेकिन हम जो साबित करना चाहते थे, जिसे हम साबित करने के लिए निर्धारित किए गए थे, वह यह था कि ये बच्चे, जिन्हें समाज द्वारा निष्कासित कर दिया गया था, उतने ही रचनात्मक थे, जितना कि कोई और।"

दक्षिण अफ्रीकी शिक्षक ने आगे बोलना जारी रखा, "उस समय अधिकांश लोगों ने सुझाव दिया कि ये बच्चे केवल किसानों या श्रमिकों जैसे पुरुष श्रमिक बनने में सक्षम थे। पर हमने कहा, नहीं! हम यह साबित करने जा रहे हैं कि ये बच्चे, जो मिट्टी के ढेर से और सड़कों से निकलते हैं, चांसलर, एकाउंटेंट, स्टॉक ब्रोकर या जो भी उन्होंने सोचा है, वे बन सकते हैं।"

संदेश से चिंतित ग्रेग ने पूछा, "टैडी, आपके दिमाग में क्या चल रहा था, जब सबने आपको पागल कहा?"

टैडी मुँह दबाकर एक हलकी सी हँसी हँसे और सीधा जवाब दिया, "अपने दिमाग की बस इसी मानसिकता को बनाए रखने से, जो आप कभी नहीं सोचते कि आप कहाँ हैं; आप केवल इस बारे में सोचते हैं कि आप कहाँ जा रहे हैं। आपको अपने जुनून से, पूरी तरह से और सर्वथा उपयुक्त तरह से जानना होगा कि आपका अंतिम लक्ष्य कैसा दिखता है? यहाँ तक कि अगर यह सिर्फ एक भावना है, तो भी अपने शरीर की हर कोशिका के साथ आपको बस, यह जानना और महसूस करना है कि यह बात सत्य है; और सबसे महत्त्वपूर्ण बात यह है कि यह सिर्फ आपके स्वयं के होने से बड़ा है। आप ऐसा कुछ कर रहे हैं, जो दूसरों को अनुकरण के लिए मदद करेगा। एक बार जब आप इसे वास्तव में स्वीकार करते हैं तो आप पर झटके और चुनौतियों का कोई फर्क नहीं पड़ता।"

"तो ऐसा लगता है, जैसे आपके पास काफी बड़ा 'क्यों' था।" ग्रेग ने कहा।

दूर से एक आवाज ने जवाब दिया, "हाँ, आप निश्चित रूप से कह सकते हैं। अगर ये लोग 'मुझे' से 'हम' पर अपना ध्यान लगाते हैं तो यह दुनिया में बहुत अधिक जगह होगी!"

ग्रेग ने कहा, "बेशक! मैं सहमत हूँ। हम वास्तव में आपके बहुत आभारी हैं और सराहना करते हैं कि आपने अपने बहुमूल्य समय में से समय निकाला, साथ-ही-साथ आप जो महान् काम कर रहे हैं। आपने मुझे, मेरा मतलब है शैरोन और मुझे, बहुत कुछ सोचने के लिए दिया है। धन्यवाद।"

जैसे ही उन्होंने हस्ताक्षर किए, डॉन और शैरोन ने भी उनका धन्यवाद किया। शैरोन ने ग्रीन को देखा और प्रभावित होकर कहा, "यह आपके पास रोलोडेक्स फाइल का एक दस्ता है।"

डॉन हँसे और उन्होंने कहा, "आप बेहतर विश्वास करते हैं। नेपोलियन हिल की शिक्षाओं ने दुनिया भर के लोगों पर बहुत अच्छा प्रभाव डाला है। असल में, मैंने आज सुबह एस.एस.आई. निगम और हमारे संस्थापक तनाका ताका-एकी के साथ बात की, जो जापान में वितरण में भागीदार हैं और वे कहते हैं कि सफलता 3 C पर निर्भर करती है—

संगठनात्मकता (कॉन्ग्रुएंसी)—अपने शब्दों और कार्यों में प्रामाणिक रहें। दूसरे शब्दों में, जैसा कि आप कहते हैं और जैसा आप करते हैं, वैसा करें। अन्य लोग देख रहे हैं और इससे भी महत्त्वपूर्ण बात यह है कि यह आपके चरित्र को बनाता है।

स्पष्टता (क्लैरिटी)—अपनी इच्छा के बारे में एक स्पष्ट दृष्टि रखें।

निश्चिंतता (सर्टेनटी)—अपने मन और आत्मा के भीतर जानें कि आप जो कर रहे हैं, उसका उद्देश्य क्या है।

"लेकिन चलो, आपने इसे सीधे किसी और से सुना है। आइए, अगले व्यक्ति को फोन करें और देखें कि उन्हें क्या साझा करना है। आपके पास क्या नाम है, ग्रेग?"

"लुआन मिशेल।" ग्रेग ने कहा।

शैरोन ने कहा, "मैंने उन्हें पूरे मीडिया में देखा है। वह लगातार तीन साल से एक कनाडाई महिला उद्यमी थीं। चलो, उन्हें फोन लगाते हैं, डॉन। मुझे उनसे मिलना अच्छा लगेगा, भले ही केवल टेलीफोन पर।"

अपने सह-लेखक की ओर मुड़कर उसने कहा, "वहाँ आप ग्रेग, एक और सफल महिला साक्षात्कार के लिए जाते हैं।"

"वह एक पटाखा है, मैं आपको बताती हूँ।" ग्रीन ने अपनी ऑफिस लाइन डायल की। लेकिन उसका कोई जवाब नहीं था। उन्होंने मिशेल के प्रमाण-पत्रों के साथ जारी रखा, "वर्ष 2001 में मैड्रिड में दुनिया के अग्रणी महिला व्यवसायी के रूप में उन्हें कई पुरस्कारों से सम्मानित किया गया और 2003 में क्यूबेक की मॉण्ट्रियल की मैकगिल यूनिवर्सिटी ने उन्हें प्रतिष्ठित प्रबंधन उपलब्धि पुरस्कार के साथ 2003 में प्रस्तुत किया। अमेरिकन बायोग्रेफिकल इंस्टीट्यूट ने वर्ष 2005 के लिए 'वूमेन ऑफ द ईयर' का नाम दिया और उन्हें 'लाइफटाइम एचीवमेंट' पुरस्कार दिया गया।

"उन्हें राष्ट्रव्यापी खोज में लगातार तीन वर्षों तक 'प्रोफिट' और 'चैटेलाइन' पत्रिकाओं द्वारा कनाडा की नंबर वन महिला उद्यमी भी नामित किया गया था। विचार प्राप्त करें, चलो देखते हैं, मुझे लगता है कि मेरे पास उनसे बात करने के लिए एक और संपर्क सूत्र है।"

कार्ड उलटकर उन्होंने अपना निजी सेल फोन नंबर मिलाया। उस पर तत्काल प्रतिक्रिया मिली।

"हाय डॉन, क्या चल रहा है?" मिशेल ने जोशीले स्वर में पूछा।

"हाय लुआन, यहाँ मेरे पास दो लोग हैं और ये आपसे कुछ प्रश्न पूछना चाहते हैं। कुछ समय है?"

"बेशक, कौन हैं?"

शैरोन ने माइक्रोफोन पर बात की, "मेरा नाम शैरोन लेक्टर है और मेरी बगल में ग्रेग रीड बैठे हैं; हम फाउंडेशन के साथ एक नई पुस्तक पर काम कर रहे हैं और आपसे कुछ पूछना चाहते हैं।"

मिशेल ने जवाब दिया, "ठीक है, पूछो।"

"मैं वास्तव में आपके बारे में थोड़ा सा जानती हूँ। अखबार में आपकी कहानी पढ़ी है। जब आपके पति का निधन हो गया तो आपने एक असफल मांस पैक करने वाले

संयंत्र को सँभाला, जो दिवालियापन से एक कदम दूर था और उसे केवल तीन वर्षों में बदल दिया।"

"सच है; लेकिन प्रेस में जो कुछ भी नहीं लिखा है, वह है, जो हमने वहाँ तक पहुँचने के लिए किया।" लुआन मिशेल ने थोड़ा रुककर कहा।

एक पल की चुप्पी की अनुमति के बिना ग्रेग ने पूछा, "आपका क्या मतलब है?"

"जब मेरे पति की मृत्यु हो गई तो चीजें इतनी बदल गई थीं कि मेरे बच्चों ने भी पूछा कि क्या हम कर्जे का भुगतान कर पाएँगे? सच तो यह है कि मुझे नहीं पता था, लेकिन वहाँ मैं एक विधवा और तीन बच्चों की माँ थी, जिसकी आय का साधन कुछ नहीं था और इस असफलता का बहुमत शेयरधारक वह मांस संयंत्र ही था। मैंने व्यापार को चालू करने की कोशिश करने पर अपना पूरा ध्यान केंद्रित करने का फैसला किया।"

ग्रेग ने अपनी पूछताछ जारी रखी, "क्या लोगों को लगता था कि आप सनकी हो?"

एक हँसी के साथ उसने जवाब दिया, "नहीं, बिल्कुल नहीं। वे बिल्कुल निश्चिंत थे! वे आश्वस्त थे कि मैं अनुभव की कमी के आधार पर असफल हो जाऊँगी।"

कार्यालय में जो समूह मौजूद था, वह इस टिप्पणी पर मुसकराया। शैरोन ने पूछा, "तो आपने क्या किया?"

"एक बात, जो कि मेरे पति अकसर कहते थे कि मैं एकदम सही उपभोक्ता थी। मैं तीन बच्चों की माँ थी और मेरे पति को अपनी स्वास्थ्य स्थिति के कारण नमक का सेवन कम करने की जरूरत थी। इसलिए मैंने एक उत्पाद लाइन बनाने पर ध्यान केंद्रित किया, जो मेरी स्वयं की जनसांख्यिकीय जरूरत को पूरा करता है और एक स्वस्थ, गोरमेट क्रम बनाता है, जिसका हर कोई आनंद ले सकता है।"

"जब आपको यह प्रेरणा मिली तो क्या आपको निवेशकों या ऋणदाताओं द्वारा ठुकरा दिया गया?" शैरोन ने आश्चर्य से पूछा।

"हम हर ऋणदाता के पास गए और वे सब एक ही बात करते थे—यदि आप अंदर हैं तो हम बाहर हैं!"

"ओह, बहुत तकलीफ हुई होगी।" ग्रीन ने सहानुभूति व्यक्त की।

"वास्तव में नहीं, डॉन।" मिशेल ने कहा, "बल्कि, वह मेरी प्रेरक शक्ति बन गई। मैं विश्वास करती थी कि मैं क्या कर रही थी और मुझे पता था कि मैं इसे सभी सही कारणों से कर रही थी और मेरा मानना था कि हमारे पास ऐसा उत्पाद था, जो पूरी दुनिया में प्रयोग का हिस्सा हो सकता है।"

ग्रेग ने कहा, "यह शक्तिशाली है।"

"जितना चाहे, उतना जंगली जैसा दिख सकता है। जैसा कि आपने पहले कहा

था, शैरोन, हमने उस कंपनी को कम ही समय में बदल दिया। हमने अपने कर्मचारियों के लिए कुछ महान् कार्यक्रम शुरू किए और हमने जादू जैसा किया। हमारे ग्राहक बनने लगे और हमने दुनिया भर में अपने उत्पादों को बेचना शुरू कर दिया। यह एक बड़ी कामयाबी थी। बिक्री दोगुनी हो गई, फिर तीन गुना और फिर चीजें वास्तव में रोमांचक हो गईं।"

"यह शानदार है।" शैरोन ने टिप्पणी की।

"उस कंपनी को बेचने से पहले हम उसे सालाना लगभग 50 करोड़ डॉलर के राजस्व पर ले आए थे।"

ग्रेग ने पूछा, "क्या आपने 50 करोड़ डॉलर कहा?"

लुआन मिशेल ने कहा, "मुझे पता है—अति उत्साहपूर्ण, हुँह!"

"आपने बिल्कुल सही सुना, 50 करोड़ डॉलर ही कहा है। एक सुनहरे बालोंवाली 'प्रभाव-युक्त व्यक्ति' के लिए बुरा नहीं है। फिर भी, मुझे लगता है कि यह उतना बुरा नहीं है, जितना कि मुझे कई अन्य लोगों ने बुलाया।"

तीनों उनके कथन पर जोर से हँस पड़े।

यह देखते हुए कि वार्त्तालाप घंटों तक चल सकता है, डॉन ने उसे अपनी अंतर्दृष्टि के लिए धन्यवाद करके कॉल को छोटा कर दिया; जबकि उसने अपनी संपर्क जानकारी को अपने आगंतुकों के साथ साझा किया, ताकि वे बाद में अपनी बातचीत जारी रख सकें।

"हमारे पास सहायक एनीडिया होगी। हम आपको एक इ-मेल भेजेंगे। जल्दी ही आप से बात होगी।"

"धन्यवाद, डॉन।" उसने जवाब दिया, "अगर मैं आपकी कोई सेवा कर सकती हूँ तो कृपया मुझे कॉल करें।"

रिसीवर को रखते हुए शैरोन और दूसरे दो की तरफ पलट गई और कहा, "कोई प्रश्न नहीं, रात का खाना मेरी तरफ से, दोस्तो!"

मुसकराते हुए मि. ग्रीन ने कहा, "मैं पहले से ही आपके आगे हूँ। रात के लिए बाहर निकलने से पहले एनीडिया ने हमें आरक्षित कर दिया। हमारे पास सिर्फ एक घंटा है। चूँकि आप यहाँ पहले आए हैं ग्रेग, मैं थोड़ा सा शैरोन को दिखाने जा रहा हूँ। आप घर पर रहो और अपनी इच्छा के अनुसार घूमो, स्वतंत्र महसूस करो।"

ग्रेग ने खुद को अकेला पाया। उसकी आँखें कमरे में घूम रही थीं, क्योंकि वह अपने विचारों में खो गया था। यहाँ उनकी पिछली यात्राओं पर वे नींव के साथ कुछ प्रकार के रिश्ते बनाने पर केंद्रित थे और अब वे परिवार का हिस्सा बन रहे थे।

उन्होंने इस अविश्वसनीय विकास के बारे में सोचने की कोशिश की, लेकिन

असुरक्षा की भावना से यह दूर हो गया। आखिरकार चीजें अपने रास्ते पर जा रही थीं। फिर भी वह महसूस कर रही थी कि वह धोखाधड़ी कर रहा था। अपनी कड़ी मेहनत और अंतर्दृष्टि की बड़ी सूची के बावजूद वह अभी भी आवश्यकता भर धन नहीं कमा पा रहा था।

वह व्यवसाय, जो उसने बेचा था, वह ठीक काम कर रहा था और उसने कुछ महीनों की बिक्री के नकदी प्रवाह की सराहना की; लेकिन वह यात्रा खर्चों में दोगुने से अधिक खर्च कर रहा था, जिस कारण कर्ज बढ़ रहा था। यहाँ वे इस समृद्धि से घिरे हुए थे, फिर भी राहत मिली कि शैरोन ने रात का खाना खरीदने की पेशकश की थी, क्योंकि उन्हें पता था कि उनका क्रेडिट कार्ड स्वीकार नहीं किया जाएगा।

चीजें इतनी तंग थीं कि वह दिवालियापन के लिए दाखिल करने पर विचार कर रहा था। वह उदास महसूस कर रहा था, क्योंकि उसकी आंतरिक आवाज ने उससे कहा, "मैं इस परियोजना के लिए जो कुछ भी कर रहा हूँ, उसे दे रहा हूँ और मेरे पास इसके लिए कुछ भी दिखाने के लिए नहीं है। मैं एक साल पहले की तुलना में बेहतर नहीं हूँ। मुझे ऐसा क्यों लगता है कि मैं ऐसी प्रतिष्ठित परियोजना पर जा सकता हूँ? मैं इन अविश्वसनीय रूप से सफल लोगों के साथ कंपनी रखने के लिए कौन हूँ? शायद मुझे खुद को धोखा देना बंद करना चाहिए और वास्तविक नौकरी खोजनी चाहिए।"

संदेह से पूरी तरह से अभिभूत होने से पहले ग्रेग ने कार्यालय के चारों ओर घूमकर खुद को विचलित करने से रोकने की कोशिश की। अलमारियों से पुस्तकें निकालते हुए उन्होंने उन्हें वापस रखा। उनका ध्यान उनके सामने अपने कामों से अधिक परेशानियों से ठीक हो गया।

उन्होंने एक अकेली फाइल केबिनेट देखी, जहाँ से वे बस बैठे थे। डॉन ने कहा कि मैं कुछ भी देख सकता हूँ। उन्होंने उसे खोलने के रूप में तर्कसंगत बनाया। "वाह!" उन्होंने साँस अंदर लेते हुए देखा कि नेपोलियन हिल के व्यक्तिगत हस्तलिखित नोट्स और लेखों की पंक्ति के बाद। कई लोगों ने देखा कि उन्हें पहले से दायर नहीं किया गया था, क्योंकि उन्हें पढ़ा नहीं गया था। ग्रेग को शीर्ष पर 'प्रतिकूलता और हार' लेबल वाला एक स्क्रॉल मिला। आगे पढ़ा गया—

विपत्ति और शिकस्त

आपके द्वारा मिलनेवाली प्रत्येक विपत्ति के साथ समकक्ष या अधिक लाभ का बीज होता है। इस कथन का एहसास करें और इसमें विश्वास करें। अपने अतीत की सभी असफलताओं और परिस्थितियों पर अपने दिमाग का दरवाजा बंद करें, ताकि आपका दिमाग

सकारात्मक मानसिक दृष्टिकोण में काम कर सके। हर समस्या में समाधान होता है, केवल आपको उसे ढूँढ़ना होता है!

यदि आप 'मैं हार के रवैए में विश्वास नहीं करता' विकसित कर लेते हैं तो आप सीखेंगे कैसे कि हार जैसी कोई चीज नहीं है, जब तक आप उसे स्वीकार नहीं करते! यदि आप समस्याओं को अस्थायी झटके और कदम उठाने के लिए देख सकते हैं—सफलता के लिए पत्थर, आपको विश्वास होगा कि आपके पास केवल वही सीमाएँ हैं, जो आपके दिमाग में हैं।

याद रखें—हर हार, हर निराशा और हर विपत्ति इसके साथ बराबर या अधिक लाभ के बीज रखती है।

जैसा कि उन्होंने पढ़ा, ग्रेग ने माना कि शायद उनकी वर्तमान निराशा उनकी प्रगति के रास्ते में हो रही थी। हिल के संदेश एक ही राग अलापते थे। एक पल के लिए इसे देखकर उन्होंने शब्दों पर अपना ध्यान लगाया। वे उसे वापस जाँच में लाए, उन्हें याद दिलाते हुए कि आत्म-संदेह का यह क्षण उनके स्वयं के व्यक्तिगत सफलता समीकरण का हिस्सा था। यह उनकी यात्रा का हिस्सा था। उन्होंने खुद को यह स्वीकार करने के लिए मजबूर कर दिया कि वह उस लड़के से कितना दूर आए थे, जो मि. बकलैंड की अच्छी जैकेट को चुरा लेने के लिए तैयार था और कैसे जैकेट और मि. बकलैंड के उस विश्वास ने उन्हें उस रास्ते तक पहुँचाया, जिस पर वह अब था। उन्हें एहसास हुआ कि उन्हें अपने मिशन में विश्वास रखने की आवश्यकता है और उन्होंने खुद से एक सकारात्मक मानसिक दृष्टिकोण के साथ काम करने का वादा किया। हालाँकि चीजें कठिन लगती थीं, फिर भी वे सफलता के लिए अपने कदमों पर चल रहे थे और खड़े थे। हिल की नामावली ढूँढ़ना बेहतर समय नहीं हो सकता था और वे हँसे, जब वे महसूस कर रहे थे कि यह सब सिर्फ कुछ फीट दूर था। ग्रेग रवैए में उस प्रमुख बदलाव के साथ डॉन और शैरोन के साथ जुड़कर रात्रिभोज के लिए शामिल हो गए।

□

लोग प्रकृति एवं आदतों और उन लोगों के विचारों की शक्ति लेते हैं, जिनके साथ वे सहानुभूति और सद्भाव की भावना में सहयोग करते हैं।

—नेपोलियन हिल

20

एक नई शुरुआत

जब ग्रेग घर पहुँचे तो एक निमंत्रण-पत्र उनका इंतजार कर रहा था। अकेले निमंत्रण-पत्र देखना ही बहुत शानदार था—चमड़े के कागज पर सोने की परत के साथ।

मिया ने उसकी सुंदरता की सराहना की। ग्रेग बस, यह जानना चाहते थे कि घटना क्या थी? उन्होंने उसका अधीरता से निरीक्षण किया।

"मि. जोनाथन बकलैंड के जीवन के पचहत्तर वर्ष पूरे होने के उत्सव में आपकी मौजूदगी का अनुरोध है।" उन्होंने पत्र पढ़ा।

तत्काल ग्रेग का दिमाग घूमने लगा, क्योंकि उन्हें वह अवसर दिख रहा था कि उन्हें अपने सलाहकार के करीबी दोस्तों के साथ बातचीत का मौका मिलेगा। वे जानते थे कि पार्टी कुछ खास होगी और वे कृतज्ञता की त्वरित प्रार्थना बोलने के बारे में सोचने लगे। मिया की कल्पना को भी मि. बकलैंड से व्यक्तिगत रूप से मिलने और अन्य प्रकाशिकाओं को देखने में विचार करने के विचार से उकसाया गया था।

उसने कहा, "यह बहुत अच्छा होगा!"

उत्सव की रात को आकाश में तेज चाँदनी का प्रकाश था, क्योंकि वह एक पूर्णिमा की रात थी। ग्रेग और मिया पूरी तरह से तैयार होकर पार्टी में पहुँचे। मिया एक शानदार लाल पोशाक में थी और छोटे बालों में उसका नया केश-विन्यास बेहद प्रभावशाली था। ग्रेग अपनी नोटपैड के साथ था, जो उसने अपनी जेब में रख ली थी, ताकि ज्ञान के अनमोल वचनों को दर्ज किया जा सके।

कप्तान की टोपी पहने एक दोस्ताना आवाज ने अभिवादन किया, "नमस्ते, आपका स्वागत है।"

ठेठ बकलैंड फैशन में व्यापार नेता उत्सवों पर अधिक दूर तक नहीं (कोई इरादा नहीं) चले गए थे। शहर में सबसे शानदार नौकाओं को झुका रहा था वह, जो आमतौर पर सरकारी अधिकारियों और गण्यमान्य व्यक्तियों के लिए आरक्षित था।

"मि. ग्रेग, आपको देखकर अच्छा लगा।" मेजबान ने जलयान के पिछले हिस्से से पुकारा।

"जन्मदिन मुबारक हो, मि. बी।" अतिथि ने सराहनीय स्वर में कहा।

"मिया, तुम जितना सोचा था, उतनी प्यारी हो।" बकलैंड ने तारीफ की और उसका हाथ चूमा। यद्यपि उन्होंने फोन पर और इ-मेल द्वारा उससे बात की थी, लेकिन उसे अपने प्रक्षेपण की प्रगति से अवगत कराया गया था, लेकिन दोनों कभी व्यक्तिगत रूप से नहीं मिले थे।

"ओह, रुको।" उस स्पर्श से उसके गाल गुलाबी हो गए थे।

ग्रेग और मिया ने फिर केबिन के माध्यम से अपना रास्ता बनाया और अपने नाम से आरक्षित टेबल देखने लगे। जैसे ही उन्होंने अपनी सीट ली, वे अधिक उत्साहित हो गए थे, यह देखते हुए कि वे सम्माननीय अतिथि की बगल में बैठे थे।

उत्सव के लिए उनसे समाज के बेहतरीन और सबसे प्रमुख नेता जुड़े थे। वे मिस्फिट खिलौनों की भूमि से पात्रों की तरह महसूस कर रहे थे। ग्रेग को एहसास हुआ कि मि. बकलैंड को पता था कि वह बैठने के काम के साथ क्या कर रहा था।

मिया ने एक प्याला उठाकर घोषणा की, "यह सब आपके साथ रहने का सम्मान है।"

ग्रेग ने टोस्ट शुरू करने से पहले एक बहुत ही परिचित आवाज सुनी।

रॉन ग्लोसेर ने घोषणा की, "मुझे भी यहाँ शामिल होने दो।"

जैसे ही पार्टी में आनेवालों ने अपने शराब के प्याले उठाए, उन्होंने कहा, "नए दोस्तों के लिए, पूर्व परिचितों के लिए और उन लोगों के लिए, जो आगे मिलेंगे, दुआ करते हैं कि हम सभी सद्भाव में रहें और कई लोगों के जीवन को प्रभावित कर पाएँ।"

मेहमानों ने अपने चश्मे को झुकाकर हामी भरी।

"देवियो और सज्जनो! हमारे साथ, हमारे बीच कोई खास है। यह ग्रेग और उनकी प्रेमिका मिया हैं। नेपोलियन हिल फाउंडेशन की मदद से ग्रेग बाधाओं पर काबू पाने के बारे में एक नई पुस्तक पर काम कर रहे हैं। मुझे यह कहते हुए प्रसन्नता हो रही है कि मुझे पहले से ही ज्ञान के कुछ शब्दों को साझा करने का मौका मिला है और शायद आप भी ऐसा ही कर सकते हैं।"

"धन्यवाद, मि. ग्लोसेर।" ग्रेग ने विनम्रतापूर्वक कहा।

एक साथी अतिथि ने पूछा, "रॉन ने आपको क्या बताया है?"

"उन्होंने कहा कि किसी को कभी भी परेशानी के वक्त में एक बड़ा निर्णय नहीं लेना चाहिए।"

"मैंने विपत्ति में नकारात्मक समय के लिए कहा—इसे ठीक तरह से समझो।" ग्लोसेर ने कहा।

अन्य मेहमानों ने परिशुद्धता पर अपने परिचित आग्रह की सराहना की। जैसे ही विनोदी मनोदशा कम हो गई, एक और व्यक्ति ने पूछा, "आपने और क्या सीखा?"

"बहुत सारे सबक हैं। मुझे भी पता नहीं है, कहाँ से शुरू करें।"

"उन्हें पी.एम.ए. के बारे में बताओ।" मिया ने सुझाव दिया।

"ओह, हाँ, सकारात्मक मानसिक रवैया।" ग्लोसेर ने बीच में ही कहा। उसने अपनी बाईं ओर इशारा किया और पूछा, "ग्रेग, क्या आपको बेसबॉल पसंद है?"

"बेशक। मैं सैन डिएगो पैड्रे के प्रशंसक के रूप में ही बड़ा हुआ हूँ।"

डिनर पार्टी के एक अन्य सदस्य ने कहा, "तो मुझे खेद है कि हमें पिछले हफ्ते अपने लड़कों को सचेत करना था।"

ग्लोसेर ने कहा, "यह ह्यूस्टन एस्ट्रॉस के मालिक ड्रैटन मैकलेन हैं। ये पहले से ही सही रवैया रखने की शक्ति जानते हैं, साथ-ही-साथ मुश्किल समय आने पर हार नहीं मानते हैं।"

बेसबॉल टीम के मालिक ने टिप्पणी की, "जब हमने पहली बार मताधिकार खरीदा था तो वह बेहद मुश्किल समय था। वास्तव में, मुझे पेरोल को कवर करने के लिए अपनी खुद की जेब से अतिरिक्त चेक लिखना पड़ा। हम लाखों लोगों से बात कर रहे हैं।"

मिया ने कहा, "वह एक मुश्किल वर्ष होना चाहिए था।"

"वे बेहद मुश्किल भरे सात वर्ष थे!" मैकलेन उछल गया, "टीम को लेने के महीनों के भीतर मेरे खिलाड़ी बेसबॉल इतिहास में अकेले हड़ताल पर गए। इससे पहले कि हमने लाभ कमाया, इसमें सात वर्ष लग गए।"

एक अन्य अतिथि ने पूछा, "आपने टीम को क्यों नहीं छोड़ा और बेच क्यों नहीं दिया?"

"अपनी जिंदगी में मैंने कभी भी कुछ नहीं छोड़ा।" उसकी त्वरित प्रतिक्रिया थी, "मैंने कभी भी धनवान् बनने के लिए टीम नहीं खरीदी। यह खेल के प्रति प्यार के लिए और अधिक था और यह मेरे पास सबसे महान् आशीर्वादों में से एक साबित हुआ।" वे एक पल के लिए रुके और अपना वक्तव्य पूरा किया, "हमने हमारे समुदाय पर सकारात्मक प्रभाव डालने के लिए खिलाड़ियों की प्रसिद्धि का उपयोग किया। उन्होंने

स्कूलों और अस्पतालों का दौरा किया और वास्तव में शहर को बेहतर स्थान बनाने के लिए कोशिश की। आप इस तरह किसी चीज पर मूल्य का टैग नहीं लगा सकते हैं।"

इसके अलावा, मैकलेन ने निष्कर्ष निकाला, "कठिनाइयाँ और समस्याएँ जीवन को दिलचस्प और अद्वितीय बनाती हैं।"

"कमाल की बात कही।" ग्रेग आपने मिया के कान में फुसफुसाए, क्योंकि वह अपने भरोसेमंद पैड के माध्यम से गुजर रहा था। "मुझे लगता है कि हमें अपनी कठिनाइयों का रोना नहीं रोना चाहिए।"

उसे अनसुना करते हुए मैकलेन ने कहा, "बिल्कुल नहीं और इसे समझो।"

ग्रेग ने निम्नलिखित शब्द लिखे—

कभी-कभी सबसे खराब परिस्थितियाँ सबसे अच्छे अवसर बनती हैं।

"यह सब नेतृत्व के बारे में है।" मैकलेन ने जारी रखा, "ऐसा बनिए, जो कोयले के ढेर में हीरा दिखता है, जबकि बहुमत केवल मलबा और मिट्टी को देख सकता है, एक नेता पूरी तरह से अलग दृष्टिकोण से चीजों को देखता है। यह खलिहान में दो लड़कों के बारे में उस पुरानी कहानी की तरह है।"

ग्रेग ने स्पीकर की तरफ अपना पूरा ध्यान दिया। पहली बार उस समय से अलग था, जब वे जोनाथन बकलैंड से मिले थे। वह अपने आपको आसानी से अलग-अलग महसूस करता था, जो उसे पेश किया जा रहा था, उसे प्राप्त करने के लिए और अधिक खुला था।

"आप जानते हैं, दो लड़के एक खलिहान में जाते हैं। पहला लड़का जब गोबर के विशाल चार फीट ऊँचे ढेर को देखता है तो वहाँ से निकलता है और उसे बाहर निकाल देता है।"

जैसा कि ड्रैटन ने अपनी कहानी जारी रखी, ग्लोसेर हँसे पूरी तरह से जानकर। वह कहानी आगे बढ़ रही थी।

"दूसरा लड़का अलग-अलग चीज देखता है। वह ऊपर जाता है, फिर ढेर के बीच में कूदकर चारों ओर सामान फेंक देता है। जब किसान उससे पूछता है कि वह क्या कर रहा है, तो वह आशावादी उत्तर देता है, 'जिस तरह से मैं इसे देखता हूँ श्रीमान, इस सबके साथ यहाँ कहीं एक टट्टू होना चाहिए।'"

अतिथिगण इस पुरानी विनोदपूर्ण कहानी पर बहुत हँसे।

मिया ने पूछा, "आपके विचार में ऐसा क्या है, जो एक नेता को महान् बनाता है?"

एक पल खोए बिना मैकलेन ने जवाब दिया, "मैंने सुना है कि यह एक बार कहा गया था।"

ग्रेग ने इस नए विचार को गंभीरतापूर्वक दर्ज किया और एक पल के लिए इस पर मनन किया—

एक सच्चा नेता दूसरों को वहाँ ले जाता है,
जहाँ वे खुद नहीं जा सके थे।

"सुनो! सुनो!" सब एकजुट होकर बोले, क्योंकि उन्होंने एक बार नेतृत्व के टोस्ट में अपने चश्मे उठाए थे।

ग्रेग ने सराहना की, "ये बहुत अच्छी चीजें हैं, धन्यवाद।" उन्हें अब याद आया कि मैकलेन ने सन् 1990 में सैम वाल्टन को बेचने से पहले 3 अरब डॉलर के एक साल के उद्यम से 19 अरब डॉलर साम्राज्य में अपना पारिवारिक व्यवसाय लिया था। यह सफल नेतृत्व था!

"आपके बारे में क्या है?" मिया ने दो अच्छी तरह से तैयार महिलाओं से पूछा, जिनके चेहरे पर एक बड़ी मुसकराहट थी।

"हम कताई कर रहे हैं, क्योंकि शैरोन लेक्टर ने हमें आज रात आपको ढूँढ़ने के लिए कहा था। वह आपके उत्साह और ऊर्जा के बारे में ठीक कह रही थीं। उन्होंने हमें बताया कि आप हमारी कहानी सुनना चाहेंगे, लेकिन हमारी कहानी व्यापार की तुलना में मानव प्रकृति के बारे में अधिक है।"

मैकलेन ने उस युगल को इस तरह से पेश किया कि तुरंत हर किसी का ध्यान उन्होंने खींच लिया।

"देवियो और सज्जनो! सारा ओ'मीरा और यवोन फेडरसन से मिलिए। ये 'चाइल्ड हेल्प' नामक एक बहुत ही सफल गैर-लाभकारी संगठन के संस्थापक हैं और इन्हें दुनिया भर में दुर्व्यवहार सहनेवाले बच्चों को बचाने में इनके उत्कृष्ट प्रयासों के लिए लगातार चार वर्षों से 'नोबेल शांति पुरस्कार' के लिए नामित किया जा रहा है। कई दशकों से उनके काम की सराहना की गई है और लगभग 50 लाख युवाओं तक पहुँच गया है। उनके कई पुरस्कार और प्रशंसा के अलावा उनकी कहानी पर एक टी.वी. फिल्म भी बनाई गई है।"

मिया खड़ी हुई, चलकर आई और दोनों महिलाओं को गले लगाकर कहा, "कितना अद्‌भुत है! आप वास्तव में भगवान् के जैसे काम कर रहे हैं।"

"हम उम्मीद करते हैं।" फेडरसन ने कहा, "निश्चित रूप से हम पूरा समय काम कर रहे होते हैं।"

ग्रेग ने पूछा, "आपने कैसे शुरू किया?"

सारा ओ'मीरा ने जवाब दिया, "कई साल पहले, लगभग पचास से अधिक, यवोन

और मैं यू.एस.ओ. के लिए मनोरंजन कर रहे थे। जापान में नियुक्त होने पर हम मिश्रित अमेरिकी और एशियाई माता-पिता के इन ग्यारह अनाथ बच्चों के संपर्क में आए, जिनके बारे में कोई दावा नहीं करेगा। हम उन्हें एक होटल खोजने की उम्मीद में हमारे होटल के कमरे में ले गए, लेकिन उसका कोई फायदा नहीं हुआ, यहाँ तक कि सैन्य अधिकारियों ने भी यही कहा कि उन्हें उन बच्चों को वापस वहीं रखना पड़ेगा, जहाँ से उन्हें पाया था, मतलब सड़क पर।"

"लेकिन हमने इसके बारे में कभी नहीं सुना।" यवोन फेडरसन ने कहा, "हमने उन अधिकारियों से कहा कि जो उन्होंने हमसे करने को कहा था, हमने वही किया था। बस, बच्चों को थोड़ा दूर छिपा दिया था, जबकि हमने अपने कार्यक्रम भी किए। अंत में, हम उस शहर में एक महिला के पास आए, जो मदद करने के लिए तैयार थी; लेकिन उसके पास कोई पैसा नहीं था और उन बच्चों को प्यार करने के अलावा कुछ भी नहीं था। हमने वादा किया कि अगर वह उन्हें ले गई तो हम उनकी देखभाल करने में मदद के लिए कपड़े, भोजन और धन के साथ वापस आ जाएँगे।"

मेज के इर्द-गिर्द बैठे सभी जनों ने कहानी के हर शब्द को बड़े ध्यान से सुना।

"फिर क्या हुआ?" मिया ने चिंतित स्वर में पूछा।

"हम सैनिकों के पास गए और उन्हें मदद के लिए कहा।" ओ'मीरा ने कहा। "हमने उन्हें इन बच्चों के बारे में बताया, वे क्या कर रहे थे और यहाँ तक कि सुझाव दिया कि उन्हें उनकी मदद करनी चाहिए, क्योंकि वे आधे अमेरिकी थे और शायद वे उनके बच्चों के साथ हो सकते हैं।"

फेडरसन ने कहानी जारी रखी, जैसा कि उन्होंने इसे कई बार पहले बताया था—"और उन्होंने मदद की! अब चाइल्ड हेल्प ने 50 लाख से अधिक बच्चों की सहायता की है। हमारे पास 42 राज्यों और 14 देशों में कार्यक्रम हैं। हमारी राष्ट्रीय बाल दुर्व्यवहार संकट हॉटलाइन हर महीने हजारों बच्चों की मदद करती है, जब उन्हें इसकी आवश्यकता होती है।"

वहाँ बैठा हर कोई इसकी सराहना कर रहा था, सिर्फ विनम्रता से ताली बजने से ज्यादा।

ग्रेग ने पूछा, "क्या आप 'नोबेल शांति पुरस्कार' जीतने के बारे में उत्साहित हैं?"

ओ'मीरा ने जवाब दिया, "हम पुरस्कार की तुलना में बाल-सहायता के प्रति जागरूकता के बारे में अधिक उत्साहित हैं। यह हमारे बारे में नहीं है। यह उन सभी हजारों स्वयंसेवकों के बारे में है, जो इन बच्चों के लिए काम करते हैं। वे पुरस्कार के लायक हैं।"

मिया ने कहा, "चुनौतियों का सामना करते समय आप हार नहीं मानते थे।"

"एक गैर-लाभकारी के रूप में हम हमेशा उन चुनौतियों का सामना कर रहे हैं, जो हमारी मदद की जरूरतवाले सभी बच्चों की सेवा करने में सक्षम नहीं हैं, जिससे हम सालाना धन जुटाने में मदद कर सकते हैं। जब तक दुर्व्यवहार से बच्चे पीड़ित हैं, तब तक हमारा काम पूरा नहीं माना जाएगा।"

और फिर, अपनी आँखों में एक चमक के साथ फेडरसन ने कहा, "और यदि आप हमारी मदद करना चाहते हैं तो हम इसका स्वागत करेंगे—या तो एक स्वयंसेवक या दान-दाता के रूप में।"

"हमेशा, किसी भी समय। यह इस तरह है कि ये महिलाएँ हमारे बच्चों के लिए कितनी मेहनत करती हैं। ये वास्तव में धरती पर स्वर्गदूत हैं!" रॉन ग्लोसेर ने कहा, "लोग कहते हैं कि छोड़ना एक विकल्प नहीं है। वह बकवास का एक गुच्छा है। यह हमेशा एक विकल्प होता है। नेतृत्वकर्ता समझते हैं कि सफल होने के लिए हमें कार्य करना होगा, जैसे कि हम सफल होने जा रहे हैं और कभी भी अंतिम परिणाम पर ध्यान नहीं देते हैं। ये महिलाएँ उस विश्वास का प्रतीक हैं और जब ये शब्दों पर एक खेल हो सकती हैं, सफल लोग समझते हैं कि उन्हें हमेशा···"

ग्रेग ने इन शब्दों को तुरंत अपने नोटपैड पर उतार लिया—

ऐसे कार्य करें—

और कभी भी 'कभी नहीं' पर विश्वास न करें।

ग्रेग ने स्पष्ट रूप से याद किया कि उन्हें आश्वस्त किया गया था कि डेविड की शराब की आदत कभी खत्म नहीं हो सकती थी। उन्होंने यह भी याद किया कि डेविड ने ग्लोसेर के समान वाक्यांश का इस्तेमाल किया था, जिसे उन्होंने पुनर्वसन में उठाया था, "ऐसे कार्य करें, जैसे कि···।" यह सफलता की माँग करने वालों के लिए एक आम विषय प्रतीत होता है, जो वास्तव में वास्तविक है।

सबसे बुरे क्षणों में, जब डेविड रुक गया था और सबकुछ खो गया-सा प्रतीत होता था, ग्रेग ने इस अवधारणा से संघर्ष किया था कि उनका भाई कभी ठीक नहीं हो सकता है; लेकिन अगर वह 'कभी नहीं' पर विश्वास नहीं करते थे तो शायद 'कभी नहीं' कभी नहीं आता···!

अगले कुछ घंटों में शामिल रात्रिभोज में शामिल साथियों ने सफलता, संघर्ष और जीत की कहानियाँ साझा कीं। वह एक बौद्धिक और प्रेरणादायक दावत थी, साथ ही एक पाककला के रूप में बाहर निकल रही थी। तब सारा ओ'मीरा ग्रेग की ओर लौट आई और कहा, "मैंने शैरोन से समझा है कि आपने दृढ़ता से सीखने के बारे में काफी यात्रा

की है। आपने हमारे बारे में सुना है; हम आपके बारे में सुनना चाहते हैं।"

ग्लोसेर ने लगभग चिल्लाते हुए प्रवेश किया, "यह सही है, ग्रेग। हम भाग्यशाली हैं, जो आप हमारे साथ हैं। बाकी कभी भी आपको अपने आंतरिक सर्कल में शामिल नहीं करता, अगर उसे विश्वास नहीं होता कि आप तैयार थे। यदि आप यहाँ हैं तो उनका मानना है कि आपने सही अर्जित किया है!"

ग्रेग ने पिछले साल कई अलग-अलग लोगों की आँखों के माध्यम से दुनिया को देखा था। वह मि. बकलैंड के मालिक के सामने घुटने पर बैठे थे और उनके तथा उनके कई दोस्तों से ज्ञान के अनमोल शब्दों की बातें सुनी थीं। लेकिन सिर्फ एक सप्ताह पहले डॉन ग्रीन के कार्यालय में ग्रेग असुरक्षा और निराशा की भावना से उबर गए थे; लेकिन शायद ग्लोसेर सही था। जिस तरह से ग्रेग ने दूसरों के ज्ञान से सीखा और इसके कारण खुद के लिए अलग-अलग विकल्प तैयार किए, उस पल में उन्होंने अंततः महसूस किया कि वे खुद एक सम्मानित अतिथि बन गए थे। झनझनाहट उनकी रीढ़ की हड्डी से नीचे चली गई, क्योंकि उन्हें अपने निजी परिवर्तन का महत्त्व महसूस हुआ।

उन्होंने धीरे से कहा, "मुझे लगता है कि बहुत अच्छी सलाह लेना और रिकॉर्ड करना एक बात है, लेकिन उस सलाह को लेना और उस पर कार्य करना एक पूरी तरह से अलग बात है। आप में से प्रत्येक ने वास्तव में न केवल अपने जीवन में, बल्कि कई अन्य लोगों के जीवन में एक अंतर बनाया है। आप में से प्रत्येक ने अपनी व्यक्तिगत स्थिति से बात की जानेवाली बुद्धि को चुना, इसे आंतरिक बनाने का हर प्रयास किया और फिर उस पर कार्य किया।"

ग्लोसेर मुसकराए और कहा, "ग्रेग, आपने स्पष्ट रूप से यह भी किया है। मुझे पता है कि आप मि. बकलैंड और उनके सभी दोस्तों को श्रेय देते हैं। हमने आपको शामिल किया, लेकिन बकलैंड ने आपके जीवन को नहीं बदला, बल्कि आपने ऐसा किया। क्या आपने नहीं किया?"

ग्रेग ने नम्रता से कहा, "हाँ, मुझे लगता है कि मैंने वैसा किया। असल में, मैं निराशा की गहराई से आया था। जब मैंने पहली बार मि. बकलैंड से मुलाकात की थी, तब मैंने मिया को खो दिया था और वित्तीय आपदा का सामना कर रहा था। मैं अभी भी अपने जीवन को एक साथ वापस रख रहा हूँ; लेकिन अब मैं भविष्य में आशा और उत्साह एवं प्रत्याशा के साथ ध्यान केंद्रित कर रहा हूँ।" मिया के हाथ को कसकर पकड़ते हुए उन्होंने आगे कहा, "आज मैं जीवन में चाहता हूँ कि मैं अपने जीवन में सबकुछ दूँ। मुझे आप में से प्रत्येक से सीखने में काफी मदद मिली है।"

मेज के चारों ओर मेहमान ग्रेग के शब्दों में मुसकराए। ग्लोसेर ने खुद कागज का

एक टुकड़ा खींच लिया और लिखा—

मैं जीवन में चाहता हूँ कि मैं अपने जीवन में सबकुछ दूँ।

"अब ग्रेग, आपने अभी हम सभी को सलाह का एक बड़ा टुकड़ा दिया है। मुझे यह पसंद है!" ग्लोसेर ने नोटपैड को अपनी जेब में वापस रखा।

"आपने वास्तव में सही अर्जित किया है! धन्यवाद, ग्रेग।"

ग्रेग कुछ हैरान हुए थे कि अभी क्या हुआ था। वास्तव में, महत्त्वपूर्ण चीजों का यह ईमानदार साझाकरण उनके जीवन के दौरान कई कठिन दौरों के माध्यम से प्राप्त हुआ था, खासकर पिछले वर्ष के दौरान।

उनके विचार में बाधा डाली गई, क्योंकि किसी ने माइक्रोफोन को टेप किया और घोषणा की, "कृपया ध्यान दीजिए!"

जोनाथन बकलैंड अपने मेहमानों को संबोधित करने के लिए खड़े थे। पूरा जहाज शांत हो गया।

"इस उत्सव में शामिल होने के लिए आप सभी को हृदय से धन्यवाद। आमतौर पर किसी अंतिम संस्कार में कई लोगों को एक साथ देखने का अवसर मिलता है। एक समारोह में ऐसा कम होता है। शायद आप लोगों को भी नहीं लगता कि मैं इसे एक और साल बनाने जा रहा हूँ!"

सुनकर सब लोग हँस पड़े।

"इस ग्रह पर मैंने अब तक जो सबसे बड़ा सबक सीखा है, वह संघ की शक्ति है। वे कहते हैं कि आप उन लोगों का प्रतिबिंब हैं, जिनके साथ आप अपना समय बिताते हैं। मैं अपने जीवन में आप में से प्रत्येक को आशीर्वाद देने एवं सम्मानित करने का बेहद आभारी हूँ। चीयर्स!"

फिर मिठाई आई व ग्रेग और मिया खड़े हुए तथा कुछ ताजा हवा का आनंद लेने के लिए नौका के डेक पर चले गए। इंद्रधनुष जैसे कि वे समुद्र की धुंध से उभर गए थे. उन्हें एक दोस्ताना दिखनेवाले सज्जन का सामना करना पड़ा।

"नमस्ते।" उस जोड़ी ने उसका अभिवादन किया।

"ओह, हैलो।" अतिथि ने जवाब दिया, "मेरा नाम रूडी रूइटिगर है।" उसने अभिवादन में अपनी शैंपेन को उठाया।

मिया ने कहा, "आपसे मिलकर खुशी हुई।"

ग्रेग ने अपने सामान्य ढंग से कह दिया, "एकमात्र लड़का, जिसे मैं रूडी नाम से जानता हूँ, वह सालों पहले की फिल्म से था, जहाँ प्रसिद्ध फुटबॉल खिलाड़ी नोट्रे डेम खेल के अंत में उत्साह में मैदान से बाहर निकल गया था।"

समुद्र तट पर अतिथि ने कहा, "और, आप जानते हैं, आज तक यह आखिरी बार हुआ था।"

ग्रेग ने पूछा, "क्या आपने कभी उस रूडी से मुलाकात की है?"

"हर बार जब भी मैं दर्पण में देखता हूँ।" एक मुसकराहट के साथ प्रतिक्रिया मिली।

"वास्तव में?" ग्रेग की आँखें चमक उठीं, "मुझे वह फिल्म पसंद है! मुझे आपसे मिलकर बेहद खुशी हो रही है।"

"धन्यवाद। ईमानदार होने के लिए यह लगभग कभी नहीं हुआ।"

मिया ने पूछा, "आपका क्या मतलब है?"

"खैर, यह एक दिलचस्प कहानी है। मैंने सोचा, कहानी एक महान् परियोजना होगी, लेकिन किसी और ने इसे नहीं किया। अंत में, मुझे हॉलीवुड में एक पटकथा लेखक मिला, जिसने कहा कि वे विचारों पर जाने के लिए मेरे साथ मिलेंगे। वह फोन पर बहुत उत्साहित लग रहा था। मैंने कुछ पैसे अपने साथ रखे और उससे मिलने के लिए बाहर निकल गया।"

"क्या उसने लिखने में आपकी मदद की?" मिया ने उत्सुकता से पूछा।

"यह इस तरह चला गया।" उसने जवाब दिया, "मैं तीस मिनट से अधिक समय के लिए एक खाने की जगह पर बैठ गया और वह लड़का फिर से कभी नहीं दिखाई दिया। एक घंटा बीत गया और अभी भी उसका कोई संकेत नहीं है। दो घंटे चले गए और फिर तीन।"

"आपने क्या किया?" ग्रेग ने रुइटिगर की कहानी से चिंतित होकर जवाब दिया।

"लंबे समय के बाद, विश्वास करो या नहीं, मुझे अभी भी आशा थी। मैंने अभी भी कहानी की पेशकश की संभावना देखी है और मैं हारनेवाला नहीं था। यह सिर्फ मेरी शैली नहीं है। एक दोस्त मेरे साथ था, इसलिए मैंने उसे बाहर जाने के दौरान बूथ में रहने के लिए कहा और कुछ ताजा हवा मिली, बस, अगर उसने दिखाया। मैं बाहर की तरफ चला गया और..."

"वह वहाँ था?" मिया ने पूछा।

"नहीं।" रुइटिगर ने जवाब दिया, "लेकिन एक दोस्ताना चेहरा था, एक डाक वाहक जिसकी इतनी बड़ी मुसकराहट थी, जो पहले मैंने कभी नहीं देखी। मैंने उससे कहा, 'मैं उस दिन के मुसकराने की सराहना करता हूँ। आप किस चीज के बारे में बहुत खुश हैं?' डाकिए ने हँसना शुरू कर दिया और कहा, 'मैं यहाँ मिशिगन से आया हूँ; पिछले हफ्ते मैं बर्फ में डाक बाँट रहा था और अब मैं शॉर्ट्स में खड़ा धूप सेंक रहा हूँ।'

"तीनों ही डाक वाहक की छवि पर बहुत हँसे, जो कि एक सेलिब्रिटी की तरह धूप का चश्मा लगाकर इतरा रहा था। उसने कहा, 'मुझे खुशी है कि मैं आपका दिन बना सकता हूँ। लेकिन हे, तुम यहाँ क्यों हो? तुम्हारी कहानी क्या है?' इसलिए मैंने उसे बताया। मैंने बात-दर-बात बता दिया कि मैं अपने अनुभव की एक फिल्म कैसे बनाना चाहता था। डाकिया ने कहा, 'आप जानते हैं, आप इसे सुनते हैं। इस शहर में बहुत कुछ है, लेकिन आपका विचार बहुत अच्छा है।' फिर उसने पूछा, 'आप किससे मिलना चाहते थे?'"

रूडी रुइटिगर ने शैंपेन का घूँट भर लिया, इसलिए एक गर्भवती के समान विश्राम किया था, उनके दो व्यक्ति दर्शकों ने अपनी गाथा से मोहित कर लिया।

"जब मैंने उसे बताया तो वह गुस्सा हो गया; लेकिन एक सकारात्मक और रचनात्मक तरीके से। उसने कहा, 'मैं आपको पसंद करता हूँ और मैं आपकी मदद करने जा रहा हूँ। असल में, मैं उस आदमी को जानता हूँ, जो आपके पास खड़ा था। मैंने बस, तीस मिनट पहले उसे डाक दी थी। मुझे पता है कि वह कहाँ रहता है और मैं आपको बताने जा रहा हूँ।' ठीक है, जैसा कि आप कल्पना कर सकते हैं, मैं उत्साहित था और उसने मुझे दिए गए पते पर सीधे पहुँचाया और फिर दरवाजा खटखटाया। जिस लड़के ने मुझे खड़ा रखा था, उसने जवाब दिया और कहा, 'आप कौन हैं?'"

रुइटिगर नाटकीय रूप से रुक गया। नौका के किनारे से टकराती लहरें एकमात्र ध्वनि थीं, जो सुनाई दे रही थीं; क्योंकि ग्रेग और मिया एक शब्द भी न छूट पाए, इसलिए एकदम चौकन्ने थे।

"आपने क्या कहा?" ग्रेग ने पूछा।

मैंने कहा, "मैं रूडी हूँ। आपको दोपहर के भोजन के लिए देर हो चुकी है।"

ग्रेग और मिया एक-दूसरे की तरफ एक और संदेश के इंतजार में मुड़ गए, जो उन लोगों के समान था, जिसे वे अपने रास्ते से सीख रहे थे। उन्होंने मान्यता दी कि रुइटिगर ने अपने सपनों का त्याग नहीं किया था और दृढ़ता रखने का उनमें साहस था।

रूडी रुइटिगर ने कहा, "आप जानते हो क्या? यदि आप फिल्म के अंत में क्रेडिट देखते हैं तो आप देखेंगे कि वह वह व्यक्ति था, जिसने वास्तव में लिपि लिखी थी। बहुत साफ, हुँह!"

ग्रेग ने अपने नोटपैड को खींच लिया और एक पुराने पाठ को एक नए तरीके से लिखा—

चमत्कार के होने से पाँच मिनट पहले
मत छोड़ो।

कोहरे का विस्फोट उनकी क्षणिक भावना में टूट गया। यात्रा समाप्त हो गई थी और नौका बंदरगाह के लिए वापस चली गई।

रूडी ने कहा, "आपको थोड़ा रहस्य में जाने देना है। बकी ने मुझे बताया कि आप क्या कर रहे हैं। यही कारण है कि मैं उस कहानी को आपके साथ साझा करना चाहता था। याद रखें, दृढ़ता की शक्ति से बहुत कम है।"

जैसे ही वे चले गए, ग्रेग ने मिया से कहा, "क्या तुमने उसे सुना? उसने वास्तव में मेरी खोज में मदद की।"

मिया ने उनकी बाँह को छुआ, "इसका मतलब है कि ज्वार बदल गया है और यह तुम्हारी बारी है!"

पार्टी के मेहमान नाव से बाहर आए। ग्रेग और मिया नाव से उतरनेवालों में आखिरी थे।

"जन्मदिन मुबारक हो, मि. बकलैंड।" मिया ने उन्हें गले लगाकर अलविदा किया। "आपने हमारे लिए जो कुछ भी किया है, उसके लिए धन्यवाद।"

"मेरे लिए खुशी की बात है, मिया।" वह ग्रेग की ओर मुड़ गए, "मुझे पता है कि आपके उद्यम के साथ कुछ चुनौतियाँ हैं, लेकिन इसके साथ रहें। मैंने सुना है कि आपके पास शैरोन लेक्टर शामिल है। यह आपके लिए एक महान् सहयोग होगा। क्या आपने अब तक यह पता लगाया है कि आप सोने की अपनी खोज से सिर्फ तीन फीट दूर हैं?"

ग्रेग ने कहा, "मुझे वास्तव में लगता है कि हमारे पास है।"

"वैसे कुछ ऐसा है, जो मैं कुछ समय के लिए आपके साथ साझा करना चाहता था, ग्रेग। आपने मुझे अपने गोद लिये हुए भाई और शराब पीने की उसकी लत के बारे में बताया था। मैं देख सकता था कि यह आपको अंदर कैसे फाड़ रहा था, भले ही आप और मिया को कठिनाइयों का सामना करना पड़ रहा था और जब आप खोज की अपनी सबसे बड़ी यात्रा पर थे।"

ग्रेग को नहीं पता था कि क्या कहना है, इसलिए उन्होंने बात ध्यान से सुनी और मिया का हाथ कसकर पकड़ लिया।

"मैंने आपको जो नहीं बताया, वह यह है कि मैंने अपनी एक बेटी को नशे की लत के कारण खो दिया था। उसे आरोग्य-प्राप्ति नहीं मिली। चाहे वह इसे बुरी तरह से नहीं चाहे या पर्याप्त मेहनत न करे, उसने कभी खुद को नहीं पाया। जब वह तीन वर्ष की थी, तब उसकी माँ और मैंने अपनी उस बेटी को खो दिया। इतनी छोटी थी वह। ईमानदारी से कहूँ तो हम कभी भी पहले जैसे नहीं रहे। मैंने एक व्यसन-मुक्ति केंद्र में कुछ समय सेवा की है। संयोग से वह वही है, जहाँ डेविड गया था।"

मिया रो रही थी। लेकिन ग्रेग ने अपनी भावनाओं पर काबू करने की कोशिश नहीं की। वह शब्दों में व्यक्त नहीं कर सके कि वह बकलैंड के शब्दों के लिए कितना आश्चर्यचकित और आभारी थे।

"मुझे आपका दर्द पता है और मैं आपकी खुशी के लिए बहुत खुश हूँ। जो मैं समझता हूँ, डेविड भी सफलता के गुरुमंत्र है, अपने जीवन की सबसे बड़ी सफलता से, व्यसन से मुक्त हो स्वास्थ्य-लाभ पाकर। यह आसान नहीं है, लेकिन यह उसकी बारी है और आप उसके सबसे महान् शिक्षकों एवं दोस्तों में से एक हो सकते हैं। उसके साथ रहो, उसके साथ बातें साझा करो, उससे सीखो, ग्रेग।"

□

जब व्यक्तिगत दिमागों का एक समूह समन्वित होता है और सद्भाव में कार्य करता है तो उस गठबंधन के माध्यम से बनाई गई ऊर्जा में वृद्धि समूह के हर व्यक्ति के लिए उपलब्ध हो जाती है।

—**नेपोलियन हिल**

21

प्रक्षेपण

परियोजना के शीर्ष पर शैरोन लेक्टर के आखिरी टुकड़े के साथ पुस्तक परियोजना अब तेजी से चल पड़ी थी। मि. बकलैंड की नौका पार्टी ने केवल सत्यापित किया कि ग्रेग सही रास्ते पर थे। उन्होंने पुस्तक के बारे में एक नया उत्साह अनुभव किया। ऐसा लगता है कि किसी ने उनके लिए एक स्क्रिप्ट लिखी थी।

शैरोन ने साक्षात्कार के बाद साक्षात्कार लेने के क्रम को आगे बढ़ाया। नए संदेशों के साथ नए चेहरे लाए गए और परियोजना के लिए उत्साह को उजागर किया। सबसे महत्त्वपूर्ण बात यह है कि उसने प्रकाशन में अपने संपर्कों के साथ बैठकें कीं। जैसे ही कबाड़ी ने विशेषज्ञ सलाह माँगी थी, जिससे उन्होंने लाखों डॉलर कमाए, नया लेखक शैरोन के साथ नए संगठन द्वारा उसी मार्ग का अनुसरण कर रहा था।

अचानक जिन लोगों के साथ उन्होंने प्रस्ताव साझा किया, वे लगभग अपनी कुरसियों से प्रत्याशा में गिर गए, यह बताते हुए कि इस तरह की एक परियोजना के लिए बेहतर समय नहीं हो सकता है। उन्होंने इंगित किया कि हर बार जब आप देश भर में समाचार-पत्र खोलते हैं तो मुख्य समाचार पढ़ते हैं—

- आर्थिक आपदा
- आवासीय बुलबुला फट गया
- फौजदारी ने नया रिकॉर्ड स्थापित किया
- 18 महीने में दिवालिएपन की दरें 300 प्रतिशत बढ़ीं
- कॉरपोरेट कुप्रबंधन जारी है
- सरकारी बकाया की आवश्यकता है
- दृष्टि में अंत के बिना वैश्विक मंदी।

शेयर बाजार में झटके में भारी समझौता हुआ कि दुनिया वास्तव में इस नई पुस्तक का उपयोग कर सकती है। यह वर्तमान पीढ़ी के सफल उद्यमियों को आशा व मार्गदर्शन प्रदान करेगी, जिन्होंने साझा किया था कि वे कैसे बचने में सक्षम थे और अपने जुनून को जलाने में सक्षम थे। विपक्ष के बावजूद, हारने के बावजूद वे अनुमति देने में सक्षम थे, उनके चमत्कार होने के लिए।

उनकी साप्ताहिक कॉल में से एक पर शैरोन ने ग्रेग और डॉन को अपनी प्रगति पर नवीनतम सार दिया।

"हाय, ग्रेग! हाय, डॉन!" उसने कहा और वह भी कॉल में शामिल हो गई। "मैं बस, एक और प्रकाशक के साथ लाइन से उतर गया। वे इस बात पर भी सहमत हुए कि इन अँधेरे आर्थिक समय के माध्यम से लोगों को सकारात्मक दृष्टिकोण बनाए रखने में मदद करने के बारे में एक पुस्तक लिखने के लिए यह एक अच्छा समय है, यहाँ तक कि मेरे संकेत के बिना उन्होंने उल्लेख किया कि गहरे अवसाद के दौरान 'थिंक एंड ग्रो रिच' पुस्तक प्रकाशित की गई थी; कि यह लाखों लोगों को आशा और आत्मविश्वास खोजने के लिए—आत्मविश्वास न केवल अवसाद से बचने के लिए, बल्कि महान् नए व्यवसायों का निर्माण करने के लिए। व्यवसाय, जो वित्तीय स्थिरता को अपने समुदायों में वापस लाए, वह भी दे; व्यवसाय, जो महान् व्यक्तिगत संपत्ति बनाते हैं। मुझे आशा है कि हमारी पुस्तक आज लोगों को वही आशा और साहस प्रदान करेगी।"

"यह होगा!" ग्रेग चिल्लाए, "वास्तव में, अब मुझे पहले से कहीं अधिक एहसास हुआ है कि हमने जो ज्ञान के बारे में लिखा है, उस समय मैं कठिन समय से गुजर रहा था।"

"असल में," शैरोन ने विचारपूर्वक कहा, "इस परियोजना के साथ आने पर मुझे अपनी व्यक्तिगत चुनौती का सामना करना पड़ रहा था; लेकिन अपने लिए खेद करना मुश्किल है और लगता है कि आप बिल्कुल अकेले हैं, जबकि आप लगातार पढ़ रहे हैं कि इन महान् उद्यमियों के माध्यम से क्या चल रहा है। मैंने सोचा, अगर वे दृढ़ रह सकते हैं तो मैं भी कर सकती थी। जब भी मेरा एक विशेष रूप से चुनौतीपूर्ण दिन होता था, मैं उस परियोजना पर ध्यान केंद्रित करती और आगे बढ़ने के लिए साहस व विश्वास पाती।"

शैरोन ने आगे कहा, "असल में, इन सभी विशेषज्ञों के पास आमतौर पर विश्वास था। उन्हें विश्वास था कि अगर उन्हें अपना जुनून मिला, उन्होंने अपनी प्रतिभा लागू की और सही सहयोग के साथ काररवाई की तो अंत में अच्छी चीजें होती हैं; जैसे आप ग्रेग, यहाँ तक कि अपने कठिन समय में भी आपको आगे बढ़ते रहने के लिए विश्वास हासिल था। वास्तव में, मुझे लगता है कि हमें सफलता के समीकरण का हिस्सा बनने के लिए विश्वास को जोड़ने की जरूरत है।

"यह वही है, जो सभी अन्य टुकड़ों को एक साथ बाँधता है।" उसने कहा।

"तो अब समीकरण ऐसे पढ़ा जाएगा—$[(P + T) \times A \times A] + F$ = सफलता।"

डॉन ने कहा, "मैं और अधिक सहमत नहीं हो सका। विश्वास दृढ़ता का एक आवश्यक तत्त्व है और सफल समीकरण की गुप्त साँस है। मुझे पूरा भरोसा है कि यह पुस्तक आशा, विश्वास और साहस प्रदान करेगी, जिसकी कि इतने सारे लोगों को आज जरूरत है।"

ग्रेग ने आशा व्यक्त की, "अब हमें सिर्फ ऐसे प्रकाशक की जरूरत है, जो हमारे साथ सहमत हो और जिसमें हमारे जैसा ही विश्वास हो।"

"सहमत—और ऐसा प्रतीत होता है कि मैंने जिन विभिन्न प्रकाशकों से बात की है, वे अंततः इसे प्राप्त करना शुरू कर रहे हैं। शैरोन ने कहा, "अब देखते हैं कि प्लेट के लिए कौन से कदम हैं और इन महान् नेताओं के पीछे आवाज बन जाती है।"

"बकलैंड ने हमें उनसे और दूसरों को एक अपडेट देने के लिए कहा, जब भी हम प्रकाशकों से किसी भी प्रस्ताव के साथ वापस सुनते हैं।"

"ठीक है, आइए, अगले महीने एक बैठक आयोजित करें। इससे हमें उन सभी लोगों को वापस सुनने का समय देना चाहिए, जिनसे हमने मुलाकातें की हैं।"

बैठक की तारीख तक कैलेंडर के पृष्ठ उड़ गए। ग्रेग और शैरोन ने विश्व पूँजी भवन के बोर्ड रूम में डॉन ग्रीन और जोनाथन बकलैंड से मुलाकात की। बकलैंड ने वार्त्तालाप प्रारंभ किया—

"ठीक है, चलो, इसे सुनें। परियोजना की स्थिति क्या है ?"

शैरोन ने जवाब दिया, "तथ्य यह है कि हमें एक भी प्रस्ताव नहीं मिला।"

उपस्थित मेहमानों के कंधे थोड़े नीचे झुक गए।

"हमारे पास वास्तव में चार प्रस्ताव थे।" उन्होंने एक मुसकराहट के साथ जारी रखा।

वे सब उत्साहित थे।

"यह अद्‍भुत है।" डॉन ग्रीन ने कहा, "हम किसके साथ जा रहे हैं ?"

"यह एक शानदार सवाल है।" ग्रेग ने कहा।

शैरोन ने विस्तृत स्प्रेडशीट के साथ प्रकाशकों और उनके संबंधित प्रस्तावों का एक कार्यक्रम पारित किया। अगले तीन घंटों में समूह ने एक अंतिम संगठन पर फैसला किए जाने तक प्रत्येक समर्थक और कण का वजन, उनके सामने अवसरों पर चर्चा की।

"यह बात है। यह एक है।" डॉन ने कहा उनके सामने पूरी तरह से चिह्नित ग्रीस बोर्ड की ओर इशारा करते हुए, "क्या हम सभी सहमत हैं कि यह हमारा प्रकाशक है ?"

"बिल्कुल सहमत हैं।" सबने एकजुट होकर कहा।

मि. बकलैंड ने सुझाव दिया, "चलिए, उन्हें बाहर निकालने और वास्तव में पुस्तक को बड़े पैमाने पर प्रचारित करके हमारी प्रशंसा दिखाते हैं। हम उनके देनदार हैं। हम आपके द्वारा साक्षात्कार किए गए लोगों के लिए जिम्मेदार हैं और हम उन लोगों को दे देते हैं, जो इस पुस्तक को पढ़ने और संदेश के भीतर से मूल्य बनाने जा रहे हैं।"

ग्रीन ने कहा, "चलो, चार्ली को श्रद्धांजलि के रूप में इसे बड़ी सफलता देते हैं।" चार्ली जोन्स इस बैठक से कुछ हफ्ते पहले कैंसर से अपनी लड़ाई हार गए थे। सम्मेलन तालिका के चारों ओर चार लोगों ने चार्ली के शौकीन यादों के साथ समझौते में अपने सिर झुकाए। प्रत्येक ने उनकी याद में एक मौन प्रार्थना की।

फिर अपने उत्साहपूर्ण तरीके से बकलैंड चिल्लाए, "ठीक है, आप इसे क्या कहेंगे?"

यह जानकर कि सवाल उठाया जाएगा, शैरोन व ग्रेग खड़े हुए और मेज के दूसरी तरफ चले गए थे।

ग्रेग ने गर्व से कहा, "जैसा कि आप जानते हैं, मि. बकलैंड ने मूल रूप से मुझे सुझाव दिया है, मैंने हर साक्षात्कार से नोट्स जब्त किए हैं और इस सवारी के साथ लगभग हर नैतिकता को रिकॉर्ड किया है।"

"इसके साथ ही उन्होंने कहा, शीर्षक काफी स्पष्ट लगता है।" शैरोन ने विचार प्रकट किया।

उसने नोटपैड लिया और उसे ओल्ड वेस्ट सैलून में बियर के एक स्कूनर की तरह मेज पर खोल लिया।

प्रत्येक व्यक्ति ने नोटपैड के कवर पर हस्तलिखित शब्दों को पढ़ा, जो बार-बार के उपयोग से दागदार हो गया था और जिससे कुत्ते की जैसी गंध आ रही थी। वे हँसे, सराहना की और सहमत हुए, "यह ठीक है!"

जब वे सम्मेलन के समापन पर सबसे अलविदा कहने के लिए खड़े हुए तो उन्होंने दिल से सबको गले लगाया और प्रशंसा के शब्दों को साझा किया। मि. बकलैंड ग्रेग के पास आए और उन्हें एक टोकन दिया, जो केवल वे समझ सकते थे।

वास्तव में, मि. बकलैंड ने ग्रेग को वह जैकेट सौंप दी थी, जिसे ग्रेग उनके कार्यालय में वापस लौटाने गए थे, जब वे पहली बार मिले थे।

"यहाँ।" उसने फुसफुसाकर कहा, "मुझे लगता है कि यह आपसे संबंधित है।"

किन्हीं भी प्रशंसकों के बिना उपहार को स्वीकार करते हुए उस युवा विद्यार्थी को पता था कि इशारा क्या था। छात्र शिक्षक बन रहा था और इस प्रतीकात्मक संकेत के साथ वह अपने जीवन के अगले चरण में कदम रख रहा था।

सम्मेलन तालिका में पहुँचने के बाद ग्रेग ने अपने नोटपैड को मुसकान के साथ

अपने चेहरे के सामने रखा। दरवाजे से बाहर निकलते हुए उन्होंने वापस देखा, जोनाथन बकलैंड के चेहरे पर एक स्नेहपूर्ण मुसकराहट थी।

उन्होंने बहुत पहले कवर पर लिखे गए पत्रों में अपनी उँगलियों को रगड़ दिया। वे पूरे समर्थक—संघर्ष के वर्षों, उनके जीवन में दिशा की कमी, बकलैंड की सलाहों का उपहार, मिया के साथ नए संबंध, डेविड के चमत्कारी बदलाव की उच्च शक्ति की मदद से अविश्वसनीय कहानियों का सारांश, संक्षेप में लग रहा था, अविश्वसनीय कहानियाँ दृढ़ता और उपलब्धि और दूसरों के साथ अपने नए प्राप्त ज्ञान को साझा करने की क्षमता रखती थीं। यह कितनी सुखद यात्रा थी!

और कौन जानता था कि उसके जीवन में आगे क्या है? किसने अनुमान लगाया होगा कि उनकी पहली बैठक में उनके सलाहकार द्वारा किए गए शब्दों ने सफलता के अपने मार्ग को इतना प्रेरित किया होगा?

अपने नए कोट की जेब में नोटपैड को रखते हुए ग्रेग उन शब्दों को याद कर मुसकराए, जिसमें कहा गया था कि यह सब उसे याद दिलाता है कि वह हमेशा...

सफलता के गुरुमंत्र!

□

याद रखें कि आपके असली धन को, आपके पास जो नहीं है, उसके आधार पर नहीं मापा जा सकता है; लेकिन आप जो भी हैं, उसके द्वारा मापा जाता है।

—नेपोलियन हिल

उपसंहार

हमारी यात्रा जारी है

इस पुस्तक को लिखने की प्रक्रिया के माध्यम से ग्रेग ने सफलता के सिद्धांतों को नियोजित किया, जो उन्होंने उन उद्यमियों से सीखे, जिन्होंने अपने साक्षात्कार दिए थे। उनकी यात्रा सिद्धांत का एक सही उदाहरण है—कभी हार न मानें। यह हमारी ईमानदारी से आशा है कि 'सफलता के गुरुमंत्र' आपको अपने आप में विश्वास करने और अपनी व्यक्तिगत सफलता समीकरण खोजने के लिए प्रोत्साहन और प्रेरणा प्रदान करती है।

अपने जुनून और प्रतिभा को संयोजित करें, सही सहयोग के साथ कारवाई करें और अन्य सभी का विश्वास है कि आप सही रास्ते पर हैं।

[(P + T) × A × A] + F = आपकी सफलता का समीकरण।

आपको सफलता से आशीर्वाद मिलेगा!
छोड़ो मत, अब वास्तव में आपकी बारी है!

नेपोलियन हिल फाउंडेशन के साथ काम करना और हमारे सामने आनेवाले कई सफल लोगों ने इतना पुरस्कृत किया है कि हम एक साथ अपनी यात्रा जारी रखने का अवसर पाने के लिए रोमांचित हैं। 'सफलता के गुरुमंत्र' लिखते समय हमें एहसास हुआ कि सफलता अकसर सफलता की सबसे बड़ी बाधा होती है। नेपोलियन हिल ने इसे पहचाना। 'थिंक एंड ग्रो रिच' में हिल ने छह ठोकरवाले ब्लॉक्स की पहचान की, जिन्हें उन्होंने 'घोस्ट्स ऑफ फियर' कहा।

हम उन डरों का पता लगाएँगे, जो लोगों को विचारों और अवसरों को क्रियान्वित करने देने में असमर्थ बनाते हैं। कारवाई के बिना विचार किसी लायक नहीं हैं। हम यह जानना चाहते हैं कि कितने सफल लोग अपने विश्वास को खत्म कर सकते हैं। हम

इस ज्ञान से मदद करने की उम्मीद करते हैं और आप चुनौतियों का सामना करते समय जोखिम उठाने तथा अपने जुनूनों का पालन करते समय सामना करते हैं।

जैसे ही आप बाहर निकलते हैं और अपनी सफलता की रचना तैयार करते हैं, आप खुद को भय और संदेह का सामना करते देख सकते हैं। आप उन्हें सँभालने का चुनाव कैसे करते हैं, यह आपकी प्रगति और अंत में आपकी सफलता का निर्धारण करेगा। हम आपको हमारी यात्रा के इस अगले अध्याय में हमसे जुड़ने के लिए आमंत्रित करते हैं।

—ग्रेग एस. रीड एवं शैरोन एल. लेक्टर

□

समापन के शब्द

क्या आप इंतजार कर रहे हैं
सफलता के आने का,
या आप बाहर जा रहे हैं
यह ढूँढ़ने को कि वह कहाँ छिपी है ?

कवि जॉन मिल्टन के शब्द 'वे भी सेवा करते हैं, जो केवल खड़े रहते हैं और प्रतीक्षा करते हैं' शायद दोनों गहरा और सशक्त हो सकते हैं; लेकिन जीवन की सच्ची संपत्ति उन लोगों को प्राप्त करने की अधिक संभावना है, जो सक्रिय रूप से बाहर निकलते हैं और उन्हें खोजते हैं। शायद ही कभी पूर्ण पुरस्कार में एक पीतल बैंड के साथ सफलता मिलती है। अकसर यह उन लोगों द्वारा हासिल किया जाता है, जिनके श्रम लंबे और कठिन होते हैं।

स्वर्ण के अवसर हर कोने में छिपे हुए हैं, जिस व्यक्ति के साथ खोज करने के लिए पहल करने वाले व्यक्ति के लिए इंतजार कर रहे हैं।

पहल करें, आप अपने स्वयं के लिए अवसर का निर्माण करेंगे। एक अच्छी तरह से विचार-विमर्श योजना द्वारा समर्थित काररवाई के लिए कोई विकल्प नहीं है।

—नेपोलियन हिल

□

परिशिष्ट

अपना व्यक्तिगत सफलता समीकरण परिभाषित करें

आपके पास पहले से ही आपके जीवन में बड़ी सफलता प्राप्त करने की क्षमता और गुण हैं। 'सफलता के गुरुमंत्र' में सफलता समीकरण आपको दिखाएगा कि कैसे

$$[(P + T) \times A \times A] + F = \text{आपकी सफलता का समीकरण।}$$

जुनून को संयोजित करें, आपकी ऐसी प्रतिभा, जिसके साथ आपका दिल भी गाता है, जो आप विशिष्टता रखते हैं। अब उसे सही संस्था, सफल लोगों या संगठनों और कार्य से गुणा करें, ठोस कदम उठाएँ, जो आप अपने लक्ष्य की ओर ले जा सकते हैं और फिर उसमें अपना विश्वास जोड़ें, अपने आप में विश्वास साबित करें और आपके पास अपना अनूठा सफलता समीकरण होगा।

यदि आपके पास पहले से कोई नहीं है तो एक प्राप्त करें। अपनी सफलता का समीकरण बनाना आपकी पहली प्रविष्टि हो सकती है।

जुनून

अपनी पत्रिका में एक पृष्ठ लें और दस चीजों की एक सूची बनाएँ, जिनके बारे में आप भावुक हैं। शैरोन की सोच में x और y शामिल हो सकता है; ग्रेग की शायद a और b शामिल हो सकती है। आपकी सूची में क्या शामिल है? आपको उन चीजों के साथ आने में अपने मित्रों और परिवार (जो आपको समर्थन देते हैं) से सहायता प्राप्त करने की आवश्यकता हो सकती है, जो वास्तव में आपको उत्साहित करती है, लेकिन आप अप्रासंगिक मान सकते हैं।

आप किसके प्रति भावुक हैं? आपका दिल क्या गाता है? जब आप सबसे अधिक संतुष्ट हो चुके हैं तो अपने जीवन के समय के बारे में सोचें। तब आप क्या कर रहे थे?

प्रतिभा

अब, दूसरे पृष्ठ पर दस चीजों की एक सूची बनाएँ, जिसमें आप वास्तव में अच्छे हैं। क्या आप एक महान् संवाददाता हैं? क्या आपके पास संख्याओं के लिए कुशलता है? क्या आप खाना बना सकते हैं, या चित्र बना सकते हैं?

आपको किस में उत्कृष्टता प्राप्त है? आपकी प्रतिभाएँ क्या-क्या हैं?

अब अपने एक दोस्त से एक आइटम को निकालने के लिए कहें, जो आपको प्रत्येक सूची से कम-से-कम बताता है।

कई समूहों के साथ प्रक्रिया को दोहराएँ, या तो समूह या व्यक्तिगत रूप से, जब तक कि आपके पास प्रत्येक सूची में एक आइटम शेष न हो।

मेरा जुनून है ....

मेरी प्रतिभा है ....

संस्था-संगति

संस्था उन लोगों और संगठनों को संदर्भित करती है, जिनके साथ आप स्वयं को घिरे हुए पाते हैं। उन पाँच लोगों के बारे में सोचें, जिनके साथ आप सबसे अधिक समय बिताते हैं। क्या वे आपका समर्थन करते हैं? क्या वे सफल हैं? क्या आपको अपनी संस्था को बदलने की जरूरत है?

पाँच सफल लोगों के नाम सूचीबद्ध करें, जिन्हें आप व्यक्तिगत रूप से जानते हैं।

वर्णित करें कि इन लोगों को आपकी राय में विजेता क्या बनाता है?

एक और सूची बनाएँ। आपकी प्रतिभा और जुनून को लागू करने में कौन सी संस्था या संगति आपकी मदद कर सकती है?

लोगों, व्यवसायों, आयु समूहों, खेलों के समूहों के बारे में सोचें, जो आपके जुनून और प्रतिभा को आगे बढ़ाने में आपकी सहायता कर सकते हैं या आपको लाभ पहुँचा सकते हैं।

अब अपने जुनून और प्रतिभा के लिए वेब पर खोजें। आपकी इंटरनेट खोज ने क्या पाया? यदि आप खोज परिणामों से अभिभूत हैं तो अपने फोकस को तब तक सीमित

करना शुरू करें, जब तक कि आपको कुछ ऐसी चीजें न मिलें, जो आपको पसंद हैं। कोई नया विचार ?

अपने द्वारा सूचीबद्ध संगठनों की सूची देखें और एक चुनें। यह देखने के लिए कॉल करें कि क्या आप उस संस्था के लिए 'काम के हो सकते हैं'। पूछें, 'मैं आपकी क्या सेवा कर सकता हूँ ?'

कारवाई

परिवर्तन करने के लिए कारवाई करने की आवश्यकता है। क्या आप वास्तव में अपने जीवन में सुधार करने के लिए प्रतिबद्ध हैं, या आप बस संभावना से आकर्षित हैं ?

आईने में देखें—…चीजों को बदलने के लिए…आपको बदलना होगा!!!

आस्था

यह अकसर आधिपत्य करने के लिए समीकरण का सबसे कठिन हिस्सा होता है। विश्वास होने का मतलब है कि आप जिन बाधाओं का सामना कर सकते हैं, उनके बावजूद अपने और अपने विचार में विश्वास करना।

याद रखें—अपने जीवन में निम्न बिंदुओं और उच्च बिंदुओं को याद रखने के लिए एक पल लें।

प्रतिबिंबित करें—वह समय आपको कैसे प्रभावित करता है ? आपने कैसे जवाब दिया ? क्या आपके पास अपने दोस्तों और परिवार से समर्थन प्राप्त है ?

पहचानें—पहचानें कि लगभग सभी सफल लोगों के पास भी कम अंक हैं और साथ-ही-साथ उनके जीवन में सफलताएँ भी हैं। वे सीखते हैं कि उन कम बिंदुओं के माध्यम से कैसे दृढ़ रहना और सफल होना है। यह आप भी कर सकते हैं।

स्वीकार करें—स्वीकार करें कि आप दृढ़ संगठनों को दृढ़ कर और पा सकते हैं।

जैसा कि जैसा कार्य करें!—विश्वास रखें कि आपकी व्यक्तिगत सफलता समीकरण आपको अविश्वसनीय सफलता के लिए प्रेरित करेगा और उस सफलता की दिशा में हर दिन कारवाई शुरू करेगा।

याद रखें—सफलता के लिए, एक पाठ्यक्रम की योजना बनाने के लिए यह जानने में मदद करता है कि आप कहाँ हैं और आप वहाँ कैसे पहुँचें। एक कहावत है, 'आपका जीवन आपके द्वारा किए गए निर्णयों का कुल योग है।' अपने भविष्य को बनाने के लिए आइए, अपने अतीत की समीक्षा करें।

क्या आपने कभी महसूस किया है कि आप एक मृत अंत में थे ?

आपने कितनी बार 'नहीं' सुना है? क्या 'नहीं' आप में घबराहट लाकर हीन भावना जगाता है या आपको बेहतर करने के लिए प्रेरित करता है?

एक पल लें और याद रखें—

आप कहाँ थे?

आप कितने साल के थे?

आपने कैसा महसूस किया?

अपने जीवन में एक उच्च बिंदु याद रखें, वह समय, जब आप एक विजेता की तरह महसूस करते थे।

आप कहाँ थे?

आप कितने साल के थे?

आपने कैसा महसूस किया?

प्रतिबिंबित

जब आप अपने सबसे निचले बिंदु पर थे तो क्या आप छोड़ने की तरह महसूस करते थे?

क्या आपने छोड़ दिया? यदि हाँ, तो आपने क्यों छोड़ा? अगर आपने नहीं छोड़ा तो आप ठीक कैसे हो गए?

आपने क्या सीखा?

इसे लिखने के लिए एक पल लें।

अब 1 से 10 के पैमाने पर अपनी खुद की स्थिरता को मापें। अपने द्वारा छोड़े गए समय के बारे में फिर से सोचें। क्या आप वास्तव में लक्ष्य के लिए प्रतिबद्ध थे या बस, रुचि रखते थे?

हर गलती सीखने का अवसर होती है। क्या आप नए विचारों के लिए खुले हैं?

पहचान करना

'सफलता के गुरुमंत्र' से पाँच संदेश रिकॉर्ड करें, जिसने आप पर सबसे ज्यादा प्रभाव डाला है। अब उन विशेषज्ञों को रिकॉर्ड करें, जिन्होंने उन्हें साझा किया...और किन

चुनौतियों का उन्हें सामना करना पड़ा। 1 से 10 के पैमाने पर अपनी स्थिरता को खड़ा करें (संकेत``वे सभी 10वें स्थान पर हैं)।

जानना

क्या आप जानते हैं कि आपका जीवन-उद्देश्य क्या है?

क्या आप किसी ऐसे व्यक्ति को जानते हैं, जो उस जीवन-उद्देश्य को साझा करता है? यदि हाँ, तो कौन?

क्या आप अपना रास्ता चुनने के लिए तैयार हैं?

क्या आप स्थिरता विकसित करने के लिए तैयार हैं?

क्या आप सफल होने वाले 5 प्रतिशत का हिस्सा बनने के लिए तैयार हैं?

यदि ऐसा करें

प्रत्येक दिन स्वयं से पूछें कि क्या आप अपने लक्ष्यों की ओर बढ़ रहे हैं या उनसे दूर हैं?

अपनी पत्रिका में किए गए चरणों को रिकॉर्ड करें।

अपने आप में विश्वास करें और परिणाम एवं अपने लक्ष्य की ओर बढ़ना शुरू करें।

अपने लिए एक मंत्र लिखें। जब आप दर्पण में देखते हैं तो इसे अपने आप दोहराएँ।

अपने आप को दर्पण में देखें और दोहराएँ, "मैं जो कुछ भी करना चाहता हूँ, वह कर सकता हूँ! और सफल जरूर होऊँगा!" इसे बार-बार कहें।

हो सकता है कि आपने अपना रास्ता पा लिया हो। याद रखें कि इसमें रातोरात सफलता पाने में समय लगता है।

आपका व्यक्तिगत सफलता समीकरण अब इस प्रकार दिखता है—

$$[(P + T) \times A \times A] + F = \text{आपका सफलता समीकरण}$$

मेरा जुनून है। ....

मेरी प्रतिभा है। ....

मेरा सहयोग है। ....

मेरे कार्य होंगे।..

मुझे मेरी सफलता में विश्वास है।

अब आप सफलता के गुरुमंत्र हैं।

बधाई हो!

□

अब, जब आपने अपना व्यक्तिगत सफलता समीकरण बनाया है...

तो अगला कदम क्या है?

प्रत्येक टॉप एथलीट विशेषज्ञ कोचिंग प्रोफेशनल पर निर्भर करता है। आज के कई शीर्ष अधिकारी बिजनेस कोचिंग के माध्यम से प्रदान किए गए मार्गदर्शन और उत्तरदायित्व पर भरोसा करते हैं। क्या यह आपके लिए अगला कदम उठाने का समय है? और कोच ढूँढ़ें, जो आपको अपने व्यक्तिगत सफलता समीकरण को समझने के लिए काररवाई करने में मदद करेगा। इंटरनेशनल कोच फेडरेशन द्वारा किए गए एक हालिया अध्ययन से पता चला है कि जिन लोगों को प्रशिक्षित किया गया था, उनमें व्यक्तिगत कार्य आदतों के साथ-साथ निम्नलिखित क्षेत्रों में सुधार में सकारात्मक बदलाव हुए थे—

62.4 प्रतिशत स्मार्ट लक्ष्य-सेटिंग

60.5 प्रतिशत अधिक संतुलित जीवन

57.1 प्रतिशत कम तनाव स्तर

52.4 प्रतिशत आत्मविश्वास

43.3 प्रतिशत जीवन की गुणवत्ता में सुधार

25.7 प्रतिशत अधिक आय।

क्या आप अपने जीवन में इस प्रकार के सुधार का अनुभव करना चाहते हैं?

जब अर्थव्यवस्था में सुधार शुरू होता है तो अधिकतम लाभ प्राप्त करने के लिए स्वयं को और अपने व्यवसाय को तैयार करने का एक कठिन आर्थिक समय सबसे अच्छा समय है। अपने आप में निवेश करें और जबरदस्त परिणाम देखें।

□

हमारे मास्टरमाइंड कोचिंग प्रोग्राम को आपको मार्गदर्शन करने के लिए डिजाइन किया गया था—

- अपना व्यक्तिगत सफलता समीकरण विकसित करें।
- अपना व्यक्तिगत सफलता समीकरण लागू करें।
- मानचित्र बनाएँ, जहाँ आप जाना चाहते हैं और वहाँ पहुँचने के लिए आपको क्या करने की आवश्यकता होगी।
- इस मास्टरमाइंड कोचिंग प्रोग्राम बनाने के लिए कई शीर्ष पेशेवरों से सीखें, जो एक साथ आए हैं।
- अपने रास्ते में आई किन्हीं भी बाधाओं या ब्लॉक को हटा दें।
- जब आप वहाँ पहुँच जाते हैं तो जश्न मनाएँ।

अधिक जानकारी के लिए कृपया
www.threefeetaway.com पर जाएँ।

□

स्वीकृतियाँ

विशेष प्रशंसा उन लोगों के समूह में जाती है, जो 'सोने से तीन फीट' में विश्वास करते थे, जब यह अभी भी एक सपना था...इससे पहले कि यह एक वास्तविक पुस्तक बन गया। उनका विश्वास और समर्थन अमूल्य था—ट्विला प्रिंडल, बिल बार्टमैन, ट्रॉई बैटल्स, एना सिम्स, जोस फेलिसिआनो, क्रिस जैक्सन, रिचर्ड एवं शेरी राइट, सतोमी सेकी, कटरेसा विलियम्स, जीन पैडिगोस, स्टीव एवं लैरिसा गोम्बोक, शीला पर्ल, डॉ. फेलिसिआ क्लार्क, स्कॉट शिलिंग, ब्रायन व्हिटकर, जॉन बर्ले, गैरी बूमर शाइन, डस्टिन मैथ्यूज और ब्रैंडन मॉरिनो।

यह पुस्तक सहयोग की भावना के लिए एक सही नियम है।

हमारे सच्चे चमकते सितारों के लिए भी धन्यवाद। हमारे समय की सफलता की कहानियाँ, जिन्होंने अपना मार्गदर्शन दिया, अपना दिल खोलकर अपने अनुभव बताए और प्रतिध्वनि के अपने रहस्य साझा किए। आपके उपहार अमूल्य हैं—जेम्स एमोस, बिल बार्टमैन, टैडी ब्लेचर, जेनेविएव बॉस, जॉन होप ब्रायंट, ट्रुएट कैथी, रिचर्ड कॉन, डेविड कॉर्बिन, जोए डडले, यवोन फेडरसन, डेबी फील्ड्स, एड फोरमैन, रोनाल्ड डी. ग्लोसेर, रुबेन गोंजालेज, डॉन ग्रीन, एरिन ग्रूवेल, डॉ. टॉम हैगई, मार्क विक्टर हैनसन, माइक हेल्टन, इवेंडर होलीफील्ड, चार्ली 'ट्रेमेनडस' जोन्स, जूली क्रोन, माइकल लेन, जाहजा लिंग, डेव लिनिगर, फ्रैंक मैग्वायर, जैक मैट्स, ड्रैटन मैकलेन जूनियर, लुआन मिशेल, लॉरैन नेल्सन, जिम ओलेसन, सारा ओ'मीरा, बॉब प्रोक्टर, रूडी रुइटिगर, जॉन श्वार्ज, जॉन सेंट ऑगटाइन और तनाका ताका-अकी।

और उस व्यक्ति के लिए धन्यवाद, जिसने इसे शुरू किया। नेपोलियन हिल, जिनकी यात्रा एक शताब्दी पहले शुरू हुई थी और जिनके शब्दों ने सफलता प्राप्त करने के लिए दुनिया भर के लाखों लोगों को उम्मीद और साहस दिया है।

□□□